サドンデス

相場英雄

Sudden Death
Aiba Hideo

幻冬舎

サドンデス

目次

装幀　片岡忠彦

愚かな人は、賢い人が言ったことを、正確に理解することはできない。それは人間というのは、自分が聞いたことを、自分が理解できる範囲の内容に変換してしまうからである。

——バートランド・ラッセル

プロローグ

午後八時一五分。理子《りこ》は大学の同級生紗季《さき》と歌舞伎町の中心部を歩いた。

「理子、お金必要なんだよね？」

一〇分ほど前、紗季に歌舞伎町の居酒屋で唐揚げとポテト、ハイボールを奢《おご》ってもらった。紗季は理子と同じ二一歳で、Fランの大学に通う同級生だ。ほんの一カ月前まではコンビニとカラオケボックスのアルバイトを掛け持ちし、授業中はいつも教室の隅っこで寝ていた。

Fラン大学でも、学費は確実にむしり取られる。前後期合わせて約一〇〇万円だ。一年前、理子の生活環境は一変した。入ってくるはずの金が届かず、やむなくアルバイトを始めた。大好きだったサークル活動を休み、自分の学費と生活費を賄うために働き始めた。

地方の両親から仕送りが望めない紗季も同じようなもので、バイトに明け暮れるうち、学業と仕事、どちらが本業かわからない状態になっていたはずだ。

「内緒にしてくれる？」

巨大なホテルの脇を通り過ぎたとき、紗季が言った。以前は、同じブラウスとデニムを交互に着ていた紗希が、ブランドのパーカーを着ているのに気づいた。

「割りの良い稼ぎ方あるんだよね」

紗季は得意げに言った。視線は歌舞伎町の北側を向いたままで、どこか乾いた響きがあった。

理子は夜間、ガールズバーで働いている。昼間は授業の合間を縫い、弁当屋のバイトのシフトを組んでもらっている。時給は一〇〇〇円を少し上回るレベルで、芯から体が疲れる仕事だ。割が良いという響きが理子の心を強く刺激した。短時間で金を稼げるならば、学業とこれから励まねばならない就活に割く時間が増える。

「これも、仕事のおかげ」

胸元のブランドロゴを指し、紗季が言った。紗季は理子と同じく、学内のカーストでは下位に属していた。学費を払うのが精一杯で、ファッションなど二の次だった。だが、ここ一週間で紗季は確実に変わった。パーカーだけでなく、小さな革の財布も欧州のブランド物に変わっていた。それに居酒屋では奢ってくれた。割りの良い仕事は、同級生をわずかな期間で変える力を持っているのかもしれない。

二人は歌舞伎町を東西に貫く通りに出た。職安通りと呼ばれる大通りに近い。あと少しで大久保に入る。

「なにするわけ?」

理子が尋ねると、紗季が肩をすくめた。

「なにもしない。ただ待っているだけ」

紗季は、交番のある通りを西武新宿駅方向にゆっくりと歩く。

「待つだけ?　どういう意味なの?」

「だから待つだけ」

周囲に理子たちより若い女子高生らしき一団が増え始めた。皆俯きながら、ガードレールやビルの壁にもたれかかり、スマホの画面に見入っていた。

「スマホいじっていれば、仕事になるから」

紗季はそう言い、ガードレールに腰を下ろした。理子は周囲を見回す。女子高生らしき一団のほか、理子らと同じ年齢層、二〇代前半の女子が一五名ほどけだるそうにスマホを見ている。

「ねえ、おねえさんはアレなの？」

理子がネットのニュースサイトを見始めた直後だった。紗季の目の前に背広姿の中年男がいた。

「イチゴくらい？　それとも諭吉二人くらいかな？」

男の声が思い切り低い。理子は横目で二人を観察した。イチゴとはなにか。諭吉二人はなにを意味するのか。

「ホベツで諭吉二人」

「高いよ」

「他を当たれば？　今日いる子たち、全員地雷っぽいけど」

「そうなんだよな。わかったホベツで諭吉二人」

「オッケー」

理子と目を合わせることなく、紗季が中年男と歌舞伎町の中心部方向に歩き出した。これが割りの良い仕事なのか……。紗季が五〇メートルほど歩き、背中が小さくなったときにＤＭが理子のスマホに入った。

〈簡単よ。ウリ〉

理子は首を傾げた。

〈イチゴとかホベツって？〉

すぐさまメッセージを打ち返す。

〈イチゴは一万五〇〇〇円、ホベツはホテル代別ってこと。とりあえず、私の稼ぎは一時間ちょっとで諭吉二人、つまり二万円〉

〈ウリって、体を？〉

〈こうでもしないと、学費稼げないじゃん〉

メッセージは途絶えた。スマホの画面から目を離す。通りの反対側の歩道から、数人の中年男が舐め回すようにこちらを見ていた。理子は背中に悪寒を感じ、慌ててガードレールから腰を上げた。

「お姉さん、イチゴくらい？」

背後から掠れた声で聞かれた。振り向くと、ストライプのスーツを着た中年男二人組が立っていた。一人の手には、老舗《しにせ》百貨店の紙袋がある。

「違います、そういうんじゃないんです」

「だって、ここにいるってことはさ、そういうことじゃないの？」

理子は西武新宿駅の北口方向に向けて駆け出した。背中にいくつもの視線が突き刺さる。

紗季は高校生の頃、一歳上の彼氏がいたと言っていた。理子も同じようなものだ。男性経験は数えるほどしかない。同じような境遇、似たような経歴ということもあり、いつも遊び、ときに悩みを打ち明けあってきた。その紗季が確実に変わった。慣れた様子で中年男と交渉をまとめ、ホテルへ行った。

紗季が着ていたブランド物のパーカー、そして革の財布……。割りの良い仕事でブランド物が欲しいのか。理子は強く首を振った。涙が溢れ落ちそうになった。学費の納入期限が迫る。紗季はもう払

った と言っていた。その代償が、あの中年男の前で体を開くこととなのだ。
やだっ、と自分に言い聞かせるように叫び、理子は歌舞伎町から抜け出した。

◇

「小島《こじま》先輩、さっきの女子大生風、結構原石かもしれませんよ」

小島は後輩の木下に言う。

「こんなところで女買うほど趣味悪くねえよ」

小島は唾棄するように言った。木下は老舗百貨店の後輩バイヤーだ。

「背はあんまり高くなかったけど、髪とメイク整えれば光る可能性ありです」

「そんな原石がいたら、とっくにモデル事務所がスカウトしてるよ」

噂には聞いていたが、歌舞伎町の北の外れは無法地帯と化していた。商業ビルや公園のガードレール脇には、未成年と思しき女性たちがずらりと並び、男から買われるのを待っていた。

「先輩みたいに選定の権限ないんで、モデルの子たちとか遊んでくれないんですよ」

「バカ言うな、モデルは所詮商品だ。俺たちが扱っているブランドのブラウスと一緒。商売モンに手を出すなんてことしないよ」

小島はゆっくりと歌舞伎町の交番の方向へ歩いた。

地方から出張してきた老舗デニムメーカーの専務を大久保の高級韓国料理店でもてなしたあと、もう一杯飲みたいという木下に付き合い、歌舞伎町まで流れてきた。

「専務はどうした？」

「吉原の名店を予約しました。今頃、頑張っておられるかと」

「そうか、それなら契約は確実だな」

「もちろんです。そのための接待ですから」

接待という言葉に力を込めたあと、木下が気味の悪い声を発した。

「ねえ、先輩。ほんとにここで声かけしないんですか？」

「一応、近江屋《おうみや》の人間だからな。それに、離婚したとはいえ、寄ってくる女はいる」

「五〇歳過ぎたのに、すごいですね」

「バカ、おまえは下品すぎるんだよ」

小島は自分の背広の襟元を指した。近江屋のバッジが付いている。こんな場所で女を買ったことが世間に知られたら、コンプライアンス違反で懲戒処分される。

「外しますか？」

木下がバッジに手をつけた。

「バカ、やめろって言ってるんだ」

「話のネタになるじゃないですか」

「ダメだ。行くぞ」

小島は歌舞伎町の中心部に向かって歩き始めた。背後から木下が渋々付いてくるのがわかる。

もちろん、こんな所で女を買うような趣味はない。世情を知るという意味では収穫があった。要するに、日本が貧乏になった証しなのだ。金がない女が自ら体を売り、生計の足しにする。男の側も、本来なら手数料という形で風俗店に落とす金を惜しみ、違法だとわかった上で女を買いに来る。

「どうりでウチの会社も売り上げが落ちるわけだ。今の女たちを見て、そう思わなかったか？」

「いや、別に……」

「だからおまえはいつまでたっても一人前扱いしてもらえないんだよ」

小島は強い口調で言った。あらゆる支出を惜しみ、金を貯め込む。いや、入ってくる金の総量が減ったから、金を出し惜しみするのだ。当然、高級品ばかりを集めた近江屋のような老舗百貨店へ来店する客も減る。

「小島さんはいいっすよ。ご実家があるし。俺なんて賃貸ですよ」

「無駄使いせず、頭金でも貯めろ」

ガードレール沿いには明らかに未成年とわかる女たちが多数座っている。舌舐めずりしながら女たちの品定めをする男たちはひきもきらない。

「こんな底辺の人間に落ちるなよ」

女たちを見続ける木下に、小島は強い口調で釘を刺した。

第一章　選抜

1

「お疲れさまでした」

　高梨《たかなし》理子は、あくびを噛み殺しながら三つ年上の店長のミキに頭を下げ、細い階段を下って通りに出た。

　高田馬場駅から徒歩で二分、神田川沿いに小さな飲食店や雀荘《ジャンそう》が軒を連ねる通称・裏馬場の小路に立ち、理子は両手を突き上げ、疲れた体を精一杯伸ばした。

　午前五時半過ぎ、梅雨が明けたばかりの街は既に明るい。ビルの間を通り抜ける風が湿り気を帯び、理子の細い両腕と首筋に纏《まと》わりつく。

　左手で首筋を揉む。昨晩九時にガールズバー〈ポストレ〉に出勤し、薄暗いカウンターの内側から約二〇名の男性客の相手をした。

　理子はそっと左手を口元に当て、息を吹きかけた。微かにビールとサワーの臭《にお》いがした。客が酒をオーダーしたあと、さも飲みたそうな顔をすると、三人に一人の割合で好きなドリンクを飲んで良いと言われる。店長のミキに言われた通り、客に酒を奢らせれば、注文したドリンクの値段の三分の一が自分の給与に加算される。

　高田馬場という場所柄、金持ち客はほぼいない。酒の量販店でミキが仕入れた安いシャンパンを三万円の値をつけて提供しているが、誰も頼まない。ほとんどが瓶ビールをちびちび飲むか、薄いハイボールで小一時間粘っていく。

店側は少しでも客単価を上げるため、キャストに積極的に客の金で飲むよう指導する。以前はほとんど酒が飲めなかったが、一年前から出勤するようになり、徐々に酒量が増えた。

今もあまり酒は好きではないが、生活がかかってくると話は別だ。夜間の電車で中年男たちが吐く酒臭い息が嫌でたまらなかったが、今は自分も同じような臭いを放っている。慌ててミントガムを口に放り込み、理子はスマホのスケジューラーを見た。

〈支払い＝ガス代〉

七月二〇日の欄のトップに辛い現実が記してある。ショルダーバッグの中を探ると、ポケットの中に折り畳まれた請求書があった。ひとまずコンビニで支払いを済ませねばならない。

〈五五二六円〉

支払期限は三日後だ。半年前、厳冬期にガスを止められた記憶が生々しく蘇る。下落合の古びた賃貸マンションに同居する母が払うはずだった。だが、うつ病を患った母は、仕事はおろか家事全般が手につかず、料金の支払いを完全に忘れていた。

大学の授業を終えて弁当屋のバイトをこなしたあと、夜一〇時半すぎに帰宅し、熱いシャワーが出ないことでガス代未払いに気づいた。母を問い詰めても返事はなかった。

このときは、大学の友人に紹介してもらった日払いの派遣キャバクラ嬢の仕事もしてなんとか金を都合した。だが、ガス会社の開栓工事が来るまでの一日半はベッドの中で使い古した毛布に包まり、寒さをやり過ごした。

コンビニに向かいながら頬に触れる。汗で取れかけたファンデーションの下に、いくつかニキビが吹き出していた。とても二一歳の肌ではない。理子は唇を噛んだ。同級生にニキビができている女子は何人もいるが、肌荒れが一番酷いのは自分だ。

ニキビを潰せば醜い痕が残るのはわかっている。コンビニの値引き品ばかりの食事、睡眠不足が原因だ。ガールズバーに出勤する前、厚めにファンデーションを塗ることで、さらに肌が荒れる悪循環となっている。

誰もいない通りを歩き、コンビニに着いた。やはり人気《ひとけ》のない店内で、三割引きのステッカーが貼られた野菜サラダ、マヨチキンと塩昆布のおにぎりをカゴに入れ、レジに運ぶ。ベトナムかタイから来たと思われるアルバイト女性にカゴを渡す。ショルダーバッグからガスの請求書を取り出し、カウンターに置く。

「袋はいりますか？」

流暢《りゅうちょう》な日本語で尋ねられたが、首を振った。いや、女性の顔を正視できない。早朝に派手な化粧をした女が消費期限切れ間近の食品を買い、期限が迫ったガス代を支払おうとしている。自分が店員なら、絶対にだらしない人間だと思う。早朝に買い物をするときは、いつも劣等感にさいなまれる。

「ありがとうございました」

レシートを受け取り、理子は逃げるように店を出た。スマホの時刻表示を見る。五時四五分だ。

下落合の自宅まで歩いて一五分。帰宅後にシャワーを浴び、おにぎりとサラダを食べ終える。絶対に落とすことのできない講義は午前一〇時から。電車の移動時間を考えると、午前八時五〇分まで寝ていられる。ただし、寝起きで機嫌の悪い母に悪態をつかれなければの話だ。

同級生たちは就活を本格化させている。自分はリクルートスーツすら用意していない。いや、そもそもスーツを買う金がない。

ため息を吐《つ》きながら、裏馬場の小路から新目白通りの方向に歩く。理子の脇を明らかにホストとわかる金髪の男と中年女を乗せたタクシーが通り過ぎ、赤信号で停車した。ホストクラブで遊んだあと、どこかの深夜営業のレストランでアフターしてきたのだろう。

細く開いた窓から、次はいつデートするのかと鼻にかかった中年女の声が漏れ聞こえた。こっそり見ると、後部座席で細い金髪男に甘えているのは、自分の母親と同世代の女だ。

一日中ベッドに居座り、娘の顔を見れば文句ばかり言う母親と、自分の息子ほどのホストに甘える女。一円も稼がない母親と、ホストクラブで遊ぶ中年女の差は、どこから来ているのか。

舌打ちしたあと、理子はさらに歩くピッチを上げた。ホストに甘える女は、どこに勤めているのか。いや、こんな早朝まで遊び歩く金があるのだ。自営業者かもしれない。

同じ世代なのに、母はなぜあそこまで墜ちたのか。そのあおりで、理子は一年前には考えもつかなかったカツカツの生活を送っている。

〈今日の講義、休んだら？〉

新目白通りが見え始めたころ、大学の同級生からメッセージが入った。

〈落とせないから出る〉

〈最近無理しすぎじゃない？〉

友人は富山県の出身で、親元を離れてアパートでの一人暮らしだ。高卒で地元に就職してほしいという両親の反対を押し切って東京の大学に入ったため、仕送りはゼロで、もちろん家賃も自分で払っている。理子と同じようにアルバイトをいくつも掛け持ちして、生活費を賄い、半期に一度五〇万円を学校に支払っている。

横断歩道の前で立ち止まり、返信欄に「ありがとう」と打ち込もうとしたとき、理子は思いとどまった。

同情ではなく、友人が心底心配してくれているのはわかる。だが、自分はまだ親と同居している。うつ病で毒を吐きまくる母だが、親には違いない。その分だけまだ恵まれているのだ。

〈無理なんかしてないよ。大丈夫。仮眠してから講義出るから。あとでね〉

メッセージを返信した瞬間、涙が溢れた。なぜ自分はこんなに運がないのか。占いに興味はないが、前世でよほど悪いことをしたのかもしれない。

親友だった紗季は、キャンパスでたまに姿を見かけるが、歌舞伎町での一件以降、ほとんど話をしていない。

紗季は嫌われたと思ったのだろう。理子が視線を外すと、何食わぬ顔で傍らを通り過ぎる。嫌ったわけではない。体を売って金を得ているのは紗季の判断であり、理子がとやかく言うべきことではない。紗季のことが羨ましいのか。いや、違う。ただ、親友が全く別の人間に見えてしまい、言葉をかけられないのだ。

新目白通りを練馬方面に左折したあと、ＪＲと西武新宿線の高架下を通り抜けた。あと三分ほどで自宅に着く。

母は目を覚ましているだろうか。お願いだから寝ていて。極限まで睡眠時間を削ってきた。母と言い争いして時間を浪費するのはごめんだ。疲れ切った体を、気持ちだけで前に押し込もうと、理子は懸命に足を蹴り出した。

2

〈三六・三℃〉〈三六・六℃〉〈三五・八℃〉

小島克義《かつよし》は、一時間近く目の前のモニターを睨み続けた。舌打ちしたい気持ちを押し殺し、白いマスク越しに次から次へと入店する客に笑みを振りまく。

「いらっしゃいませ」

絶対にやりたくない仕事だが、一七年も客の前に出ていると、自然と微笑《ほほえ》んでしまう。

非接触検温モニターの前を、顔を赤らめた中年女性が通りすぎた。チークが濃いのではなく、明らかに顔全体が赤い。発熱している可能性がある。

〈三六・九℃〉

「お客さま……」

そう言いかけて、小島は口を噤《つぐ》んだ。老舗百貨店・近江屋が新型コロナウイルス禍で定めた入店規制は、三七℃以上の客を止めることだ。〇・一℃の差で、さきほどの中年女性は該当しない。

以前の小島ならば、女性客の足を止め、懇切丁寧にその理由を説いた。だが、今はそんな気力などどこにもない。

入店客が途切れたとき、小島は左手首のスイス製腕時計に目をやった。交代の時間まであと二分に迫っていた。

先ほどの判断は的確だった。あの女性客を止めていたら、間違いなくトラブルになっただろう。怒りをぶつける客を宥《なだ》めるには、最低でも三〇分は要する。そうなれば、休憩時間があっという間に飛んでしまう。

万が一、あの女性が新型コロナウイルス陽性だったとしても、小島自身にミスはない。入店規制は厳正に遵守したのだから。

「小島さん、交代です」

背後から小声が聞こえた。振り返ると、通販部門の配送センターや地味な総務部で出張用のチケット手配係として働いてきた年上の社員、宇佐美が立っていた。

「遅いよ。交代のときは余裕を持って来るのが近江屋の常識だからな」

「すみません、異動したばかりで勝手がわからないもので」

宇佐美は肩をすぼめ、何度も頭を下げた。

「ちゃんとチェックして。万が一売り場発のクラスターが発生したらあんたの責任だから」

マスク越しでもわかるように舌打ちしたあと、小島は椅子から腰を上げた。その直後だった。

「あれ、小島さんじゃない」

検温モニターの前で、細身の女性が立ち止まった。イタリアのブランド物のサングラスと薄いピンクのマスク。クリーム色のパンツスーツ姿で、少し掠れた声に聞き覚えがあった。

「神崎さま、ご無沙汰しております」

小島は深々と頭を下げた。

「どうしたの、こんなところで？」

神崎は他の客に聞こえるように大きな声で言った。百貨店のスタッフと懇意にしている私は、その他大勢の客とは違うのだと暗に言っているのだ。

「色々と社内で異動がありまして。今は腰掛けです」

神崎は日本橋にある老舗料理店の一人娘で、一〇年前に結婚した婿が店を取り仕切っている。神崎自身も店のブランディング戦略を練っているというが、実質は企画会社に丸投げで、いつもこうして百貨店に現れる。

「最近、紳士服売り場のディスプレイがダサいし、商品もちょっと冴えないわよ」

神崎はずけずけと言う。

「申し訳ありません」

小島は百貨店マンの習性から、揉み手で反応した。

「旦那さんのスーツ買うんだけど、付き合ってくれないかしら」

神崎の口調は強い。前の部署であれば、飛び上がるほど嬉しい言葉だ。今は立場が違う。

「申し訳ございません。今は担当ではありませんので」

「どうして？　一年に二〇〇万円以上スーツ買ってきたのに。それに、私の服だって……」

神崎がサングラスを外し、小島を睨んだ。五〇歳を超えているが、エステの効果で肌艶はよく、三〇代半ばと言っても通用する。老舗の一人娘としてわがままに育ったからか、退《ひ》くという言葉を知らない。

「まことに申し訳ありません。売り場担当には連絡を入れておきますので、どうかごゆっくり」

他の入店客がじろじろと小島と神崎を見ている。額にじっとりと汗が浮かんだのがわかった。

「わかったわ。よろしくね」

サングラスをかけ直すと、神崎はエレベーターへ向かった。マスクの下で安堵の息を吐き、小島は化粧品売り場を抜け、従業員用の控室へと足早に歩いた。

売り場の外れで控室のドアノブを握ったとき、額に浮き出した汗が手の甲に滴《したた》り落ちた。贔屓《ひいき》客に会った気恥ずかしさ、意図せざる異動を強いられた悔しさ。小島の胸の中で様々な思いが渦巻いた。

腕時計を見る。午前一一時一五分を回っていた。休憩時間はあと四五分。この間に昼食を済ませねばならない。以前なら、新宿本店近くの天ぷら屋や洋食店、ときには寿司屋に出かけ、同僚やブランドのデザイナーたちと情報交換していたが、今はそんな時間がない。

もう一度、腕時計を見た途端、不意に涙が溢れてきた。本来ならば、パリやミラノで気鋭のデザイナーと食事を摂《と》り、次に流行《はや》りそうな傾向を聞き出していたはずだ。出張の最後は自費でスイスを回り、好きな時計ブランドの直営店を巡っただろう。

バイヤーだった頃の自分は、現在の姿を想像できただろうか。新宿で創業した近江屋に入社し、地方の旗艦店を経て念願の本店営業一部に配属された。

営業一部では、英語と仏語の実力を買われ、欧州ブランドとの折衝や買い付けを担うバイヤーに任命された。

二カ月に一度の割合で欧州に渡り、思う存分仕事をした。同時に近江屋が新設したモード館の担当も兼務して売り上げを伸ばし、近江屋を背負《しょ》って立っている自負があった。

息を止め、ドアノブを回した直後だ。控え室の中から、背の高い男が顔を出した。

「おう、小島じゃないか」

目の前に現れたのは、一年前に小島が配属された「レスキューチーム」の一員で、一年後輩の松田だ。大学野球の関東リーグで何度も決勝に進んだ名の知れたピッチャーで、近江屋では食品売り場の担当に就いた。当時の常務が野球好きで、自分のチームを補強するために就職させたという噂があった。

松田がどういう経緯でレスキューチームに回されたのかは知らないが、体育会系独特の押しの強さがあり、小島が一番苦手としている存在だ。

「なんかさ、午後は物産展の手伝いやらされるみたいなんだよね」

物産展が開催されるのは、一〇階の催し物会場だ。一昨日から北海道フェアをやっていたはずだ。

小島の配属先のレスキューチームは、読んで字の如しで、本店や地方支店の欠員やイベント時のヘルプを専門にする新設部署だ。

「俺みたいなデカいのが物産展の行列を整理していたら、邪魔じゃんね」

松田の口元が醜く歪《ゆが》んだ。

「小島は楽でいいよな、検温係だもんな。小学生だってできる仕事だ」

松田が小学生という部分に力を込めた。

「一休みしたら、宇佐美と交代で検温だろ？」

松田は大きな手を伸ばしてきた。小島の肩をつかみ、力を込めてくる。

「俺、体弱いから検温係がいいなあ」

松田の手に更に力がこもった。鋭い痛みが走る。

「わかったよ。俺がフェアの行列整理に回る」

もう一度口元を歪め、松田が笑った。きつくつかんでいた手が小島の肩から離れた。

「フェアやっている間、俺は検温に回るから」

「ちょっと、それは……」

小島が言い返そうとすると、松田が顔を近づけて睨んできた。小島は渋々頷く。

松田が笑いながら本店の売り場へ出て行ったあと、小島は両手を握りしめた。

本店営業一部にいた人間がなぜ地下食品売り場出身の運動バカにこけにされなければならないのか。

モード館が営業を開始すると、内外から多くの顧客が押し寄せた。国内のファッション誌だけでなく、全国紙やテレビ局、海外からもメディアが殺到した。

近江屋というブランドイメージを刷新する際、ファッション売り場から企業の体質を変えたのは小島ら営業一部のバイヤーたちだ。

なぜ自分だけこんなことになったのか。小島は腕時計に目をやった。今度スイスに行けるのはいつか。バイヤーという肩書きがなくなったら、あの老舗メーカーの社長は会ってくれるのか。

惨めだ。なんとしてでも元の職場に戻る。そう決意すると、額に玉のような汗が再び湧き出した。

3

理子は窓際のベッドで目を覚ました。その瞬間、すえた臭いが鼻を刺激した。

昨夜、ガールズバーに出勤する直前に洗濯を済ませ、籠に衣類を入れて置いた。母にベランダで干すよう頼んでいたが、約束は果たされなかった。溢れた牛乳を拭いたあとの雑巾のような臭いが充満している。

洗濯のやり直しだ。元々短い睡眠時間から最低でも三〇分が奪われてしまう。

うつ病の母は、体を動かすのが億劫だったのだろう。

理子は足音を忍ばせ、玄関横のリビングダイニングを通り抜けた。すると、奥の寝室から母の小さないびきが聞こえた。

理子は安堵の息を吐く。

食事の支度はどうした、買い物をしてきたのか。ここ数日、母はどなり散らしていた。寝ていれば、口論は起きない。流しに向かおうとしたとき、爪先に固い何かが触れた。目を凝らした。理子の足に当たったのは、アルコール度数の高い缶チューハイだった。それも一本ではなく、テーブルの下に五、六本ある。昨晩家を出るときには見なかった。理子が出かけてから、母は近くのコンビニで買ってきたのだ。チューハイを買いに行く時間があるなら、なぜ洗濯物を干してくれなかったのか。

理子は思わず舌打ちした。

母に付き添って心療内科を訪れた際、処方される抗うつ薬はお酒との相性が悪く、最悪の場合、アルコール依存症になる恐れもあると医師に注意された。

空き缶を拾い集め、ゴミ箱に捨てると、理子は椅子に腰を下ろした。買ってきた値引き品のおにぎりを食べ始めた直後、また涙が溢れた。

人生の歯車が狂い始めたのは、五年前で理子が一六歳のときだった。中堅建設会社に勤める父の度重なるDVとモラハラに悩まされた母は、一年半の調停を経て離婚した。当時の父は、役員昇進が間近だった営業本部長で、他所《よそ》に女がいたらしい。会社の待遇はよく、他のサラリーマンより経費を使える立場にあった。

父の暴言と暴力に嫌気が差していた理子は、母との暮らしを選んだ。女子大時代に母が住んだ下落合に賃貸マンションを見つけ、二人の生活が始まった。

理子は都立高校に通い、大学受験に備えた。母は女子大時代の友人の夫が営む食品卸会社に就職し、経理部で正社員として働き始めた。

父からの慰謝料と養育費は月々一二万円で、一年前まで毎月きちんと振り込まれた。離婚が成立した直後、母が公証役場に出向き、慰謝料と養育費の不払いがあった際は強制執行が可能だとする公正証書を作ったからだ。

だが一年前、父の経済環境が激変した。勤務する建設会社が談合の疑いで強制捜査を受けた。この際、担当役員だった父は刑事告発され、その後起訴された。会社は父を守らず、あっさりクビとなった。父はたちまち生活に窮し、振り込みが途絶えたのだ。

母は公正証書を盾に猛然と抗議したが、無い袖は振れないと主張する父が押し切る。父は執行猶予判決を得て社会復帰したが、年齢が年齢だっただけに再就職はままならず、日雇いの仕事を転々とするうちに連絡が取れなくなった。

当然、振り込みが復活することは一度もなかった。以降、理子と母は月々一二万円を補てんするための生活が始まった。

一二万円ならなんとかなる……当初、母と理子はそう考えていた。食品卸会社に正社員として勤めていた母は、終業後に清掃や配達のパートを掛け持ちするようになった。理子もバイトを始め、母娘二人で二、三カ月程度はなんとか不足を稼いだ。

そこに思わぬ落とし穴が二人を待ち受けていた。新型コロナウイルスの世界的な大流行《パンデミック》だ。

新型コロナウイルス流行の影響は、まず母を襲った。勤め先の食品卸売会社の業績が急激に悪化したのだ。取引先のレストランやファミレスチェーンが休業を強いられ、勤め先の売り上げが急減した。先の見えないウイルス禍で、勤め先は人員整理に乗り出した。真っ先に切られたのが、社歴の浅い母だった。母は大学時代の友人に土下座して頼み込んだが、願いは聞き入れてもらえなかった。

月に手取りで二五万円ほどだった収入が途絶えたと同時に、母はうつ病を発症した。元々生真面目で責任感が強い性格だったことが災いし、親戚や友人に借金の相談を重ねるうち、症状は日増しに悪化した。

父との離婚後、生活は倹《つま》しくやってきたが、母娘二人には蓄えが一〇〇万円ほどしかなかった。家賃や生活費で貯蓄はあっという間に消えた。母が壊れて以降、理子は一家の大黒柱となった。

大学近くの弁当屋でアルバイトするため、テニスサークルには行かなくなった。それでも弁当屋の収入だけでは不足分を補うことは不可能で、中学時代の友人に勧められるまま高田馬場のガールズバーに入った。

週に五日、可能ならば六日勤務した。入店時の説明では、ドリンクバックを入れれば一日一万六〇〇〇円程度、時給換算では二〇〇〇円となり、午後九時から午前五時まで勤務して月に約三〇万円程度は稼げる計算だった。

コロナウイルス禍でもガールズバーは営業を続け、なんとか家計を支えられると考えたが、実際は厳しかった。一日の来店客数が一人、二人という日が続き、ドリンクバックはおろか、基本給の確保さえ難しかった。時給を保証してほしいとオーナーに頼み込んだが、雇ってもらえるだけありがたいと思えと言われ、泣く泣く諦めた。

客がこないときは、大きな看板を抱えて高田馬場駅のガード下に立ち、客を引いた。この間、小中学校時代の同級生に見つかった。恥ずかしくて顔から火が出そうな思いをしたが、生きるためには我慢するしかなかった。

二カ月ほど前から、地元商店主や大学の講師など常連客が付き始め、理子は目標としていた三〇万円という収入を弁当屋のバイトと合算してなんとか達成するようになった。

寝室のいびきが途絶え、母が咳き込んだ。おそらく痰が絡んだのだろう。

今、隣室でえずいているのは、母ではない。全く別の人間なのだ。

「死ねばいいのに」

思わず呟いていて、理子は慌てて手で口を覆った。疲れている。惨めだ。人並みの生活を送りたい。この一年、ずっと考えてきた。

肉親に対して、死ねという言葉が咄嗟《とっさ》に出たことが驚きだった。テーブルの上を見た。引っ越してきた当初、母が綺麗に拭いていたテーブルには薄《うっす》らと埃が積もっていた。

小さな部屋を見渡すと、母が脱いだままのデニムやTシャツがあちこちに散らかり、空のペットボトルがいくつも転がっていた。

親に対して死を望むのは、こんな荒んだ生活環境が自分を歪ませたからだ。スマホを取り出すと、理子はSNSの大手、フェイスノートのアプリを起動した。

〈人並みの生活に戻れるのはいつ?〉

誰に告げるでもなく、理子は短いメッセージを投稿した。

4

北海道フェアの人員整理業務を終えたあと、小島は世田谷区の経堂にある実家に帰宅した。馬事公苑に近い一軒家は、五年前に亡くなった父が四三年前に建てた。今は年老いた母と二人暮らしだ。ただいま、と小さな声で告げると、小島は母の顔を見ることなく二階の自室へ向かった。本店を出る際、母には夕飯を食べて帰ると連絡した。茶の間から、おかえりと小さな声が返ってきただけだった。

八畳ほどの洋室には、学生時代の机がそのまま残っている。その横に、小さな部屋には不釣り合いな大きな衣装ケースがある。

ネクタイをほどき、ジャケットとパンツを脱ぐ。無意識のうちにため息を吐いた。

「なにしてんだ、俺」

今度は思いが口をついて出た。独り言に気づき、また嫌悪感に襲われる。ワイシャツを衣装ケース脇の洗濯用のバスケットに投げ入れる。

几帳面な母はバスケットから汚れ物を毎日回収し、洗濯とアイロンがけをこなしてくれる。だが、五十路《いそじ》を越えた男が母親に服を洗わせている。他の同期や同僚たちは妻がいて家庭がある。自分はこのままでいいのか。

営業一部で海外出張と新たな販売企画に携わっていたころ、中堅出版社のファッション誌の編集部に勤める六歳下の編集者、和佳子《わかこ》と付き合い始めた。

モード館の新設時に訪ねてきた際、贔屓のデザイナーが一緒だったことで意気投合し、付き合った。欧州出張から戻ったあと、いつも和佳子と食事に行った。現地のファッションショーで撮影した写真や、街角で撮ったスナップを見せると、和佳子は目を輝かせた。

〈休みのタイミングを合わせて一緒にミラノへ行こうよ〉

和佳子は屈託のない笑みを浮かべて言った。小島も真剣に休みを合わせようとしたが、あちこち飛び回る多忙なバイヤーと、締め切りに追われる編集者の間では、結局互いにバカンスの調整は果たせなかった。だが、なんとか一五年前に結婚し、実家に近い梅ヶ丘に二人のマンションを借りた。

その後、小島に一大転機が訪れた。ネット通販の台頭、ファストファッションの攻勢にさらされ、業績が悪化していた近江屋が全国の店舗網の見直しに動いたからだ。

札幌や福岡、広島の店舗を閉めたことで、大規模な人員整理と人事異動が実施された。新宿本店の営業一部には、大阪でナンバーワンのバイヤーが移ってきた。京都の老舗呉服店の三男坊の副島《そえじま》という五つ歳下の男だ。

持って生まれた人当たりの良さに加え、呉服店で培った腰の低さ、なにより日本の伝統美に詳しい男は、西陣織を現代風にアレンジしたスーツやシャツを次々にヒットさせ、たちまち本店内での存在感を高めた。

小島が熱心に商品を集めてきたモード館にしても、副島が企画した日本的なスタイルが欧米や中国の富裕層に受け、爆発的なヒットを記録した。

営業一部の中で発言力を増していく副島に対し、小島が居心地の悪さを感じ始めたとき、和佳子と距離ができ始めた。互いに多忙だったことが原因だ。だが、後に和佳子が仕事で知り合った副島に惹《ひ》かれ、なんども隠れて会っているという噂を本店内で耳にした。

仕事に集中しすぎていたのはわかっていた。それでも和佳子の裏切りは許せない。負の感情を抱いた。その後、和佳子から別れを切り出された。副島の名を口にしかけたが、止めた。あまりにも惨めだった。和佳子はマンションから出て行き、追って離婚届けが届いた。

もうこれ以上、物事を考えるのが鬱陶しくなり、和佳子の言いなりになって署名捺印して区役所に提出した。

その後も営業一部で働いていたのだが、つい最近、仕事のストレスから胃炎を患い、一週間入院した。退院して自宅療養を経た後、本店に出勤すると上司から異動の内示を受けた。その異動先が本店のレスキューチームだった。

〈体調を崩した本店メンバーを集め、療養と仕事を両立させる部署〉

上司にはそう説明されたが、いざ本店一階の倉庫のような部屋に行くと、現実は全く違った。

急激なリストラで余剰人員となり、小島のように病気を患い、心身に不調を抱えた社員ばかり二〇名が集められていた。

近江屋は絶対に認めないが、実質的な退職勧奨だった。ネットで調べると他の大手企業でも同じような部署が作られていることを知った。

人材開発室、ネクストキャリア創生室——前向きな響きを持つ名前がネット検索にヒットした。要するに肩たたきに応じない社員を集め、何も仕事を与えない、あるいは遠隔地に異動させるなど、退職を促すだけの部署だ。

近江屋の場合、他の大手電機メーカーや食品会社のように転職強要や仕事を与えないなどの露骨なことはなかったが、営業一部の第一線にいた小島にとっては、与えられる仕事は耐えられないものばかりだった。

一番精神的に応えたのは、マネキン運びだった。モード館の地下二階にある倉庫から、本店の各フロアに持って行き、売り場で不要になったマネキンを倉庫に戻す作業だ。従来、アルバイトや運送業者に委託していたが、経費削減策の一環としてレスキューチームに仕事が割り振られた。本店や支店で何か困りごとがあれば、レスキューチームに一報の上、適宜作業を任せるという流れだった。聞こえは良いが、花形部署に長く在籍した小島のような人材には、耐え難い仕事だった。

　ほかにも本店入り口での検温作業、フェア会場の行列整理等々、単純すぎる作業や、体を酷使する仕事ばかり割り振られた。

　他社の追い出し部屋のように、全く仕事を与えない方がまだマシだと思った。真綿で首を絞めるように社員のやる気を削ぐ。三〇年も滅私奉公した近江屋の仕打ちは耐え切れない。

　スマホを取り出したあと、小島はSNSのトークライブのアプリを起動した。

〈こんな会社、木っ端微塵にしてやる〉

　短い言葉を呟いたあと、小島は投稿ボタンを押した。

5

　梅雨は明けたものの、依然として東京の空気は重い湿気をまとっていた。癖毛がより一層縮れる。長峰勝利《ながみねかつとし》は目の前に垂れ下がる前髪を指で摘み、なんども伸ばした。

「そんなに気になるなら、切っちまえばいいだろう」

　隣席に座る四〇代前半の警部補《しゅにん》が言った。

　まあ、そうですね、と長峰は当たり障りなく返答し、右手をキーボードに戻した。隣席の角刈りの中田警部補は、ずっと生活安全畑にいる。中学、高校と柔道部で活躍し、私大にいる頃から警視庁にスカウトされていたという猛者《もさ》だ。

所轄署時代は地域課から生活安全課に異動し、風俗店の摘発や都内の歓楽街の浄化作戦に従事してきたが、半年前に早期の胃がん摘出手術を受けた。現在は警視庁本部の生活安全部サイバー犯罪対策課でリハビリのような日々を送っている。

「しかし、日がな一日パソコン睨んで仕事って言うのかね」

中田が長峰の端末モニターを覗き込み、言った。

「これが任務ですから」

画面を睨んだまま、長峰は答えた。中田と違い、長峰は中途採用組だ。一〇年前に私大の理学部を卒業したあと、大手電機企業にシステムエンジニアとして就職した。大手銀行のメインフレームのメンテナンス作業やネット関連事業に携わった。だが、エンジニアの常として、常軌を逸する長時間労働と低賃金に苦しみ、メンタルを病んだ時期もあった。

五年前、新聞記事で警視庁がサイバー犯罪対策課を強化するのに伴い、スキルのある外部人材を求めていると知り、応募した。

サイバー犯罪対策課は第一から第四までの大きな枠組みの中に計一〇の捜査係がある。不正アクセスのほか、ネット上に有害・違法情報を流す犯罪者を常に監視している。最近はネットバンキングの不正利用にも目を光らせる。

長峰が所属するのは、ネット上の犯行予告の解析、システムに不慣れな所轄署の応援に回る機動サイバー班だ。

中田のように現場捜査が主任務だった刑事から見たら、一日中デスクにいるような捜査員は仕事をしていないに等しいのだろう。

機動サイバー班の動員は着実に増えている。スマホの普及で誰でも簡単に犯罪予告ができるからだ。例えば大学入試の時期には、学校に爆弾をしかけたという予告がSNSに上がる。入試を忌避したい受験生の嘘だとわかってはいるが、万が一ということもある。

こうしたケースで、長峰は中田のような実地捜査の経験が豊富な刑事らと組み、覆面車両で都内中を駆け回る。この間ログ解析やプロバイダへの開示請求などを行い、被疑者を着実に捕捉していく役割だ。

「そうだ、長峰とはまだ飲みに行っていないな」

スポーツ紙を畳みながら、中田が言った。

「俺、あんまり酒飲めないんで」

画面を睨んだまま、長峰は答えた。

「そんなの関係ねえだろ。組織を円滑に回すためには、酒が欠かせない」

いつの間にか、中田が椅子の向きを変え、長峰の真横にすり寄っていた。

サイバー犯罪対策課は、中途採用組と生え抜き組が半々の構成となっている。中田のように武術が得意で一貫して現場を歩いてきた捜査員は、なにかと理由をつけて酒を飲みたがる。一度、生活安全部全体の飲み会に出たが、長峰は一時間が限界だった。

有楽町の居酒屋で開かれた慰労会には、部長ら幹部のほか、手の空いた捜査員三〇名ほどが参加した。部長の乾杯までは良かったが、幹部連中が三〇分ほどで退席すると、ノンキャリアの捜査員たちのパワハラがはじまった。

強い酒を強引に飲ませる、年次が下の捜査員に裸踊りを強要するなど、メディアがいたら大問題に発展することばかりだった。人一倍人見知りで、無口な長峰には拷問に等しい時間だった。

「新橋に行きつけの店がある。肉も美味いし、魚も新鮮だ。どうだ、今晩あたり？」

中田が顔を近づけ、言った。タバコ臭い息が長峰の嗅覚を刺激した。

「あの、今晩は予定があるので」

女か、と言って中田が小指を立てた。長峰は曖昧な笑みを浮かべた。

「デートなのか？」

中田が畳み掛けてくる。こういう人種が苦手だから、エンジニアになった。だが、民間の給与は安く、休みも少ない。警視庁での職は地方公務員であり、規定の給与のほかに残業代もきちんと支払われる。今さらブラックな民間の仕事には戻れない。かといって、中田のような同僚には辟易する。

「ちょっと中田さん、それはパワハラですよ」

いつの間にか、スーツ姿の女性が長峰の横にいた。セミロングの髪、銀縁のメガネの森谷奈津美《もりたになつみ》巡査部長がいた。年齢は長峰と同じ三〇代前半で、所轄署の刑事課から二年前に本部の生活安全部に異動してきた。左手の薬指にはシルバーの指輪が光る。五年前に小学校勤務の男性と結婚したという。

「パワハラじゃねえよ。親睦を深めようとお誘いしただけだ」

「立派な無理強いですよ」

存外にきつい口調で森谷が指摘する。中田が肩をすくめ、自席に戻った。

「別に庇《かば》ったわけじゃないから。これお願い」

そう言うと、森谷が一枚の紙を長峰に差し出した。

「ちょっと気持ち悪いから、調べてもらってもいい？」

森谷が眉根を寄せた。紙を受け取り、中身をチェックする。

〈こんな会社、木っ端微塵にしてやる〉

ユーザーが短文を投稿するトークライブのコピーだった。

「本当に爆破予告？」

森谷が言った。長峰はユーザー名を見る。

〈koji.koji〉

自分の名前をもじったハンドルネームだろう。アイコンはフランスの国旗で本人の顔写真はない。

手元のキーボードを引き寄せ、トークライブにログインし、〈koji.koji〉なる人物の投稿を遡《さかのぼ》ってみる。

多くのユーザーが写真をアップロードし、他のユーザーの発言を引用しているのに対し、この人物は自分の発言のみを投稿していた。

〈だからさ、力仕事は勘弁してよ〉〈俺にふさわしい仕事を割り振ってくれ〉

どんな会社に勤務しているのかはわからないが、仕事上のストレスを抱えているのは明らかだ。毒吐き用の裏アカウントかもしれない。

「本当にやると思う？」

「爆破ってこと？」

長峰の問いかけに、森谷が頷く。

「さあ、どうかな……」

長峰は首を傾げた。

世の中には仕事に疲れ、ＳＮＳでストレスを発散させる向きが無数にいる。匿名を良いことに、他人を誹謗中傷する輩《やから》も少なくない。〈koji.koji〉というユーザーはおそらく男性で、プライドが高い。望まない人事異動かなにかで毒を吐いているのだ。

長峰はさらに投稿を遡った。二、三日に一度か二度投稿している。それも決まって夜だ。仕事帰りの電車の中、あるいは自宅でアクセスしているようだ。

「これだけじゃわからないな」

他の投稿も似たり寄ったりで、自分の胸の中に溜まった不平不満を吐き出しているにすぎない。

「一応、チェックリストに入れてもらってもいいかしら？」

機動サイバー班では、ＡＩを使ってこのようなユーザーを日夜チェックし、さらに不穏な行動にでないかパトロールしている。

〈殺してやる〉〈火をつける〉〈爆破する〉

犯罪を匂わせるようなキーワードをＡＩに学習させ、膨大な数のネット上の書き込みや投稿から抽出する仕組みだ。

「中田さん、長峰さんには仕事ができましたから」

森谷がきつい口調で言うと、中田がバツの悪そうな顔になり、肩をすくめた。

「さて、誰を誘うかな」

中田が椅子から立ち上がり、他の若手捜査員たちの方へ向かった。

「これで約二〇〇名か」

最近抽出した要注意人物の数は、着実に増えている。景気が悪く、給料も上がらない。ストレスで心を病んだ人間がそこかしこにいる。

画面に向かって言うと、長峰は〈koji.koji〉というアカウントを監視用のフォルダに入れた。

6

「ガルバいかがですか！」「ビール冷えてます！」

店長のミキとともに、理子は高田馬場駅脇のガード下で声を張り上げた。午後九時半になっても、ガード下には湿った熱気がこもり、店の宣伝ボードを持つ手に汗が滲む。

「今日はまだ一組も入ってないから、ヤバいよ」

店長のミキは理子より三つ上の二四歳だが、四〇代前半の男性オーナーから店舗の仕切り一切を任されている。時給は理子より五〇〇円高いが、その分責任が重い。客引きの声も真剣だ。

「ビール飲んでいきませんか？」

理子は中年男性の三人組に声をかけた。年齢は四〇代後半から五〇代前半くらいか。三人ともベルトの上に下腹が乗り、白いワイシャツのボタンが弾けそうだった。

「お姉さんがお酌してくれるの？」

「もちろんです！」

小首を傾げ、理子は精一杯の作り笑いを浮かべた。額が後退した中年男の顔には、汗が浮き出していた。仕事でなければ絶対に話したくない人種だ。

「俺にもお酌してくれる？」

白髪交じりの角刈り男性が言った。

「そうですよ」

理子は自分でも気持ち悪いくらいトーンを上げた。

「お姉ちゃんいくつ？」

一番右端にいたメガネの男が言った。理子に年齢を尋ねたあと、メガネ男は無遠慮にげっぷした。

理子は自分でも顔が引きつったのがわかったが、なんとか声を絞り出す。

「二一歳です。どうですか、もう一杯ビール飲んでいかれませんか？」

三人組が顔を見合わせ、互いに目線で合図した。メガネの男が口を開いた。

「いくらなの？」

「初回ですと、一人二〇〇〇円で四〇分間飲み放題です。お得ですよ」

理子が説明した。額が後退した男が眉根を寄せる。

「飲み放題とか言ってさ、チャージだのチャーム代だのが加算されていくんじゃないの？」

「多少はかかりますけど、他所の店よりは断然安いです」

他のエリアで遊んだことがあるらしい。飲み放題二〇〇〇円にはチャージなどの細かいからくりがあり、安く済むはずがないことを知っている。

「姉ちゃんのお尻触らせてくれたら、考える」

角刈り男が唇を舐めながら言った直後、暑いはずなのに、理子の両腕が粟立《あわだ》つ。

「お触りはダメですよ」

他の客を逃したばかりのミキが割って入った。

「お姉さんは大分肌が荒れてるねぇ」

角刈り男は理子に顔を近づけ、舐め回すように視線をあちこちに動かした。今度は背中に悪寒を感じた。いくら客引きが大切な仕事とはいえ、ここまで露骨にセクハラされるのはごめんだ。理子はミキにもう無理、そんな意味を込めて視線を送った。

「三名様五〇〇〇円でどうですか？　チャージ代はなしにしますから」

ミキは引きつった顔で返答した。週の真ん中で大勢の客は見込めない。店長として、たとえ気持ち悪い客であろうと売り上げを立てたいのだ。

「どうするよ」

三人の中年男が気味の悪い笑みを浮かべ、話し合いを始めたときだった。

「ごめん、ビール飲めるの？」

理子の背後から声が聞こえた。振り返ると、長身の男女が立っていた。

男はウエーブのかかった髪をオールバックに整えた無精髭ルックで、身長はゆうに一八〇センチを超えている。白いリネンのシャツと細身で丈の短いパンツで、素足にローファーを履いている。

連れの女性も背が高い。身長一七〇センチはあるだろう。薄いブラウンのサングラスをかけ、ベージュのタンクトップに生成りのブラウス、そしてバギータイプのパンツだ。二人ともモデルのような体型で、中年男三人組とは正反対だ。

「喉渇いちゃった。お店はどこ？」

サングラスを外し、女が笑みを浮かべた。くっきりした眉毛と二重の瞼、小さな顔。南米のラテン系女性を思わせる顔立ちで、声はハスキーだ。

「すぐ近く、歩いて一、二分です」

三人の中年男を無視するように、店長のミキが言った。

「すぐに行こう。熱中症で倒れちゃうよ」

長身の男性が軽口を叩いた。

「あの、ウチは居酒屋ではなくて、ガールズバーですけど、よろしいですか？」

「君たちが一緒なんだよね？」

男性が笑みを浮かべた。

「ええ、ちょっとだけお金かかりますけど」

「構わないよ、さあ、連れていって」

長身男性は連れの女性に目配せした。女も笑みを浮かべている。

「ではご案内します」

理子はミキの分の看板も手に持ち、カップルを引き連れて歩き出した。


理子はカウンターの中に入り、長身のカップルにおしぼりを差し出した。

「馬場にはよく来られるんですか？」

理子が尋ねると、二人が同時に首を横に振り、男が口を開いた。

「美味い天ぷら屋があってね。なかなか予約が取れなかったけど、今日やっと行けたんだ」

男はスマホを取り出し、画面を理子に向けた。

液晶には海老の天ぷらが映っていた。スーパーの見切り品で油が浮いているような天ぷらではなく、海老の頭と足が今も生きているように揚げられ、身は綺麗なアーチを描いていた。

「天使の海老っていうの。外側はサクサクで身の内側は絶妙なレア。今度、行ってみて」

女が鼻の頭に皺を寄せ、店名を告げた。クールな印象とは対照的に、口調は気さくだった。雑誌やドラマで見るような、生活感が一切ない女性だ。自分の周りにはこんな人種はいない。

「料金のご説明をさせていただきますね」

二人分のビアタンブラーを運んできたミキがリーフレットを持ってきた直後だった。男性客が口を開いた。

「詳しいことはわからないけど、とりあえず五万円になったら教えてね。僕らかなりビール飲んじゃうからさ」

五万円という金額に理子はミキと顔を見合わせた。先ほどの中年男三人組のように、飲み放題の詳細やチャージ料金を微に入り細に入り尋ねる客が大半の中で、目の前のカップルは、この店では滅多に聞けない途方もない数字を持ち出した。

「ごめん、安すぎたかな」

二人が口を噤んでいると、男性客が口を開いた。

「いえ、とんでもないです。ではそのように会計をさせていただきます」

ミキの肩が強張っているのがわかった。

「君たちも暑かったでしょう。よかったら好きなドリンク飲んでよ」

男が言った。もう一度、理子はミキと顔を見合わせた。いつも愛想笑いを浮かべながら、ドリンクをねだるのが常だ。客の側から飲めと勧められたのは、一年の勤務経験の中で二、三度しかない。

「ありがとうございます。理子はビール、それともハイボール？」

ビールと答えてから、理子はミキとともに乾杯を始めた二人に頭を下げた。

「りこちゃんっていうんだ。どんな字を書くの」

理子がサーバーからタンブラーにビールを注いでいると、女が口を開いた。

「理科の理に、子供の子です」

女の顔つきが一瞬変わった。理子を見据え、なんどか首を傾げた。

「その髪型似合わない」

理子は女を見た。依然、女は首を傾げたまま理子を見つめている。

「ちょっといいかな」

そう言うと女が立ち上がり、理子の髪に触れた。

「前髪作っちゃうと、子供っぽすぎるの。こんなのはどう？」

女は慣れた手つきで理子の前髪をかき上げ、器用に分け目を作った。ちょうど顔の左半分から髪を流す感じになった。

女は自分のスマホのカメラを起動し、理子の前に差し出した。小さな画面に自分の顔がある。見慣れた疲れた顔ではなく、印象が全く違う。女が言う通り、少し大人びている。

「ほら、また悪い癖だ。とりあえずビール飲んじゃおう」

男がわざとらしく顔をしかめ、隣の女を見た。

「ごめん、仕事モードに入っちゃった」

もう一度鼻の頭に皺を寄せて笑う。いつの間にかミキがタンブラーにビールを注ぎ、カップルの前に置いていた。二人は飲み始めた。一気に半分以上を喉に流し込む。

「どうせすぐなくなっちゃうから、もう一杯ずつお願い」

軽やかに笑うと、男が残りを飲み干した。

「ありがとうございます」

知らず知らずのうちに、ミキの声が弾んでいた。

「私もいただきます」

理子はビールに口を付けた。もし、この二人が現れなければ、今頃あの中年三人組を相手にしていた。

臭い息を吐き、額に浮き出した汗を拭おうともしない中年男たちに比べ、眼前の二人は同じ生き物とは思えぬほど爽やかだ。

男は柑橘系、女はローズ系の香りがする。二人のコロンはほんのり香るだけだが、この暑さの中では清涼剤のように感じた。

「どんなお仕事されていらっしゃるんですか？」

ハイボールを半分ほど飲んだミキが男に尋ねた。

「僕は適当な自営業者。彼女は元モデルで、今は大手モデル事務所で講師を務めている」

理子はもう一度女の顔を見た。年齢は三〇代半ばくらいか。男の年齢は四〇代前半程度に見える。

「いくつに見える？」

理子の視線を感じたのか、男が口を開いた。

「四〇代前半、四二歳くらいですか？」

理子が答えると、女が噴き出した。

「よかったわね、イザワさん。もっとごちそうしなきゃ」

女がイザワという男の横顔を見て笑った。

「日頃の筋トレのおかげだね。僕は五三歳」

イザワがそう言った直後、今度はミキが噴き出した。

「ウチの父親と同い年です」

ミキが目を見開き、言った。

理子の頭の中に、酒に酔って母に暴言を浴びせる父の顔が浮かんだ。父は離婚時四八歳で、頭髪が薄かった。おまけに顔にシミが出て、老人を思わせるようなドス黒い顔色だった。イザワという男は小麦色に日焼けし、真っ白な歯を見せている。

「自営って、どんなお仕事ですか？」

理子は身を乗り出し、尋ねた。

「なんでも屋でね」

そう言うと、男が名刺をカウンターに載せ、理子に差し出した。

〈(株)ワルツプランニング　代表取締役　伊澤雅臣《いざわまさおみ》〉

「いただいてもよろしいですか？」

白い歯を見せ、伊澤が頷いた。なんでも屋とは実際はなにをしているのか。会社の住所は恵比寿だ。

「芸能や出版関係向けに人を手配しているんだ。お呼びがかかればどこにでも出かける適当なお仕事だよ」

三杯目のビールを飲み干し、伊澤が言った。

「私はミカコ。伊澤さんの飲み友達」

ミカコもタンブラーを空にした。

「あ、いらっしゃいませ！」

二人の背後のドアが開き、Tシャツ姿の青年二人が入ってきた。ミキは条件反射のように青年たちの前に進み出て、伊澤とミカコから離れたカウンター席に二人を誘導した。

「料金の説明からさせていただきます。初回ですので、最初の一時間は……」

ミキが淀みなく話し始めたとき、ミカコが口を開いた。

「理子ちゃん、もう少し身長があればトップモデルになれたかも」

理子の顔を正視しながら、ミカコが言った。理子の身長は一六〇センチだ。たしかに目の前の元モデルのように背は高くない。しかし、自分にモデルの可能性があると言われたのは初めてだ。

「本当ですか？」

理子は驚いた。ここ一年は生活費を稼ぐことだけに集中していた。ヘアカット代も美容系専門学校に進んだ同級生のカットモデルになり、浮かせていた。元々母親似で両目が大きいという自覚はあったが、元モデルにそんなことを言われるとは思いもしなかった。

「またスカウトしているの？」

伊澤がミカコを見ながら笑った。

「違うわ。でも……」

一瞬だけミキのほうを見た後、ミカコが声を潜めた。

「もっと条件の良い場所で働いた方がよくない？」

ミカコが発した条件という言葉に、理子はさらに身を乗り出した。

7

弁当屋のアルバイトを休んだ理子は、表参道に着いた。前日の夜、ミカコに誘われた。東京で生まれ育ったが、表参道に来るのは三度目だ。欧米の高級ブランドが立ち並ぶ街並みは知っていたが、貧乏な理子には全く無縁で、大学の同級生に誘われて街を訪れても全く楽しめなかった。

「理子ちゃん！」

表参道駅から青山通りを歩き、骨董通りの入り口にさしかかったとき、不意に声をかけられた。大きめのストローハットを被り、サングラスをかけたミカコが手を振っていた。

「よく来てくれたわね」

「ええ……でも、本当にいいんですか？」

〈もっと条件の良い場所で働いた方がよくない？〉

頭の奥で、ミカコの言葉が反響した。ミキが新規客の対応に追われる中、ミカコはうらぶれたガールズバーよりも稼げる場所があると囁いた。

理子は敏感に反応した。弁当屋とガールズバーの収入だけでは、患った母を養いながらの生活は無理だ。学業はおろか、体力も限界に近づきつつあると思っていた。ミカコが発した良い条件という言葉には、抗《あらが》えない磁力があった。

「朝一でスタイリストの枠を押さえたからね」

ミカコは骨董通りの奥のほうへ早足で移動する。理子はランウェイを歩くモデルのようなミカコの後ろ姿を追った。

青山通りから骨董通りへ三分ほど歩いたあと、ミカコが左に曲がった。輸入小物を扱うセレクトショップや小さなカフェが連なる一帯だ。高田馬場や理子が住む下落合と違い、くすんだ雰囲気がひとつもない。ファッション誌で見かけるような可愛い店が連なっている。

カフェのパラソル席の上をミカコが指した。

「スタジオ〈パール〉、普段は一般客の予約を一切受け付けないけど、私は常連だから」

カフェのパラソル脇の外階段前に着くと、ミカコが足を止めた。昨晩のように、鼻の上に小さな皺を寄せ、笑みを浮かべている。

「私なんかが……」

理子がそう口にした途端、ミカコが顔を近づけた。

「そのネガティブな発想や口癖は金輪際やめて。私がバックアップする以上、絶対に失敗しないから安心して」

ガスや電気、果ては水道料金まで気にしながら生きている。目先のことだけしか考えられない人間は、いつしか後ろ向きな感情に支配されてしまう。今、自分は今まで会ったことのない人種によって、最底辺を抜け出そうとしているのだ。

理子は顔を上げた。外階段の上に、小さなテラスがあり、その奥に白い窓枠とドアが見えた。

「今日ヘアカットしてくれるスタイリストはね……」

ミカコが有名なモデルと女優の名をあげた。

「本当ですか？」

「嘘言っても始まらないじゃない？　変身して人生変えようよ」

良い条件という言葉と同様、人生を変えようというミカコの言葉に理子の耳が鋭く反応した。

昨晩会ったばかりだが、ミカコの言葉は一つ一つが力強く、理子の心に刺さった。髪を切ることで

人並みの生活に戻れるなら、もちろんやる。理子は木製の手すりに触れると、足を踏み出した。

「こんな綺麗なお料理は初めてです」

目の前に並んだ複数の皿を見つめ、理子は声をあげた。カットされた野菜が盛られたプレートの横には、ガレット、その隣には小ぶりなヒレステーキの一皿がある。

骨董通りの裏手にある会員制のヘアサロンで髪をカットしてもらった。ライトブラウンに染めていたセミロングの髪は、三カ月も放置していた。

伸びた分の黒髪と毛先にかけてのブラウンが混じったプリン状態だった。ミカコの顔で、何カ月も先の予約が埋まっているという男性スタイリストが理子の担当になった。感性豊かな技で、理子は生まれて初めてショートボブになった。

理子は軽くなった耳元に触れながら、綺麗に盛り付けられた料理を見つめた。骨董通りから南青山へと移動し、有名な洋菓子店が営むカフェに入った。以前、若い女優が主演する恋愛映画のロケ地に選ばれたテラス席のある店で、開店直後にもかかわらず女性客やカップルが集まっていた。

弁当屋のアルバイトを休んでしまったが、カラーとカットで五万円以上かかる料金がただになった上に、おしゃれなカフェで四五〇〇円のランチを目の前にしている。

ガールズバーの仕事は最悪だが、真面目に勤務した結果、ミカコのような上客と出会うことができた。

「喜んでもらえてよかった。もちろんご馳走するから遠慮せずに食べて」

理子の目の前には様々な料理が並ぶが、ミカコの手元には、コーヒーとサンドイッチだけだ。

「でも……」

「いいから、食べて」

「いただきます」

皿の横に置かれたナイフとフォークを手に取ったとき、ミカコがまた口を開いた。

「スマホで写真を撮って、SNSにあげちゃいなよ」

ミカコが笑いながら言った。目元はどこか冷静だ。大学の同級生たち、それにガールズバーのミキら他のキャストたちにカフェの様子を見せつけたいと思っていた。だが、ヘアカット代を出してもらった直後の食事だ。はしゃいで写真など撮っていたら、礼儀を知らない小娘だと思われる。そう考えて我慢していた。

「いいんですか？」

理子が言うと、ミカコが頷いた。少しだけ腰を浮かせ、理子は全ての料理が写るよう、テーブルの上の位置からスマホをかざし、写真を撮った。

「あとで写真とコメントをアップロードします。では、いただきます」

両手を合わせたあと、理子はレタスとトマトのサラダにフォークを向けた。その後はガレットをカットし、一口食べた。

「どう？」

目の前のサンドイッチに手をつけず、ミカコはコーヒーを飲んでいた。昨日、そして今朝ヘアサロンに行く前までは優しい眼差しを向けてくれたが、今はどこか醒めている。

「美味《おい》しいです」

「そう、よかった。どんどん食べて」

ミカコはもう一口、コーヒーを飲み、じっと理子を見つめている。

「なんか、恐縮です」

今度はヒレステーキにナイフを入れ、口に運んだ。

「どう？」

もう一度、ミカコが尋ねた。

「美味しいです」

理子は肉片を飲み込み、答えた。

「本当のこと言っていいのよ？　どれも不味《まず》いでしょ？」

「えっ、あの……」

「出ようか」

ミカコはサンドイッチの皿の脇にある伝票を手にすると、さっさと出口に向かった。食べかけの皿を残し、理子も急ぎ席を立った。

8

小島は正午すぎに新宿本店に着いた。一階の化粧品売り場の奥、全く日の当たらないレスキューチーム用の部屋に重い足取りで入った。

メンバー表のあるホワイトボードを見る。小島が苦手な松田は横浜店のイベント整理の応援に出ている。明日の午後まで本店に戻らない。

小島は新宿駅構内にあるコンビニで買った烏龍茶とサンドイッチを会議机に置き、背広を脱いだ。

「おはようございます。お母さんのご様子はどうですか？」

部屋の奥から年長の宇佐美が顔を見せた。手には地下食品売り場の紙袋がある。バックヤードで昨日の売れ残り弁当でも調達して食べたのだろう。配送センターや総務の雑用ばかりだった男は、食事まで惨めだ。

レスキューチームは、近江屋のあらゆる部門から集められた落ちこぼればかりの部署だ。大阪のナンバーワンバイヤーに追いやられた上に体を壊した小島のほか、うつ病や統合失調症を患った社員が多い。宇佐美もうつ病を発症し、療養後に復帰してレスキューチームに配属された。だが、小島のような花形バイヤーとは格が違う。気軽に話しかけてほしくなかった。

「結局、入院だよ。とんだ災難だった」

「どうかお大事に」

小島の機嫌の悪さを察したのか、宇佐美が俯きながらロッカーの方へ向かった。猫背の後ろ姿を見つめ、小島は舌打ちした。

早朝五時半、小島は大きな物音で目を覚ました。アイロンをかけたワイシャツや下着を二階の小島の自室に運んだ母が、階段で足を踏み外して落下したのだ。

部屋を出ると、母のうめき声が聞こえた。慌てて階段を下りた。母の右の足首が奇妙な形に曲がっていた。素人目《しろうと》にも足首が折れているのがわかった。自室に駆け戻ったあと一一九番通報し、自宅から三〇分ほどの都立病院に向かった。

母は小島の想像以上に歳を取っていた。女子大時代はワンダーフォーゲル部に所属し、結婚してからも度々登山に出かけていた。つい二週間前も、友人たちと高尾山を登ったのだ。七七歳の母にとって自宅の階段は慣れていたはずだが、めまいを起こしたのだという。

担当医の見立ては足首の複雑骨折で全治半年。小島の連絡により、母の妹である叔母が病院に急行してきた。

母の処置を待つ間、小島はたっぷり叔母に嫌味を言われた。独身男がいつまで実家にいるのか。再婚に向けて、付き合っている人はいるのか。元々勝気な叔母だけに、姉の怪我を契機に出来の悪い甥を責め続けた。

叔母には娘と息子がいる。従姉妹《いとこ》は商社マンと結婚し、現在はシンガポールに住んでいる。その弟は一流国立大を卒業後、霞が関の中央官庁勤めだ。今は熊本県に出向し、県の幹部職員となっている。結婚もし、子宝にも恵まれていた。

絵に描いたような成功者の親戚に対し、小島は言い訳も反抗もできなかった。以前であればフランスやイタリアからの土産物で叔母の機嫌を取っていたが、今やそれも不可能だ。辛うじて、営業一部のバイヤーを外されたことを叔母は知らなかった。万が一、現在の日陰仕事がバレれば、叔母の顔は真っ赤に変わっていたはずだ。

入院の段取りをつけ、叔母や叔父たちに連絡を済ませ、なんとか出社したのだ。宇佐美の余計な一言のために、持ち直していた気持ちが萎えた。

なにかを捜しているのか、宇佐美がロッカーの棚をあちこち探っている。愚鈍な社員は、窓際の追い出し部屋に来ても鈍い。その姿を見ているだけで、腹立たしい。

「ちょっと、なにしてんだよ」

椅子から立ち上がり、宇佐美に近づく。

「すみません、交通費の精算伝票が見当たらなくて」

叱られた幼児のように、宇佐美が怯えた顔で言った。不意に地下食品売り場上がりの松田の顔が頭をよぎった。追い出し室に回されても、素行の悪い体育会系のバカ男に体力ではかなわない。それでもいつか営業一部に戻り、昔以上の実績を残せば松田を見返すことができるし、マウントを取られるようなこともない。

だが、今はバイヤーに戻る術がない。この鬱屈した気持ちを抱えたままでは、自分自身が壊れてしまう。

「交通費って言ったの？」

小島は宇佐美の背中に言った。眉毛を八の字に曲げ、宇佐美が頷く。

「そうか、総務にいたんだよね」

小島はさらに宇佐美を追い込む術を思いついた。

「スマホある？」

「ありますが」

ロッカー内の棚から、宇佐美がスマホを取り出した。

「今度さ、京都に行きたいんだよね。チケット、取ってくれないかな。総務の雑用経験長かったんだから、できるよね」

強い調子で告げると、宇佐美がスマホの画面になんどか触れた。

「俺の端末だと相性悪いんだよね、ＪＥ《ジャパン・エキスプレス》のアプリ」

小島は宇佐美の画面を覗き込んだ。ＪＥの新幹線予約専用アプリが表示されている。直近の週末、土曜日の日付と希望する時刻を宇佐美に告げた。

「普通車、それともグリーン車でしょうか？」

宇佐美が人差し指で画面を何度もタップした。

「グリーンに決まってるだろ」

そう言うと、宇佐美が肩をすくめ、グリーン車両のページを表示させた。小島は端末を無理やり宇佐美の手から剝ぎ取る。

「窓際、全部ね」

小島は一車両の左右、全ての窓際の席をタップしたあと、〈予約する〉のボタンを押した。

「ああっ、なにするんですか？」

「洒落だよ、洒落。どうせキャンセルできるんだろう？」

宇佐美の顔が青ざめた。小島は隣のグリーン車両の窓際の席もすべてタップし、先ほどと同じように〈予約する〉のボタンを押した。

「これで、あんたはＪＥに迷惑客としてリストアップされるんだ」

宇佐美の手にスマホを戻し、小島は舌打ちした。

「朝からイライラしてんだよ。俺の前に顔見せんじゃねえ」

乱暴に宇佐美のロッカーを閉じると、小島は会議机に足を向けた。

9

「美味しかったわね」

「はい、温かい食事なんて久しぶりでした。ありがとうございます」

麻布十番の古びた喫茶店で、理子は声を弾ませた。正面に座るミカコはハイライトに火をつけ、天井に向けて気持ちよさそうに煙を吐き出した。

南青山のおしゃれなカフェを突然出て、ミカコはタクシーを拾った。終始無言で、理子は一緒に西麻布の交差点近くで降車した。

次にミカコが向かったのは、元々は地元の精肉店だったという定食屋だった。彼女はミックスフライ定食、理子はロースカツ定食をぺろりと平らげた。ジューシーなカツはもとより、付け合わせのお新香、出汁《だし》の利いた味噌汁が沁みた。

昼食のあとは、再びタクシーに乗り、麻布十番にたどり着いた。

「ロースカツの写真は撮ったよね？」

ハイライトの煙を吐きながら、ミカコが尋ねた。

「ええ、もちろんです」

「ＳＮＳにアップロードしちゃだめよ」

ミカコが煙草を灰皿に押し付け、言った。

「使い分けるのよ」

「どういう意味ですか？」

問いには答えず、ミカコがハンドバッグから自分のスマホを取り出した。眉根を寄せて画面を睨んだあと、なんどかスマホをタップする。

「これ、私の教え子のフォトグラム」

ミカコが画面を理子に向けた。フォトグラムは写真投稿をメインに据えたメジャーなＳＮＳの一つだ。理子もアカウントを持っているが、写真映えするショットがほとんどないため、友人たちと大学の正門前で撮った二、三枚しかアップしていない。

「あっ、さっきのカフェだ」

高い鼻、大きな瞳、長い手脚のモデルの写真の横に、先ほど訪れたカフェの綺麗な皿が並んでいた。

「これは彼女のオフィシャル」

ミカコが素早く画面をタップし、もう一度理子に向けた。オフィシャルなアカウントには、おしゃれなカフェのほか、夜景の見えるバーや、海外リゾートのビーチなど理子には無縁な写真が並んでいた。

「それで、こちらが裏アカ。どう思う？」

ミカコが低い声で言った。今、理子の目の前には食べたばかりの西麻布の定食屋の一皿が映っているほか、城東地区の焼肉屋や居酒屋の写真が並ぶ。

「どちらかと言えば、私はこちらの裏アカの方が好みです」

理子が答えると、ミカコが深く頷いた。

「南青山のカフェは、見てくれだけのキラキラ世界。理子ちゃん、一口目を食べたときに、正直なリアクションしたもの。それでいいのよ」

南青山のカフェでは、サラダやヒレ肉を食べた。綺麗な見た目とは裏腹に野菜は水気がなく、肉には汁気をほとんど感じなかった。あのクオリティならば、アルバイト先の弁当屋の賄いの方が断然美味しい。

「南青山の有名洋菓子店のカフェだから、きっと美味しいはず。他の客はそう考えて足を運ぶの」

「でも、あのお味で四五〇〇円もするなんて」

「東京の一等地だから家賃がバカみたいに高い。店のメンテナンスや従業員のコストを考えれば妥当な値段かもね」

ミカコがすらすらと言った。

「なぜ私をあそこに？」

理子の問いかけに、ミカコの眉間の皺が深くなった。

「あなたが商品に徹することができるのか、試してみたの」

試すとはどういうことなのか。ミカコを見つめると、口元に笑みが浮かんだ。

「自分の舌で美味いか不味いかも判断できない人が増えているわけ。だから有名人やモデルが行きつけだというだけであのカフェは大繁盛する。だから、理子ちゃんは、自分の意思や思考を持たないその他大勢を導いてあげるのよ」

ミカコがそう言った直後、理子の目の前にあるスマホが振動した。ミカコのスマホにメールが入ったようだ。

「これを見て」

ミカコが画面をなんどかタップしたあと、理子に向けた。画面の中央に理子の姿がある。テーブルに並ぶ料理を前に、満面に笑みを浮かべている。

「知り合いのカメラマンに頼んでおいたの。近くのテーブルから撮ってもらったわ」

そう言うと、ミカコがスマホの画面をなんどかタップした。直後、今度は理子のスマホが振動した。フェイスノート経由でミカコからダイレクトメッセージが着信したと画面に案内が表示されている。

「私のアカウント、ご存じだったんですか？」

「カギがかかっていなかったから、私でも見つけられたわよ」

「なぜ私に関心を？」

理子が尋ねると、ミカコが口元に笑みを浮かべた。再度画面に触れ、スマホをテーブルに置く。

〈人並みの生活に戻れるのはいつ？〉

先日、公共料金の支払いに追われ、さらに自宅で酒浸りになっている母の姿を直視し、自暴自棄になったときにフェイスノートで発した独り言だ。

たしかにアカウントにはカギをかけておらず、誰でも閲覧可能な状態になっている。だが、どうしてミカコがこの呟きに反応したのか。それにも増して五万円以上ものヘアカットとカラー代を払い、あちこち連れ回している理由はなにか。

今のどん底生活から逃れたい。その一心で人当たりの良いミカコの後についてきた。自分の惨めな呟きが注目されたのだと知った瞬間、嫌悪感が理子を襲った。

「馬場のお店で私が言ったこと、覚えてる？」

ミカコが二本目のハイライトに火を点《とも》した。

「もっと条件の良い場所でとおっしゃいました」

理子が答えると、ミカコが頷いた。

「いきなりヘアカットに食事と連れ回したら、いくらなんでも気持ち悪いわよね」

ミカコがタバコを灰皿の縁に置き、スマホの画面をタップした。

「良い条件とは、この店のことなの」

理子の目の前に、コンクリート打ちっぱなしのフロアの写真がある。壁には額入りの近代画が飾られ、革製のソファがいくつも並べられている。

ミカコが人差し指で画面をスワイプした。すると、今度は白い壁にシャンデリア、淡いベージュ色のソファが配置されていた。

「会員制のラウンジよ。場所は恵比寿の奥、代官山の近くにあるわ」

理子は首を傾げた。今住んでいる下落合や高田馬場、大学のある目白の外れくらいしか知らない。恵比寿や代官山などはセレブな街の印象があり、全くといっていいほど縁がない。

「高級クラブに飽きたリッチな人たちが遊ぶ会員制のお店よ。同伴や指名のノルマもないから、キャバクラよりも縛りは緩いわ」

「そうですか……」

理子は画面に表示されている高価そうな内装とミカコの顔を見比べながら言った。

「客がこなくて、みすぼらしい看板を持って客引きするガールズバーの数倍環境がいいわ」

　ハイライトをつまみ、ミカコが深く息を吸い込んだ。

「ガールズバーの客層は貧乏で下品なオッサンか、性欲剝き出しの学生ばかり」

「その通りです」

　理子の頭の中に数人のしつこい客の顔が浮かんだ。

「このお店は選りすぐりの会員制なの。常連の紹介がないと絶対に入店できない仕組みになっている。常連客は芸能界や政界、実業界のトップの人ばかりよ」

　芸能人が出入りするような店があるとネットニュースで読んだことがある。だが、先ほどの調度品や店構えを見ても、今ひとつピンとこない。

「基本の時給は五〇〇〇円だけど、理子ちゃんなら同伴や指名料でポイントがたくさん加算される」

　理子は小さく頷いた。ガールズバーも同じシステムだ。ただし、それぞれに料金がかかるため、金のない中年男たちから指名をもらったためしがない。

「慣れてくれば、一日にわずかな時間で二万五〇〇〇円は稼げるはずよ」

　理子は暗算を始めた。

「週に五日出勤するとして、月に五〇万円は稼げる計算」

　ミカコが冷静に言い放つ。

「五〇万円ですか……」

　思わず理子は口にした。途方もない金額だ。

「なぜそんな美味しい仕事を紹介するのかって？　あなたが原石だからよ。ダイヤの原石。磨けば必ず光る逸材ってこと」

「私にそんな価値が？」

「あるから先行投資したわけ。だからあなたはその他大勢のバカを導く存在になるの」

ミカコがハイライトを灰皿に押し付け、言った。

「大学時代に父が急死して、私もお金に困ったことがある。そんなとき、助けてくれたのが水商売よ」

ミカコは六本木の高級クラブに勤務しながら、大学を卒業したと言った。その後は高身長を活かしてモデルになり、世界中を回ったという。

「残念ながら、理子ちゃんは身長が一六〇センチしかないからモデルには不向き。でもね、顔が良いし、性格も申し分なさそう。だから声をかけたの」

「このお店はどんな方が経営を？」

「私の従兄《いとこ》が代表を務めている。もちろん、私の所属事務所の資本も入っている。だからお店のキャストは全員モデルかタレントの卵。綺麗な子を眺めに、お金持ちがくるわけ」

ミカコがすらすらと言った。

「キャストはほぼ全員事務所に所属している。だから店にとっては大事な商品なの。どこかのお店のように、キャストを使い捨てにするようなことは絶対にしない」

使い捨てという部分にミカコは力を込めた。店長のミキに聞いたことがある。新型コロナウイルス禍以前は、多くの客が来店していた。頑張りすぎたキャスト数名が辞めた。頑張りすぎたということは、使い捨ての裏返しかもしれない。ミカコの言葉に説得力があった。

「理子ちゃんは、アピールポイントがたくさんある。すなわち、売りにすることができる。それをお金に換えるのよ」

ミカコの顔は真剣だった。眼差しに力がこもってもいる。

「今の日本は、ネオリベラリズムがものすごいスピードで進行している。リベラリズム、自由主義ってこと。ネオは新しいという意味。つまり新しい自由主義が幅を利かせているの」

話が急に難しくなった。理子が首を傾げると、ミカコが息を吐く。

「そうよね、いきなり面倒なことを言っちゃったわね。例えばだけど、理子ちゃんの家は貧乏よね」

嘘偽りなく、理子は金に困っている。両親が離婚し、父の慰謝料と養育費が途切れ、母がうつ病を患った途端、母娘二人の生活は突然困窮し始めたのだとミカコに明かした。

「本来だったら、理子ちゃんのような苦学生を救うシステムはたくさんあった。でもね、今は新自由主義が幅を利かせていて、世間全体から余裕が全部排除されたの。個人はどんな考えを持っていても自由。どこに住もうが、誰と暮らそうが自由」

理子の同級生の何人かは、学費納入が遅れて除籍処分になっていた。親のリストラ、事業の失敗などの要因で生活が苦しくなり、学費に回す金がなくなったのだ。

高田馬場のガールズバーと弁当屋のかけもちで家計を支えてきたが、もし怪我や病気をすれば理子自身も同じ目に遭う。救済システムを調べようにも、仕事で疲れ果て、そんな時間はないのだ。

「二〇年くらい前までなら、貧乏な家に生まれても一発逆転で金持ちになる術はあったわ。奨学金を借りてバイトをこなし、それで学生生活が送れたの」

後期の学費納入期限が迫っている。だが、奨学金の給付に関する手続きも調べていないし、睡眠時間さえ満足に取れていない。どうやって貧乏から一発逆転するのかもわからない。

「でも今は違う。貧乏人は貧乏なまま。当然子供も貧乏なまま大人になり、貧乏のサイクルが続く。金持ちとは生活するエリアが違い、一生交じり合うことがないの」

交じり合うことがない——ミカコの言葉が、頭を叩かれたみたいに強く響く。南青山のカフェに集う人はブランド物を身につけ、メイクも完璧だった。味の良し悪しは別として、高田馬場のガールズバーに現れるような中年男や学生の姿は皆無だった。

「そうか、だからカフェの写真をアップしろとおっしゃったわけですね？」

「そうよ。あなたはこれから一発逆転する貴重な商品なの」

ミカコが商品の部分に力を込めた。

「恵比寿のラウンジは、ネオリベの権化みたいな場所。水商売は日本全体の数歩先を行く」

ミカコがまた難しい話をする。

「写し鏡と言ったほうがいいかな。水商売で起きることが、これからの日本で当たり前になるってこと」

「ラウンジのお仕事はそんなに難しいのですか？」

話についていけない。ただ、公共料金や学費の納入でびくびくする生活から一秒でも早く脱したい。理子はその一心で食い下がった。

ミカコが首を振った。

「水商売は誰にも守られていない。お店の経営者もキャストも全員が自己責任で働いている」

今度は自己責任という言葉が理子の心に刺さった。たしかに新型コロナウイルス禍では、感染源として水商売が槍玉にあげられ、高田馬場のガールズバーには閑古鳥が鳴いた。

「今までの日本なら、競争に負けても社会のセーフティーネットが機能した。でも今は自己責任の一言でおしまいなのよ」

以前、大学の教務課の職員に生活保護の申請について尋ねたことがある。小難しい役所言葉が並んだパンフレットを事務的に渡されただけだった。それが自己責任ということなのか。

「理子ちゃんはフェイスノートでSOSを発信した。どんな子なのか、確かめに行った。私だってヒマじゃないからね。それでガード下であなたを見たとき、この子は原石だって直感した」

「ありがとうございます。でも店長のミキさんは……」

あのときはミキもいた。ミカコは強く首を振った。

「私はプロよ。あの子は磨いても光りようがない。だからあなただけを誘った」

ミキには仕事を一から教えてもらった恩義がある。

「同情は禁物。ネオリベ社会では、競争が激しい。勝つか負けるかの二者択一。ラウンジにはあなたより背が高くて綺麗な子がたくさんいる。その中で勝ち続けないと月の稼ぎが五〇万円に届くことはないわよ」

「働かせてください」

「水商売はね、自分の価値を換金できる希少な仕事。あなたならきっと逆転できるわ」

ミカコの強い視線が理子の心を射貫《いぬ》いた。

「今日からでも仕事をさせてください」

ミカコがスマホを手に取り、電話をかけ始めた。ミカコが自分を試している。スカウトされたからには懸命に働き、底辺の生活から絶対に這い上がる。

「理子ちゃん、今日から仕事に入れるそうよ」

対面で電話をかけていたミカコが理子の顔を見ながら話している。

「それじゃあ、誰か迎えに寄越して」

ミカコが親指を立てた直後、理子は深く頭を下げた。

10

午後五時半だった。小島が婦人服売り場のマネキンを倉庫に入れてレスキューチームの部屋に戻ると、ロッカーに張り紙があった。

〈至急人事部に連絡を〉

誰かが連絡を受け、真四角のメモ用紙に連絡事項を残した。小島は内線電話のある会議机に向かい、本店内の電話番号早見表を見た。

人事部受付の内線番号をプッシュすると、相手が出た。レスキューの小島だと名乗る。すぐに人事部まで顔を出すよう指示され、内線が切れた。


「小島です」

本店横のモード館七階の奥、日当たりの悪いエリアに人事部がある。営業一部からレスキューチームに異動する際、新しい業務の内容を告げられたときに訪れて以来だった。

「こちらへどうぞ」

二〇脚ほど並んだデスクを見ていると、一番奥に座っていた背広姿の男が立ち上がり、小島を手招きした。今まであまり会ったことのない部員だ。

淡々と仕事をこなす人事部員たちのデスクの脇を通っていくと、背広姿の男が部屋の一番奥にある扉を開けた。小島も後に続く。

「おかけください」

中に入ると殺風景な事務用の机があり、男が扉側に座り、小島に窓側の席を勧めた。

人事部は近江屋になんの収益ももたらさない部署だ。少し前まで営業一部の第一線に立ち、紳士服や婦人服の売り上げを伸ばし、モード館で世間の注目を集めたのは他ならぬ小島自身だ。こんな薄暗くてかび臭い部屋に呼び出される心当たりはない。さっさと切り上げたい。

男の胸元を見ると、〈達川《たつかわ》〉という名札が見えた。達川はポケットから紙を取り出し、机の上で広げた。

「こちらをご覧ください」

小島は差し出された紙を手に取る。その瞬間、言い様のない違和感が胸の中に広がった。

〈懲戒解雇通知書〉

日付と社長の名前、そして小島の名前が書かれた簡易な文書だ。

「なんですか、これ？」

「ご覧になった通り、株式会社近江屋があなたを懲戒解雇にするという通知です」

達川が淡々と告げた。

「意味がわかりませんけど」

達川がため息を吐いた。

「心当たりがない、そうおっしゃるわけですね？」

「あるわけないだろう！」

冷静な態度に苛立ち、小島は思わず机を叩いた。直後、達川が立ち上がり、扉を開いた。

「アレを持ってきてください」

達川が誰かに指示を出した。

「アレってなんだよ」

「まあ、冷静になってください」

小島は達川を睨んだあと、手元の通知書を見た。社の就業規則に違反したので解雇する。書類には淡々と綴《つづ》ってある。どの就業規則なのか。ばかなことをした覚えはない。

「悪いことをしている奴なら、人事はほかに何人か知っているだろうが」

小島は低い声で言った。

百貨店は膨大な数の仕入れを行い、これを顧客に販売するのが生業だ。最近の消費低迷のあおりで、服飾関係の売り場では大量の売れ残りが発生する。その一部を下取り業者に不正に売り、小遣い稼ぎをしている不届き者があとをたたない。

「小島さんに言われるまでもなく、常に監視しています」

達川が答えた直後、女性部員がタブレットを携えて部屋に入ってきた。達川はタブレットを受け取り動画ファイルのアプリをタップした。

「これが懲戒解雇の理由です」

小島は眉根を寄せ、画面を凝視した。少し暗い部屋が映っている。ロッカーが並び、会議机も見える。天井近くにセットした広角レンズの防犯カメラの映像らしい。

二人の男が映った。一人は宇佐美で、もう一人は自分だ。

「これで理解できましたか？」

レスキューチームの部屋は、万引き犯が捕まった際に連行する場所を兼ねているため、防犯カメラが設置されている。だが、宇佐美と自分が映っているだけでなぜ懲戒解雇なのか。

「宇佐美さんから報告がありました。彼のスマホをあなたが不正に利用し、ＪＥの予約サイトで迷惑行為を働いた。間違いありませんね？」

「あいつが取り消したから、大丈夫なはずだ」

小島の言葉に達川が強く首を振った。

「宇佐美さんは、あなたが嫌がらせをしたあと、すぐに人事部に連絡してきました」

小島が舌打ちすると、達川がもう一度首を振った。

「宇佐美さんは、日頃からあなたに陰湿な嫌がらせをされていました。何日の何時に、どのようなことを言われたのか、そしてされたのか。こちらにメモがあります」

動画再生を止めると、タブレットの画面が切り替わった。表計算ソフトのマス目が現れ、細かい文字が綴られている。

「それがどうしたっていうんだよ」

「あなたの嫌がらせは度を越していた。そのひとつがＪＥの予約サイトに対するいたずらです」

「だから取り消したって言っただろうが！」

小島は何度も机を叩いた。

「事の重大さをわかっていませんね」

達川がもう一度画面に触れると、再度動画サイトが現れた。

〈ＪＥと近江屋が強力タッグ、全国物産展と旅のセットを実現〉

大手の広告代理店が制作したＣＭだった。

「明後日から全国の民放で流れる広告です。これでわかってもらえますか？」

「その通りです。頭を下げに行き、ＪＥさんは被害届を出さない旨確約してくださいました」

「つまり、お得意さんの機嫌を損ねたくない？」

「それで俺がクビに？」

「立派な偽計業務妨害罪が成立します。警察に行きたいですか？」

達川が淡々と言った。

「ちっきしょう！」

「では、これを受け取って退社してください。以上です」

達川が腰を上げ、扉を開けた。

「ふざけんなよ。わざとやらせたのか？」

「レスキューチームの本質を理解されずに、軽率な行動をされたご自分を責めてはいかがですか？」

達川の忠告に、小島は奥歯を嚙み締めた。

「俺たちをクビにしたいから、仕事を取り上げて粗を探し続ける。今回のようなことがあれば、一切の容赦をしない」

「ご理解いただけたようですね。さようなら、小島さん」

達川が扉に向け、小島を手で誘導した。

「こんな会社、俺から辞めてやるよ」

立ち上がった小島は、椅子を蹴飛ばしてから小さな部屋を後にした。

近江屋に全身全霊で尽くした。だが会社の都合で店舗を閉め、社員が玉突き人事で異動させられた。自分に落ち度など絶対にない。

モード館を出ると、小島は入り口の前でスマホを構え、写真を撮った。写り具合を確認したあと、トークライブのアプリを起動し、写真をアップロードした。

〈こんな会社、本当に木っ端微塵にしてやる！〉

素早くメッセージを打ち込むと、小島は私物があるロッカーに向かった。

11

午後六時四五分、長峰が帰宅しようと机の上にある捜査関係ファイルを閉じたときだった。

〈こんな会社、本当に木っ端微塵にしてやる！〉

アラーム音とともに、大型モニターに物騒な文言が表示された。トークライブの投稿の後ろには〈koji.koji〉のアカウントが点滅した。

「ふざけんなよ」

舌打ちした長峰は、トークライブのアプリ本体を画面に呼び出した。問題のアカウントを表示させると、新宿の老舗百貨店の入り口の写真があった。

「残業決定ね」

いつの間にか、森谷が長峰のデスク横に立ち、腰に手を当てて画面を見つめていた。

「事前の準備は？」

「やってるよ」

額にかかる前髪を右手で掻き上げたあと、長峰はキーボードの上で一〇本の指を滑らせた。ネット上に犯行予告めいたメッセージが発せられると、機動サイバー班が導入したＡＩが自動的にピックアップする。この〈koji.koji〉というアカウントは、以前も木っ端微塵という文言を発していた。

「近江屋の社員かしら」

大型モニターを覗き込んでいた森谷が言った。

長峰は別のファイルをモニターに表示した。前回の投稿の翌日、このアカウントを洗った。

〈なんで俺がフェアの人員整理役なんだよ〉

不満たらたらのメッセージ横には、〈北海道フェア　過去最大級のお弁当祭り〉との写真が添付されていた。

「人事が歪《いびつ》になっていたようだね」

長峰は近江屋というキーワードでいくつか気になる記事を集めていた。

〈近江屋、大胆な店舗網統合に着手〉〈近江屋、希望退職一〇〇〇人募集を開始〉

長引く不況で、民間企業は人員整理を加速させている。民間のエンジニア時代の記憶が長峰の頭をよぎった。

システム関連のエンジニアは正社員であろうが、専門の人材派遣会社からの非正規職員であろうが、大きな組織の中では人間扱いしてもらえない。非正規の場合、納期に間に合わすために残業につぐ残業を強いられた上に、コスト削減の観点から簡単に時給をカットされることも多い。

近江屋は他の百貨店と同様にネット通販事業に乗り出しているが、内外の大手通販サイトに比べたら、売上高は一〇〇分の一以下だ。ネット通販事業を展開しても、本業の売り上げ減を補うには至らず、焼け石に水状態だ。必然的に店舗を整理し、余剰人員をカットすることになったのだ。

長峰は密かに安堵の息を吐いた。こうして超過勤務を強いられるものの、警視庁はきちんと残業代を払ってくれる。首切りのリスクに怯えることもない。

「こいつだね」

長峰は記事を横目に、トークライブの〈koji.koji〉アカウントと関連する他のＳＮＳを探すよう、ＡＩに指示を出していた。

〈小島克義〉

フェイスノートに同一人物らしいアカウントが見つかった。フランス国旗をバックにしたポートレートが表示されている。

髪をツーブロックにカットし、派手な色のワイシャツとネクタイをしめている。営業マン、いやバイヤーとかいう職種かもしれない。正確な年齢は表示されていないが、今までの投稿や同級生と思しき友人たちのアカウントと比較すると、五〇代のようだ。

〈今回のパリコレでは、老舗ブランドのデザイナー交代が顕著で……〉

投稿をたどると、長身のモデルたちがランウェイを行き交う横で、小島という男が熱心にメモを取っている写真がある。

「バイヤーね。ちょっと近江屋に訊いてみる」

大型モニター横の固定電話を取り上げると、森谷が素早く近江屋の代表番号を打ち込んだ。

「こちら警視庁本部の森谷と申しますが……」

森谷がゆっくりと電話口で話し始めた。

「はい、気になる投稿を小島さんというバイヤーさんがされていて……」

森谷の言葉を聞きながら、長峰はさらに投稿をたどった。

フェイスノートの最後の投稿は一年半前、パリからミラノに回って買い付けをしたときのもので途絶えていた。もう一度トークライブのアカウントを表示させる。

〈なんで俺が異動なんだ？〉〈実績なら俺の方が断然上だろう！〉

匿名アカウントを良いことに、小島という男が組織に対する不満を吐露していた。

〈どうして、検温係？〉〈小学生でもできる仕事を回すって、嫌がらせかよ〉

日に日に投稿に悪意がこもっていく。

〈木っ端微塵にしてやる〉

最近の投稿を見るに、小島は本来の部署から嫌々異動させられたことで不満を募らせていた。

「わかりました。では、なにか不審な物が見つかったら、すぐにご連絡をお願いします」

森谷が電話を切り、受話器を置いた。

「今日付けで懲戒解雇されたみたい」

「なるほど、それで鬱憤ばらしか」

長峰は近江屋のモード館の写真を凝視した。鬱憤のはけ口として、自らを馘首《かくしゅ》した企業の表玄関を撮影し、木っ端微塵という悪態をついたのだ。

「念の為、警備員が厳重にお店を巡回するそうよ」

「おそらく、なにも出ない」

「だと思うけどね。一応警察って名乗ったから、こちらとしてもいつでも相談に乗るって答えた」

森谷が肩をすくめた。

「でもさ、毎日こんな作業ばっかりだと飽きるわよね」

森谷が顔をしかめ、言った。

「ハズレが多い方が平和でいいじゃん」

長峰は本心から言った。日本の景気が一向に上向かず、不平不満を溜め込んだ人間が多いことは承知している。ただ、米国のように銃器が市中に溢れているわけではないため、他人を巻き込んだ犯罪が多発するような状況にはない。

万が一そうした事態が発生した際は、専門に訓練を受けた捜査一課のＳＩＴや特殊部隊のＳＡＴが対応することになっている。

「一応、所轄の新宿署に連絡しておくね」

森谷がそう言った直後だった。

〈至急、至急。地下鉄副都心線の車内で無差別切りつけ事件発生〉

モニター横にあるスピーカーから通信司令センターの一斉報が流れた。

〈至急、至急。副都心線北参道駅付近を走行中の車両内で切りつけ事件発生。同車両内から一一〇番通報受信。各移動は至急同駅に臨場……〉

長峰は森谷と顔を見合わせた。

「なんか物騒だね」

「拡大自殺とか、無敵の人っていうのか知らないけど、最近この手の事件多いわね」

森谷がもう一度肩をすくめた。機動サイバー班とは無縁の事件だが、近江屋の一件があるので、他の部署任せというわけにはいかない。

「一応、近江屋の安全が確認されるまではここにいる」

「私も付き合うわ」

「帰ってゲームの続きやろうと思ったのに、ついてない」

長峰は額に垂れ下がった癖毛を掻き上げ、言った。

第二章　他責

1

「お化粧を直して、すぐお席にうかがいます。少しだけ待っていてください」

恵比寿駅の西口から七、八分ほどの薄暗い一角で理子は言った。古いマンションが立ち並ぶエリアにリノベーションされた雑居ビルがある。理子は同伴してくれた石塚に笑みを向けた。

「慌てなくていいからね」

ヘビメタバンドの古着Tシャツとダメージドのデニム姿の石塚は鷹揚に笑った。イヤホンを耳に挿した黒服に案内され、客室のある二階のフロアに向かう。

理子は従業員用の入り口があるビルの裏手の階段へ急いだ。左手には革のトートバッグと、神楽坂の焼鳥屋で詰めてもらった弁当がある。

スマホの専用アプリのコードをドア前のセンサーにかざすと、下にあるカメラと小さなライトが光った。

「おはようございます、理子です」

インターホン越しに店長の低い声が響く。分厚い鉄製のドアのロックが解除された。出退勤はアプリで管理されている。手元のスマホの時刻表示を見ると午後八時四五分だ。同伴で午後九時までに出勤すればポイントが給与に加算される。

薄暗い通路を歩き、控え室に入る。ライト付きの鏡台が六つ並ぶ。先に出勤した女たちが口紅やファンデーションを直しているのが見えた。

理子は一番端の席に座り、口元を見た。口紅を少しだけ足し、目元のシャドーを直す。髪はショートにしたから手櫛で修正が利く。少しだけヘアスプレーを使い、額を出した。

「理子さん、準備オーケーかな？」

部屋の外から若い黒服の声が響いた。

弁当をロッカーに入れると、小さなポーチを携え、理子は通路に出た。

大手芸能事務所が子会社を通じて経営する会員制のラウンジ〈Ｖｉｌｌａ《ヴィラ》〉は、フランス語で別荘を意味する。

忙《せわ》しない日常を忘れ、穏やかにお酒を楽しんでほしいという思いから、創業社長が付けた名前だと働き始めた直後に聞いた。

理子は複雑な造りの通路を進む。恵比寿の奥、低層マンション街にあった古い建物で、建て増しを経て鉛筆形のビルが二つ重なっている。創業社長がポケットマネーで丸ごと買い取り、友人の著名建築家にリノベーションを依頼したという。

最初にミカコに写真を見せられた通り、土台と壁はコンクリート打ちっぱなしの構造で、二階から四階までの三フロアが接客用に仕立て直された。

近代絵画と奇抜なインテリアの部屋、シャンデリアが輝き、フカフカなソファがあるオーセンティックな雰囲気のフロア、グランドピアノが設置された最上階とそれぞれに趣向が凝らされている。

顧客はまず道路に面した一階の入り口で黒服のチェックを受ける。会員になると、専用のアプリのコードを渡され、入店時に黒服が調べる仕組みだ。

客は半地下のフロアまで階段を使って下り、そこで各フロアに通じる専用エレベーターに乗る。新宿のキャバクラや、銀座、六本木の高級クラブのようなごてごてとした装飾はない。風変わりな別荘を演出しているのだと店長は言っていた。

店の運営も独特だ。高田馬場のガールズバーのように指名や同伴のノルマはない。当然、未達時のペナルティもない。

新型コロナウイルス禍で客足が遠のいたときも、馬場の店は週に五本以上の指名と二件以上の同伴という足枷《あしかせ》があった。貧乏客ばかりの地域で達成できたためしはなく、安い時給から月に二、三万円ほど罰金を搾り取られた。

ヴィラにキャスト登録している女性は約三〇名。八割が大手芸能事務所や系列会社に所属するモデルやタレント、役者の卵だ。

創業者の方針で、キャストのモデルやタレントがコンビニや一般の飲食店に勤めることを禁じ、選りすぐりの者たちに接客させる。ここでの人脈を通じてドラマ、舞台への露出を増やす。あるいはCM出演のチャンスを作ることが目的だ。残りの二割は理子のように店の関係者や知人にスカウトされている。

理子はミカコから事情を明かされた当日に面接を受け、その日のうちに店に出始めた。今は月曜から土曜まで週に六日出勤している。本業のオーディションや撮影などで週に一、二日しか出勤しないキャストが大半のため、店長から重宝されていた。

同伴指名してくれた石塚が待つ席に向かうため、理子は従業員用の細い階段を上り始めた。手すりにつかまりながら歩くうち、自分の心持ちが一八〇度変わったことを噛み締めた。

昨日、入店後初めての給料が支払われた。今まで一万円を切ることが多かった銀行口座に五二万三〇〇〇円が振り込まれていた。諸経費や税金などを除く手取りの金額だ。

店の給与システムは、頑張りが反映される仕組みだとミカコが言っていたので、理子は懸命に接客した。

一カ月間の本指名と同伴数が基本時給五〇〇〇円に次々に加算されていく。もらった明細書には、指名や同伴の数がきっちりカウントされていた。

ミカコには感謝してもし切れない。昨日、給料が出た直後に麻布十番の喫茶店で会った。

理子は出勤三日目でミカコに一〇万円を借り、自前の衣装を購入した。着回しの利く定番のワンピースやパンプス、アクセサリーの類《たぐ》いだ。店に衣装は用意されていたが、どれも高身長用のドレスやワンピースばかりだった。自分の仕事向けの投資だと考え、ミカコに頼んだのだ。ミカコはやる気を褒めてくれた。昨日、一〇万円と菓子折りを携え、ミカコに深く頭を下げた。

ほんの一カ月前、次の食事をどうするか、電気やガスのライフラインをいかにして止められずに生活するかに腐心していた。ミカコのおかげで、人並みの生活に戻れた。絶対に彼女を裏切らない。喫茶店で短時間しか話せなかったが、理子は誠心誠意、自分の感謝の気持ちを伝えた。


「お待たせしました」

理子は石塚の横で姿勢を正したのち、頭を下げた。

「堅苦しいのはごめんだから、早く座って」

理子は小さなポーチを携え、石塚の左横に座った。指名を受け、何度も座ったイタリア製の革ソファだ。ブラウンの生地に赤いステッチが入った逸品で、職人による手作りだ。

石塚は既に赤ワインを飲んでいた。グラスが空きかけている。理子がテーブルのボトルを手に取ると、石塚が首を振った。

「ワインはお酌するような飲み物じゃない。気にせずに好きなドリンクをオーダーして」

石塚が目線で合図すると、黒服が理子に歩み寄った。理子はハイボールをオーダーし、顔と体を石塚に向けた。目の前のテーブルには、シルバー製の一輪挿しに赤い薔薇《ばら》がある。指名済みのサインだ。

「本当にご馳走様でした。お土産までいただいて、恐縮しています」

理子が切り出すと、石塚が顔の前でなんども手を振った。

「こちらこそ、こんなおじさんに付き合ってもらってありがとう」

「とてもおいしい焼鳥でした」

「でもさ、急《せ》き立てたみたいで申し訳なかった」

石塚と行ったのは毘沙門天《びしゃもんてん》近くの焼鳥屋だ。ねじり鉢巻の大将が焼き台の前に立ち、焼きたての串を次々に出してくれた。

「とんでもない。あんなに美味しい焼鳥は初めてでした」

自分の声が弾んでいるのに気づく。

絶妙な火加減で朝絞めの鶏を焼き上げる大将を見ているうち、最高のタイミングで一串ずつ提供してくれているのがわかった。石塚に促され、夢中で食べた。

「なぜ石塚社長は私を？」

石塚は一週間前に初めて会った客だ。アロハシャツと麻のパンツというラフなスタイルで顔を出した。髭と短く刈り込んだ髪は、定期的に手入れされているようで、黒服たちの対応も丁寧だった。

「ウチは二五歳を筆頭に三人の倅《せがれ》がいる。本当は女の子が欲しかったんだ。理子ちゃんと一緒にいると娘とデートしている気がしてね」

ワインを一口飲み、石塚が照れ臭そうに笑った。年齢は五七歳だ。イタリア製のロードバイクで毎週末二〇〇キロも走っていると言い、体型に一切の弛《たる》みはなく、四〇代前半に見える。

「僕の肩書きに反応しなかったただ一人の子だからね」

一瞬だけ、石塚の視線が他のテーブルに向けられた。花壇を模した衝立《ついたて》があるため他の客の様子は見えないが、石塚の視線の方向にはモデル二人が席に着いている。

石塚はキャスティング会社の社長だ。なにをする企業かわからなかったため、理子は率直に尋ねた。するなと、石塚は大きな声で笑い出し、理子を指名したのだ。

「勉強不足ですみませんでした」

「一人で飲むときくらい、肩書きは外したいからね」

キャスティング会社とは、企業がイベントや広告でモデルや俳優を起用したいと考えたとき、芸能事務所との間で仲介をするのだと教えられた。企業が求めるイメージを考慮しつつキャスティングし、ギャラの交渉や日程調整まで扱うという。

「とはいえ、逸材がいないか探しているんだけどね。理子ちゃんはモデルっぽくないし、タレントずれもしていないから、CMとか案外いけると思う」

石塚の両目は醒めていた。これがプロの目線なのだと思った。他のテーブルに着くために移動してきた背の高いキャストが石塚を一瞥したのがわかった。店長によれば、石塚の会社は業界でも有数の企業。他のキャストは指名を欲しがり、かつ全く素人の理子が席に着いていることを快く思っていないはず。

「僕の名刺を見た途端、態度の変わる子が多かったのに君は違った。まあ、一般には知られていない会社だからね」

石塚が普段の目つきに戻った。

「他のキャストのいじめに遭ったら相談して。僕からオーナーに告げ口するから」

石塚はいたずらっ子のように笑った。理子は曖昧な笑みを返し、ハイボールを一口飲む。

理子は女だけの職場特有の嫌がらせやいじめに遭ったことはない。

ただ石塚をはじめ、有力な常連客の指名を得たことの影響か、何人かは挨拶をしても返事をしてくれない。こうした反応は想定内だった。母がまだ健康だったころ、華やかな女子大の裏側を教えてくれた。

出身地や家柄で明確なヒエラルキーが存在し、一般のサラリーマン家庭に生まれ育った母は、大企業幹部や老舗料理屋の娘たちに常に蔑まれていたという。

今の理子も立場は同じだ。大手芸能事務所の第一線ではないにせよ、他のキャストは皆厳しいオーディションを勝ち抜いてモデルなどになった者ばかり。垢抜けない新人が実績を挙げ始めれば、嫌がらせなり、陰口を言われるのは目に見えている。

石塚が一杯目のワインを飲み干し、手酌でグラスを満たした。

「やっと香りが開いてきた。いいワインだ」

ボトルとグラスを交互に見ながら、石塚が目を細めた。

「どこの国のワインですか？」

「これは新興のワイナリーでね。カナダのオカナガンという地域のメルローだ」

理子は石塚に断り、スマホで地名を検索した。カナダ西海岸のバンクーバーから東に二五〇キロほど、大きな湖のあるエリアだった。

「これから伸びるワイナリーらしい」

色味を確かめるように、石塚がテーブル上のランプの傍らにグラスをかざした。一つ一つの動作が自然だ。理子の父は酒癖が悪く、いつも芋焼酎で泥酔し、母に暴力を振るっていた。高田馬場のガールズバーにしても、石塚と同年代の客は安いサワーかウイスキーの水割りで粘り、隙あらばキャストの体に触ろうと狙っていた。同じような世代でも、なぜ石塚のような人物が恵比寿に集まるのか。

「今度はワインの勉強をさせてください」

理子が言うと、石塚が黒服に目配せし、自分のグラスとボトルを指した。黒服が石塚と同じグラスを理子の前に置く。

「少しだけ飲んでみたらいいよ。こぼすといけないから、僕がやるね」

石塚はグラスに赤ワインを注いだ。理子が口を付けようとすると、石塚は小さく首を振り、自分のグラスを手にした。

「まずは香りを確かめてごらん。次は色味」

言われた通りにグラスに鼻を近づけた。熟した果実と少しだけ湿気を含んだ土のような香りがした。

「写真撮っても構いませんか？」

「もちろん。SNSにアップするの？」

「そのつもりです。色んな勉強になるので」

「焼鳥屋のことも忘れずにね」

理子がボトルのエチケットの前にスマホのカメラを向ける。石塚が自分のスマホのライトを点けてくれた。

「ありがとうございます」

「どういたしまして。可愛い娘のためですから」

石塚がおどけた調子で言ったときだった。

「石塚さま、失礼いたします」

先ほどの黒服が石塚の横でフロアに膝をついた。

「少しだけ理子さんをお借りしてもよろしいでしょうか？」

「他に指名なの？」

黒服が頭を下げると、石塚が肩をすくめた。少なくとも同伴客のところには一時間は付くのがきまりだ。当然、黒服もそのことを知っている。

「まことに申し訳ございません」

黒服に倣い、理子も両手を腿に添え頭を下げた。

「良い機会じゃない。新しい指名客を捕まえてよ」

不機嫌な返答を予想していたが、石塚の声は明るい。

「その代わり、ワインに合うサラミとチーズを持ってきて」

場の空気を乱さぬよう、石塚が気を遣ってくれているのがわかる。

「その分は私が……」

石塚は強く首を振った。

「理子ちゃんは、接客優先。さあ、早く行って」

石塚の目は温《ぬく》もりに満ちていた。本人が言った通り、自分を娘のように扱ってくれている。理子はもう一度頭を下げたあと、席を立った。

2

二本目の缶ビールを飲み干したとき、スマホにセットしたタイマーが鳴った。小島は蓋を剥がすと、カップ麺に箸をつけた。

勢いよく麺を啜《すす》りすぎ、むせた。やるせない気持ちが湧き上がってくる。スマホを見た。午後九時半、醬油味のカップ麺はこの日最初の食事だ。空きっ腹で飲んだビールのアルコール分が体中に染み渡っていく。

人生を捧げた近江屋を解雇され、一カ月が経過した。小島の生活は一変した。同居中の年老いた母が足首を骨折して入院していたが、さらに悪い報《しら》せが届く。退社の二日後、主治医から病院に呼び出された。

経過は順調だが、母が認知症を発症した可能性が高いと告げられた。翌日、系列病院の専門医が診察したところ、認知症に間違いないと診断された。階段から落ちたショック、自らの老いに対する恐怖が遠因だという。

幼い頃から母には厳しく躾けられた一方、母に生活のほとんどを依存してきた。骨折というタイミングを境に母が壊れはじめていると知り、今後どのように母と生活していけばよいのか困惑した。

さらに小島を追い詰める連絡がその三日後に病院から入った。

骨折の治療のあと、母の食欲が異様に落ちていることから、全身をチェックした方が良いと勧められ、後期高齢者健診を受けた。結果、肝臓に嫌な影があった。精密検査をすると、肝臓がんが見つかる。幸いステージ2で余命宣告が出るようなことはないが、今後についてケアマネージャーと相談するよう主治医と外科医から言われた。

病院の医師たちが心配したのは、骨折治療が終わっても、認知症とがんという二つの病を並行して治療するのが非常に困難を伴うことだ。

叔母に相談したところ、懇意にしているという女性ケアマネージャーが来宅した。事情を話すと、ケアマネージャーの顔が曇った。認知症、がんとそれぞれ単体でケアする施設は多いが、二つの病を併発している場合、母を受け入れてくれる施設がかなり限定されてしまうというのだ。

医師や看護師が常駐し、二四時間母を診てくれる体制がある施設は、都内でも二〇ほどだった。入所にかかる費用も莫大な金額にのぼる。契約金で五〇〇万円、月々の費用は三〇万円以上飛んでいく。

費用を賄う余裕がないと叔母に打ち明けたが、小島自身が自宅で介護するしかないと突き放された。

母に預貯金の額を尋ねると、一昨年実施した自宅の大規模リフォームで父が遺した遺産の大半が消えていた。現在は預金が三〇〇万円ほど、有価証券の類いも二〇〇万円程度しかない。

母と叔母が話し合い、入所用の資金を蓄えで賄うことにした。だが、以降のコストは、小島が払うことで決着した。長年付き合いのある銀行マンに相談し、自宅を担保に融資を得て、同じ場所に住み続けることが可能なリバースモーゲージというローンを組んだ。小島と母名義で銀行から新たな借金をすることになり、総額一五〇〇万円を借りたばかりだ。

カップ麺を食べ終え、小島は散らかった部屋を見渡した。

洗濯籠から溢れ落ちたシャツや下着、カップ麺やコンビニ弁当の残骸、ビールや缶チューハイの空き缶がそこかしこに転がっている。

母任せで生きてきた挙句、介護することになった。果たして自分自身は誰がケアしてくれるのか。別れた女房の顔が浮かんだが、一瞬で消えた。その残像は朧《おぼろ》げだが、どこか小馬鹿にしたような笑みを小島に向けていた。

なぜあのとき離婚したのか。仕事が生き甲斐だったのは間違いない。欧州と日本、ときにはニューヨークにも出張し、最新ファッションの情報を仕入れ、買い付けも行った。

自分が見込んだブランドやスーツ、ドレスが飛ぶように売れるたびに、言い様のない達成感を覚えた。家庭で安らぎを得るより快感だった。いつしか、自分でもスーツやドレスシャツ、腕時計にオーダーの革靴の類いを購入することに金を費やすようになった。今にして思えば、そこしか自分の居場所がなかったのだ。

小島は机の上にあるノートパソコンを見た。近江屋という居場所を奪われた今、仕事らしい仕事といえばパソコンの向こう側にあるインターネット上のブルーオーシャンだ。

母の入所や借金の算段を済ませ、近江屋時代から温めてきたアイディアを実行に移した。

〈元カリスマバイヤーのファッションコンシェルジュ〉

パソコンの電源を入れると、自らが立ち上げたウェブ上のサービスが現れた。近江屋モード館で通販事業の立ち上げ時に知り合ったウェブデザイナーに依頼して、自分のサイトを制作した。

小さな会社も設立し、ネットを通じたファッションアドバイス、おすすめ商品の紹介、通販事業の準備をこなした。

懇意にしていたフランスやイタリアのブランドやデザイナーと連絡を取り、最新のドレスやスーツの写真を転載する許可も得た。今冬を前に、最新のデザインを取り入れたバッグの写真や職人との電話インタビューのテキストまで掲載した。

小島がイメージしたレイアウトをウェブデザイナーに送り、なんども画面上の見栄えをチェックしてサービスを開始した。

小島はサイトの運営者用ページを開き、アクセス状況をチェックした。

開業直後こそ一日二〇〇件ほどの閲覧数があったが、ここ一週間のアクセスは一日に二〇件ほどしかなかった。今日はわずか三件だ。

旧知のファッション誌編集者やライターに連絡した。サイトのオープンを記事として取り上げてもらい、集客する狙いだ。だが、近江屋の金で飲み食いしていた編集者たちからは、当たり障りのない適当な答えしか返ってこない。

〈絶対外さない一週間コーデ〉

二週間前、新たに企画したページを開く。出勤時にどれを着ていくか悩む女性に対し、Q＆A形式で小島自身がコーディネートの提案を行うページだ。質問ボックスには一件も問い合わせが入っていない。

明日の朝は何時に起き、誰と打ち合わせをするか。サービス開始前はあれこれと事業に関するアイディアをメモに起こし、スーツに袖を通して打ち合わせに出かけた。

ここまで世間からの反応が乏しいとは想像しなかった。わずか二〇〇〇円の手数料を払えば、近江屋の元バイヤーがマンツーマンで助言する。月に三〇〇名ほどの会員が集まれば、当座は食っていける。さらに会員が増えれば、物販に本格参入する腹積りだった。

このままでは事業資金はおろか、生活費まで借金で賄わねばならない。天井のシミが歪み、血が滴り落ちるような錯覚に襲われた。

小島は両手で頬を張ったあと、再びノートパソコンを開いた。

手数料が高すぎたのか。好況に沸くニューヨークと違い、日本はどん底の不景気だ。着回し術のほかに、お値打ち感のある商品の提案をしてみたらどうか。

あちこちのサイトを覗くうち、〈節約〉というキーワードが女性の顧客層の中で広がっていることに気づいた。

検索欄に〈節約コーデ〉と打ち込むと、田舎のバイパス沿いやインターチェンジ脇にある低価格が売りの衣料品量販店の店舗やセール品の写真がずらりと並んだ。

「貧乏人相手じゃないんだ」

舌打ちして、さらに検索結果に目を凝らした。

すると安かろう悪かろうのシャツやパンツの写真とは趣を異にするアカウントを見つけた。

〈Ｒｉｃｏ’ｓ Ｌｉｆｅ〉

ショートボブの若い女がにこやかに笑う。

〈勤務地：恵比寿某所〉

〈週六勤務〉

〈修業中〉

顔写真の横には曖昧なプロフィールが掲載されていた。さらに投稿履歴を辿った。

南青山の有名カフェで食事する一枚、神楽坂の焼鳥屋で特製親子丼と濃厚スープを楽しむ姿があった。さらに投稿を遡ると、気になる一枚がある。

〈プロのアドバイスで基本コーデ完成〉

ショートボブの若い女は若手デザイナーが主宰するブランドのスーツとドレス、アクセサリーを購入していた。以前、小島自身もなんどか商談に赴いた代官山のショップの写真も載っていた。

この若い女に助言したプロが誰なのか。周辺の投稿を探ったが出てこない。この日の買い物は一〇万円だという。高額ではないが、ロードサイドの量販店では絶対に揃えられない着回しの利くアイテムばかりだ。気鋭のデザイナーが作った新たなブランドのサンプルの類いかもしれない。夜の街の住人、しかも二十歳《はたち》そこそこの小娘が見つけられるはずのないショップのはず。

〈Ｒｉｃｏ’ｓ Ｌｉｆｅ〉

アカウント横にある〈フォローする〉のボタンを小島はクリックした。直後、新しい投稿を示す星印のランプがモニター上に点滅した。小島は星のマークをクリックした。すると、薄暗い室内で撮影されたワインボトルの写真が表示された。

〈初めて飲むカナダのワイン〉〈ワイン好きの間で密かにブームになっているオカナガンのメルローをいただきました〉〈熟したフルーツの感じ、とっても好き〉

ボトルを持つ男性の顔には熊のイラストが被されている。その横にショートボブの若い女、このアカウントの持ち主Ｒｉｃｏという人物だろう。

キャバクラやクラブではこんなレアなワインはストックされていない。もっと値の張るフランス産が主流だ。ワイン好きが集う会員制のラウンジだろう。以前、ニューヨークへスーツの買い付けに行った際、現地のワインバーのオーナーが、オカナガンのワインが注目を集めているが、数量限定生産なのでなかなか入手できないと嘆いていた。

「なんでこんな小娘がレア物を飲んでんだよ」

ノートパソコンに向かい、小島は舌打ちした。画面をさらに凝視する。どこかで会ったことがある。記憶を辿る。だが思い出せない。

「絶対に顔を見たことがある」

小島は低い声で言ったあと、他の投稿もチェックし始めた。

3

黒服に誘導され、理子は狭い従業員用の階段で二階から三階へと上っていた。

「新規のお客さまですか？」

背中越しに尋ねると、黒服は違うと言う。

「週に一、二度いらっしゃる大事なお客さまだから、失礼のないように。カラキさんだ」

唐揚げの唐にウッドの木、唐木だという。今までに会ったことのない客だ。この一カ月、定休日以外毎日ヴィラに出勤しているが、唐木という客の名を聞いたことはない。だが、店にとってよほどＶ

ＩＰなのは間違いなさそうだ。

ヴィラのオーナーは、昭和の時代に小さなモデル事務所を立ち上げ、一代で大手と呼ばれる芸能事務所にまで成長させた。オーナー、もしくは事務所の幹部につながる人物かもしれない。

この一カ月で大物と呼ばれる俳優や、著名なアイドルグループのメンバーが何人も店に来た。政界や財界の要人もお忍びで訪れる。唐木という人物はどの属性に当てはまるのか。理子が考えていると、先を行く黒服が振り返った。

「くれぐれも失礼のないようにね」

黒服が階段を駆け上がり、三階に着いた。理子も手すりにつかまりながら先を急いだ。

三階は現代アートの絵画やオブジェが置かれている。どれも無機質な作品が多いが、一点数百万円から一〇〇〇万円クラスの美術品が揃っているらしい。

世界的に現代アートへの投資人気が過熱していることから、オーナーが先物買い的に集めた作品が中心に展示され、その間に若手建築家がデザインした家具が配置されている。

「大変お待たせいたしました」

黒服がアルミ削り出しのテーブル脇で告げた。

「理子です。よろしくお願いします」

「まあ、座って」

薄らとブラウンに染めた髪、細身のセットアップを着た青年が理子に隣に来るよう促した。

「それではごゆっくり」

黒服が恭《うやうや》しく頭を下げたあと、理子は改めてお辞儀をして唐木という青年の横に腰を下ろした。

「唐木さま、ご指名ありがとうございます」

テーブルに置かれた一輪挿しの赤い薔薇を一瞥し、理子は言った。右隣に座る唐木という男は、日焼けした顔に白い歯を出して笑みを浮かべている。

一カ月の間、同じようにこんがりと焼いた肌や白い歯の男たちを何人も見てきた。大半は小太りで、一様に一流ブランドのＴシャツを着ていた。唐木は彼らとは違い、細身だ。ジャケットの下にあるＴシャツもグレーの無地で、押しの強さは感じられない。

「店長から少し変わった子がいると聞いたんでね」

良く通る声で言い、唐木はドリンクのメニュー表を手に取った。

「お好みのお飲み物があれば、お申し付けください」

理子はそっと唐木の手からメニューを取り、見やすいようにテーブル上の奇抜な形のライトを手元に引き寄せた。

「気が利くね」

唐木がメニューを指でなぞり始めた。真剣な眼差しでドリンクを選ぶ唐木の横顔を理子は観察した。

ヴィラの三階は、主に経済界の客向けに割り振られている。派手に遊ぶ芸能界の俳優やアイドルグループの客たちは四階が多い。ＣＭの契約が欲しい俳優たちが三階に顔を出すこともあるが、あくまで経済界系の客が呼んだときに限られる。

唐木という青年はどんな仕事をしているのか。黒服たちの一際丁重な対応を見ると、ＶＩＰであることは間違いないが、派手に騒ぎがちな他の若手実業家たちとは趣が異なる。

「初指名の記念に泡を入れようか？」

高級なシングルモルトやジャパニーズウイスキーの欄をなぞっていた唐木の指が、いつの間にかシャンパンの所にあった。

「私なんかのために、もったいないですよ」

唐木がぽかんと口を開けた。

「ドリンクバックが入って、キャスト的にはいいじゃない」

「でも初めてお会いしたのに、高価なお酒なんて……」

「シャンパン苦手なの？」

「いえ、そうじゃないですけど。ちょっとびっくりしちゃって」

一カ月間の勤務中、何本もシャンパンを開けてもらった。だが、理子からねだるようなことはしておらず、他の客は二回、三回と指名し、理子のキャラクターを理解した上で注文していた。

「それじゃ問題ないね」

唐木はメニューをテーブルに置き、目線で黒服を呼んだ。

「ソウメイのブラックをお願いします」

「かしこまりました」

ドリンクメニューの値段はあらかた記憶している。ソウメイはドライな口当たりが有名で、ブラックはランクが高い。ヴィラでの売値は一本三〇万円だ。

何度もソウメイのボトルは目にしているが、オーダーするときに恩着せがましくボトルの名を呼ぶ客が多い。隣に座る唐木は表情も先ほどと変わらない。

「ありがとうございます」

理子は両手を揃え、頭を下げた。唐木がジャケットから名刺入れを出した。

「一応、挨拶しておくね」

唐木が差し出した名刺を理子は両手で受け取った。

〈サンテプロント株式会社　代表取締役　唐木響一《きょういち》〉

会社の住所には恵比寿駅の東口にある新しい高層商業ビルの名が刷ってある。

「サンテプロントとはどういう意味でしょうか？」

理子が尋ねると、唐木が目を合わせてきた。

「すみません、なにか失礼なことを申し上げましたか？」

「いやいや、そういうことじゃないんだ」

唐木が口元を押さえ、笑い始めた。

「ごめんね。僕の名刺、いや顔を見たときから態度が変わる子が多いんだ。一応、僕は健康食品の通販では有名人らしい。だから僕の会社のネット番組に出たい子が多くてね。動画サイトの登録者数は二〇〇万に上り、下手なテレビより波及効果があるからさ」

ヴィラにはテレビ局の人間も出入りするが、経費が乏しいらしくキャストに威張り倒して帰る客が多い。唐木は羽振りの良いネット業界寄りということだ。

「主力商品はなんですか？」

「本当に知らないの？」

「すみません、勉強不足で」

「かまわないよ。サンテプロントという社名は、フランス語で健康工場という意味だ」

「健康の工場ですか？」

「北海道産のオーガニックなオーツ麦を使ったオートミールがわが社の主力商品」

唐木は自分のスマホを取り出し、何度か画面をタップした。すると、北海道のシルエットを象《かたど》ったイラストと、サラダボウルを抱えるクマのキャラクターが現れた。

「あっ！　スーパーやコンビニの一番目立つ棚に置いてあります。友人たちが何人もダイエットのために買っていますよ」

「そうそう。ネット広告と動画チャンネルで展開したら、バズったわけ」

たしかに動画サイトで製品を使ったダイエット体験記を見たことがある。理子の周囲にも愛用者がいた。大学一年の後半だった。同級生の一人がダイエットを始めると告げ、その際に切り札として使うと言ったのがサンテプロントのオートミールだった。食物繊維が豊富な上にミネラルやビタミンが容易に摂取できることが特徴だと友人は言い、実際に半年で五キロの減量に成功した。

「本当に無知でごめんなさい。慌ただしい生活を送っていて、ネットはおろかテレビも見る時間がないもので」

「大学生？」

「三年生で二一歳です。でも休学しました。このお仕事に賭けてみようと思って」

理子が言うと、唐木の表情が少し引き締まった。

「どうしてそう考えたの？」

「大学は所詮Fランで、卒業してもその他大勢の職にしか就けません。それにご縁のある方から、このお店を紹介していただいて、すごく働きやすいので」

「なるほど、噂通り変わった子だ」

「変わっていますか？」

「褒め言葉だからね」

唐木が告げた直後、黒服がソウメイのボトルとグラスをテーブルに並べ始めた。

「休学は賢明な判断だと思うよ。その他大勢に埋もれるより、自分の特性をアピールする方が、今の世の中ではとても大事だ」

唐木の言葉が胸の奥に染み込んでいく気がした。

「それにこうやって出会えた。記念に乾杯しよう」

黒服が二人のグラスに琥珀色の液体を注いだ。細かな泡がグラスの外に弾け出る。

理子は自分のグラスを唐木のグラスの下にくるように差し出した。唐木は目を閉じ、ソウメイを喉に流し込む。グラスの液体を半分ほど飲んだあと、理子は唐木の顔を見た。

「美味しいです」

「ブラックの値段は三〇万円だ」

突然、唐木が話を変えた。

「ありがとうございます」

ヴィラのリストには値段が載っていない。なぜこんな話を唐木が持ち出したのか。

「原価は知っている？」

「いえ、存じません」

「百貨店や専門業者で買えば一〇万円、激安の量販店であれば八万円から九万円だよね」

唐木がすらすらと言った。いつもドリンクバックを意識するだけで、原価という概念を持ったことはなかった。

「僕は今、二〇万円分の価値を買ったんだ。理子ちゃんと一緒にソウメイのブラックを飲むために、二〇万円払ったという意味だ」

突然の話に面食らっていると、唐木が笑い出した。

「噂に違わず面白い。応援するよ」

店長がどんなことを唐木に吹き込んだのか、理子にはわからない。ただ、二〇万円分の価値を買ったという言葉がなんども耳の奥で反響した。

「SNSのアカウントは持っている？」

「フォトグラムをやっていますけど」

「それなら、このボトルを写してアップロードしてごらん」

「でも、接客中ですから」

「僕が許可するから」

唐木はボトルを理子の前に差し出した。

「では、失礼します」

理子はグラス越しに黒いボトルを撮影した。

唐木が笑みを浮かべ、理子のスマホを覗き込んだ。理子は撮ったばかりの写真をフォトグラムにアップロードした。

〈ソウメイのブラック、美味しい〉〈ありがとうございます！〉

手早くコメントを入力すると、唐木が親指を立てて微笑んだ。

「では、投稿します」

理子が写真を公開した直後、自分の顔の横に無数のサムズアップのイラストが表示され始めた。

「反応いいじゃない」

嬉しそうに言うと、唐木が一気に黄金色の液体を飲み干した。理子は手元のスマホを凝視した。アカウントを作った二年前、理子は好きな俳優や映画のアカウントを二〇程度フォローした。一方、Fランの女子大生に興味を持つ者は少なく、フォロワーは三〇しかいなかった。だが手元の画面では、フォロワーの数が一気に一五〇〇を超えていた。特別なことはしていない。友人に頼んで投稿を拡散させたわけでもない。なぜなのか。

「理子ちゃんも飲んで」

スマホをテーブルに置くと、理子も一気にシャンパンを飲み干した。すると、黒服が静かに歩み寄り、二人のグラスを満たした。

「いい飲みっぷりだ」

理子の両目を見つめ、唐木が言った。先ほどまでの穏やかな表情が消え、目つきが鋭くなっている。

「ありがとうございます。一応、こういうお仕事ですので」

唐木の態度が少し硬化したと考えた理子は、おどけた口調で告げた。だが、彼の顔つきは変わらず、どこか険しい。

「このままで満足なの？」

唐木が背もたれに体を預け、足を組んだ。その後、一際鋭い視線を理子に向けている。

「ラウンジで好成績を上げるだけで満足なの？」

「満足かどうかはまだわかりません。底辺の暮らしをようやく抜け出せそうになった段階ですから」

「底辺とは？」

理子は腹を括った。唐木は三〇万円のシャンパンを下ろし、二〇万円の利益をヴィラにもたらした上客だ。それは理子のためだとも言われた。相手が好感を抱いて金を払ってくれたのなら、それに応えるのが水商売の掟《おきて》だ。

「実は……」

理子は一カ月前まで困窮し、飲まず食わずの生活をしていたと話した。その後、偶然会った女性によって自分の知らない世界に導かれ、生活が一変したばかりだと正直に明かした。

理子の話を聞き終えた唐木がテーブルからグラスを取り上げ、シャンパンを喉に流し込んだ。それ以上唐木は口を開かない。

「ですので、満足と言えば満足です。人並みの生活に戻れましたから」

理子の言葉に、唐木が眉根を寄せた。

「お客さまに良くしていただいて、全く別の世界を知りました。もっといろんなことを経験し、吸収したいと考えています」

大学は休学した。母には必要最低限の金を渡し、強く自制を促した。治療に専念し、医師に止められている酒を断たねば出て行くと告げた。母はせせら笑っていたが、五〇万円の現金を見せた途端に姿勢を正し、助けてくれと涙を浮かべた。

金の有無は親の態度さえ簡単に変える、そう確信した瞬間だった。

「もっと上に行きたいです」

「本当に？」

「もっとお金を稼いで、まだ見たことのない景色を確かめ、いろんな人に会いたいです」

理子は唐木の両目を見据え、言った。すると唐木が大きく頷いた。

「覚悟はできているわけだ」

唐木がスマホを取り出した。両手で素早くキーを叩き、誰かにメッセージを送っている。

「僕と仲間たちでゲームを始めている。君も参加する？」

「どのようなゲームでしょうか？」

理子は身を乗り出した。

「リスクとリターンは知っているかな？」

「リスクの低い仕事なら低賃金、高ければ大金が貰えるという意味でしょうか？」

「そういうこと」

今までの強張った表情ではなく、唐木が口元に笑みを浮かべた。

「なにも難しいことじゃない。君は普段通りに生活していれば、自然と楽しい事が起こり、お金も増えていく。これは僕が保証するよ」

「それではリスクが低く、ローリターンなのでは？」

理子が問い返す。唐木が強く首を振った。

「ゲームに参加すること自体がハイリスクなんだ」

「そのリスクの中身は？」

「残念ながら教えられない。ゲームの主宰者たちが決めたことなんでね」

理子は考えを巡らせた。

ヴィラで毎月五〇万円程度稼ぐことができれば、あと二年程度で復学資金を貯め、母を養ってもいける。卒業したのちに就職すれば、文字通り人並みの生活はできるはずだ。

リスクの大きさはわからないが、唐木は今の生活を続けながら、収入がさらに増加すると言った。

「僕もゲームに参加した一人だ」

唐木が真面目な顔で言った。

「ゲームに参加することはハイリスクだけど、リターンは魅力的でね。もちろん、理子ちゃんの何倍もリスクを負っている」

理子をゲームに誘った唐木も大きな配当なり収益を狙っている。大学のオリエンテーションで習ったマルチ商法、あるいは新手の宗教の勧誘なのか。首を傾げていると、唐木が笑い出した。

「ヤバい商品を買わせたり、怪しげな新興宗教のようにお布施を強要するつもりはないよ」

唐木はとっくにお見通しだ。理子の頭の中に小さな秤《はかり》が現れた。平凡な暮らしをつかむのか、それとも怪我をするのか、友人の裏切りに遭うのかはわからないが、大金を得て人並み以上の暮らしができる可能性に賭けるのか。

「どうする？」

唐木が理子との間合いを詰めた。瞬間、理子は口を開いた。

「参加させてください」

「本当だね？　やめるなら今だ」

唐木の両目は冷静だ。醒めた目の奥に、なんらかのリスクが潜んでいる。賭けてみる価値はある。

「やります、いえ、やらせてください」

理子の言葉を聞き、唐木がスマホのメッセージ画面になにかを打ち込んだ。

「ゲームがスタートしたよ」

唐木がシャンパングラスを手に取った。理子も自分の分を取り上げた。

「改めて、乾杯」

「よろしくお願いします」

理子は唐木と同時に、シャンパンを喉に流し込んだ。

4

人気がなくなった機動サイバー班のデスクで、長峰は前髪の捩れを指で直しながら、大型モニターを睨み続けた。

向かいの席では、長峰と同様にイライラした様子で森谷が忙しなくキーボードを叩きながら、電話している。長峰は大型モニターの右上にある時刻表示に目をやった。午後一〇時三分、すでに五時間以上の残業を強いられている。

本来なら、今日の昼にリリースされたばかりの自動車レースのゲームをダウンロードし、自宅のカウチに陣取っているはずだ。

「はい、了解しました」

警電の受話器を置くと、森谷が大きなため息を吐いた。

「コンサートは五分前に無事終了。武道館の周辺にも一切異状はみられないって」

目の前のモニターから視線を外し、長峰は天井を仰ぎ見た。予想した通り狂言だった。

六時間ほど前、日本武道館を管轄する麴町署から機動サイバー班に緊急連絡が入った。夜七時に開演するアイドルグループのコンサート会場にトラックで突っ込むとの犯行予告がもたらされたからだ。

アイドルグループ〈新宿ミッションガールズ〉は、一五名編成のユニットだ。新宿や渋谷のライブハウスで下積み時代をすごしたあと、アイドルの檜舞台、秋葉原の劇場に進出し、人気に火がついた。激しいダンスと歌唱力を誇るユニットで、今日の武道館公演は全国ツアーの最終日だ。

犯行予告は所属事務所のホームページ内にある問い合わせフォームに送り付けられた。事務所は慌てふためき、警備を要請していた麴町署に相談した。当然、所轄署で迅速なメール解析ができるはずもなく、機動サイバー班にお鉢が回ってきた。

犯行は未遂に終わった。所轄署は胸を撫で下ろしただろうが、ここから長峰や森谷の本当の仕事が始まる。

「同じところから発信されている」

事務所のホームページに送られたメッセージと全く同じ文言の投稿を、短文投稿ＳＮＳのトークライブ上で長峰は見つけた。モニターを睨みながら、キーボードを叩き続ける。

「コピーキャットは厄介ね」

森谷が舌打ちして言った。コピーキャットとは、模倣犯を意味する。数年前、別のアイドルグループが東北地方でコンサート前にファンクラブ会員限定の握手会を行った際、事件が発生した。

このアイドルグループは、新発売されたＣＤの購入枚数、あるいは楽曲のダウンロード数の多寡によって客との面会時間を調整していた。多く買った客は一〇秒間の握手、ツーショットのインスタント写真撮影の権利も得る仕組みだった。

ファンとの距離が近いのを売りにするグループだけに、セキュリティのチェックも緩く、一人の男性ファンがツーショットになれる権利を行使中に、隠し持っていたカッターナイフで切りつけたのだ。

幸いアイドルは右の上腕部に軽傷を負っただけで済み、被疑者もその場で身柄を確保され、傷害で現行犯逮捕された。

アイドルのファン層は裾野が広い。今回もこの切りつけ事件の教訓があるだけに、生活安全部の幹部から早期に投稿者を割り出すよう長峰と森谷は厳命された。

「投稿したのはおそらく子供だね」

長峰はトークライブ上の投稿を睨んだ。

〈新宿ミッションガールズの武道館公演、トラックで突っ込んでめちゃめちゃにしてやる〉

このアカウントの他の投稿を見ると、部活や期末テストなどの文言が頻繁に出ている。新宿ミッションガールズは幅広い年代に人気のユニットだ。高校生、あるいは中学生かもしれない。長峰はそう当たりをつけた。

裁判所に令状を請求し、投稿者のインターネット上の住民票とも言えるＩＰアドレスを割り出すには数日かかってしまう。無事にコンサートが終了し、武道館周辺に異変はない。しかし、森谷が言ったように今後模倣犯が続々と出現するリスクは高い。

他の投稿に手がかりがないか、長峰は目を凝らした。マウスを握って投稿を遡り続ける。すると、気になる一言があった。

〈放送部の上下関係ウザっ〉

やはり中学生か高校生だ。さらにチェックする。三〇秒ほどスクロールを続けると、写真付きの投稿が目についた。

〈この暑さの中、部活だけのために学校行くのかよ〉

投稿時期は昨年の八月初旬、夏休み中に学校へ行くのが億劫だったのだろう。アカウント主のボヤキではなく、写真に注目した。白い歩道橋の後ろに青い道路標識が写り込んでいた。画像を切り抜いてファイリングすると、これを森谷に転送した。

「鑑識課に依頼して、鮮明化処理を」

機動サイバー班にはネット上の様々なサービスを解析するソフトや、多数の最新鋭のハードが揃っているが、本部内で画像処理に関する装備が最も充実しているのは刑事部の鑑識課だ。

民間の大手電機会社やソフト開発企業などと連携し、最新機器を使った画像解析を専門にする部署がある。

強盗や殺人事件が発生した際、捜査支援分析センター《SSBC》が都内の防犯カメラ映像を根こそぎ回収して犯人の動向を追うと同時に、画像や映像をより鮮明に引き伸ばし、被疑者の人着《にんちゃく》を特定するためだ。

「一、二分でやってくれるって」

受話器を置いた森谷が言った。人見知りの長峰と違い、彼女は日頃から職務に関係する鑑識課や他の部局との付き合いを欠かさない。鑑識課にも森谷をフォローしてくれる人間がいるようだ。

「あくまで予想だけど、コンサートの抽選に外れた高校生が腹いせにやったんだろう」

「あり得るわね」

直後、警電が鳴った。森谷は小声で応じながら、手元のメモにペンを走らせている。

「ありがとうございました。また、お茶に行きましょう」

電話を切った森谷が長峰を見た。

「草加のバイパス沿いにある交差点の標識よ」

森谷の声を聞き、長峰は即座にネット検索を始めた。地図ソフトを広げ、当該の交差点を特定する。目を凝らし、周囲に学校があるか探した直後だった。

「埼玉県立新草加高校がある」

近隣一キロ四方をチェックしたが、あとは小学校と幼稚園、保育園だけだ。

「所轄に連絡する」

森谷が警電の受話器を再び手にして、所轄署に連絡を入れる。後は被害届を受け取った捜査員が埼玉県警草加署に連携を求め、学校内の放送部関係者を炙《あぶ》り出せばおそらく被疑者の存在が浮かび上がるはずだ。

「高校の防犯カメラ、校内のネット環境、生徒のスマホの解析をやれば絶対に見つけられる」

受話器を肩に載せている森谷に告げると、長峰は地図ソフトを消した。

「連絡は終了よ」

森谷が受話器を置いた。

「あとは埼玉県警の仕事だけど、投稿した本人は間違いなく特定されるよ」

長峰は先ほどの交差点の写真を見ながら言った。

「おそらく偽計業務妨害ね。刑事では書類送検、あるいは家裁送致くらいだろうけど、運営側はセキユリティ強化したから、民事で裁判起こされたら莫大な賠償金ね」

森谷が言った。

「高校生には酷だけど、やってしまったことは立派な犯罪だ」

機動サイバー班は、迅速に動き関係部局のサポートに回る。投稿の当事者は気楽に投稿したのかもしれないが、長峰や森谷に残業を強いたほか、多数の警察官を振り回している。

今後、賠償金が発生するかどうかは長峰の知るところではないが、ネットを使った迷惑行為、ましてや犯罪は断じて許さないし、見逃さない。長峰は大型モニターを見ながら自らに言い聞かせた。

5

「そうですか、それでは後のことはそちらで。では、失礼します」

森谷が警電の受話器を置いた。

「被疑者がほぼ特定されたみたい。三年生の男子だって。視聴覚室にある端末から投稿したことが埼玉県警の調べでわかったそうよ」

「やっぱりな」

犯行に及ぶならば、メッセージをコピーアンドペーストしてＳＮＳに投稿などしない。

最低でも大手ネット企業の無料メールアカウントを取得し、公共施設で無料使用できる端末などで発信し、人物が特定できないようにする。そうした基礎知識がなければネット上で犯行予告することは、捕まえてくれと言っているに等しい。

「それじゃあ、私は帰るね。久々に旦那と夕ご飯食べたいし」

「お疲れ様でした」

そう答えると、長峰はデスクの引き出しから栄養補助食品のビスケットを取り出した。

「ランチも食べていないのに、それだけで済ますつもり？」

「カロリー的にはこれで十分だね。他にも備蓄はあるし」

引き出しにはビスケットのほか、エネルギー補給用のゼリーやレトルトパックのカレーが詰まっている。いざとなれば、一〇日程度は職場から離れずに食事を摂ることが可能だ。大型モニターの向こう側で、森谷が呆れたように首を振った。

「今度ウチに来る？　旦那の手料理がすごく美味しいから」

「せっかくだけど、自分の時間を大切にしたいんでね。それに休みの日まで同僚と会いたくないよ」

森谷が眉根を寄せ、長峰を睨んだ。

「悪気がないのはわかっているけど、他に言い様はないわけ？」

森谷がバッグを肩にかけ席を後にした。

悪いとは思うが、一人でいるときが一番落ち着く。今は一人暮らしをしているが、都内の一軒家に住む定年退職した父と、専業主婦を続ける母のもとに帰れば、食事はおろか洗濯までやってくれる。実際、母は戻ってくることを強く勧めてくる。だが、四ツ谷駅近くの安くて狭いマンションや職場でこうして一人きりになる方が自分には心地よいのだ。

誰もいなくなった機動サイバー班のデスクを見回したあと、長峰はビスケットを齧《かじ》った。静まり返ったサイバー班のシマには、時折通信指令センターから発せられた緊急出動要請の音声が聞こえるものの、気にはならない。長峰は眼前の大きなモニターに見入った。

人騒がせな犯行予告は、早期の被疑者特定で実質的に解決した。それでも心の隅にはなにか小さな棘《とげ》が刺さっている。長峰は手元のキーボードを引き寄せ、指を走らせた。

〈コピーキャットは厄介ね〉

森谷が口にした言葉が頭の奥で反響した。それに一カ月前に聞いた一斉報が重なる。

〈地下鉄車内で切りつけ事件、けが人数人発生のもよう〉〈至急、至急。副都心線北参道駅付近を走行中の車両内で切りつけ事件発生。同車両内から一一〇番通報受信。各移動は至急同駅に臨場……〉

長峰は切りつけ事件に関するニュースをモニターに表示した。大手紙や公共放送の見出し一覧が目の前にある。

事件は唐突に起きた。帰宅ラッシュで混み合う地下鉄の車内で、無職の四五歳男性が突然刃物を振り回したのだ。この際、同じ車両で近くにいた勤め帰りの女性が切りつけられ、出血多量で死亡した。男を止めようとした高校生も首筋に全治三カ月の大怪我をした。事件発生直後、地下鉄は北参道駅に緊急停止した。駆けつけた原宿署員に被疑者は取り押さえられ、事件は一応の決着を見た。

長峰は記事の中から、被疑者の供述に関するものを見つけた。

〈職を失い、住む場所もなくなった。所持金が底を突きそうだった〉〈世間から疎外され、頼れる家族も友人もいない。人を殺せば刑務所に行ける。最終的には死刑になりたかった〉

被疑者は就職氷河期に大学を卒業した。正社員の仕事に就くことはかなわず、ずっと派遣労働者として働いてきた。低賃金で長時間労働を強いられていたため、結婚も諦め、郷里の親族とは絶縁状態だったという。

四〇歳を過ぎたときに派遣で勤めていた荒川区の工場を雇い止めとなり、その後は大手宅配業者の孫請けとして、軽自動車で荷物を運んでいた。運送会社と個人事業主として契約を結ぶフリーランスだったが、実質は朝から晩まで配送に追われる日雇い仕事だ。

被疑者は配送の途中でタクシーと接触事故を起こした。たまたま損害保険が切れていたことで多額の賠償金を払うことになり、一気に生活が困窮したと週刊誌の記事が触れていた。友人はほとんどおらず、一日になんども短文投稿型のSNS、トークライブに愚痴や荷主への苦言を投稿していた。

五、六本の記事を読んだあと、長峰は考え込んだ。長峰よりも年上の被疑者だが、就職氷河期以降、日本の雇用環境は悪化の一途を辿った。自分はシステムやインターネットに対する知識が他の人間よりもあったことで、大手電機企業に正社員として職を得ることができた。

だが、エンジニアという職種は長時間の拘束と安い給料が定番で、体と心を何度も壊しかけた。

正社員であるために簡単に馘首されることはなかったが、同じ職場で働いていた派遣エンジニアが何人もこき使われた挙句に職を奪われ、生活がたちまち困窮する様を見てきた。他人を巻き込んで犯罪を起こした被疑者に同情するつもりはないが、クビを宣告され生活に困った知り合いを何人も見てきただけに、他人事とはとても思えなかった。

そのためパワハラや旧態依然とした書類仕事や慣習が幅を利かせているにもかかわらず警視庁に留まっている。正直なところ、居心地はよくない。それでも先ほどの被疑者や多くの非正規雇用の労働者に比べれば、待遇は驚くほど安定している。福利厚生も充実している上、エンジニアとしてのスキルを活かした仕事ができるのは、一般的な企業と比べ、警視庁という職場環境があるからだ。

長峰は再度複数の記事に目をやった。気になるキーワードが目に入る。

〈誰でもよかった〉〈死刑になりたい〉

被疑者の供述に関する記事の中で、二つの言葉が浮かび上がって見えた。すると、同じような通り魔事件の存在を思い出した。二つの言葉をペーストし、インターネットで検索をかけた。

広島市、土浦市、茨木市、取手市、大阪市……二〇〇〇年代後半から現在にかけて、たちまち数十件の記事がヒットした。

〈芸能プロダクション放火事件〉〈神戸市心療内科ガス爆発事件〉

ここ四、五年の間では、通り魔以外にもガソリンをばら撒いた放火や、卓上ガスコンロを用いた道連れ自殺など、未だ動機が解明されていない事件に関する記事もヒットした。

複数の検索結果を読んでいると、週刊誌のネット記事の末尾に関連する記事を見つけ、長峰は即座にクリックした。

〈通り魔、道連れ殺人の多くは男性が犯人〉

ここ一五年程度の間、日本全国で発生した同様の事件について、週刊誌の記者が著名な精神科医に尋ねる企画だった。

〈他責は男性特有〉

初めて目にする言葉だった。男性はプライドが高く、自身の不遇な状況について、社会の仕組みや他人のせいにする傾向が強い——精神科医が記者の問いに答えていた。

女性は自分の性格や態度が悪かったから恋人に愛想をつかされた、生活が困窮してしまったなどと自責の傾向が顕著で、人生そのものを諦めることすらあるのだとも記事は触れていた。

〈他責は男性特有〉

もう一度、先ほどのキーワードを凝視した。同時に、森谷の言ったコピーキャットという言葉が、大型モニターに映る他責という言葉に吸い寄せられていく感覚に襲われた。

ここ一五年ほどで起きた巻き込み型の殺人事件は、模倣犯の連続だったのではないか。長峰の胸の中に不安が芽生えた。

〈#地下鉄切りつけ事件〉

ハッシュタグを付けた上で、短文投稿型SNSのトークライブで検索をかけた。長峰の仮説を裏付けるような投稿が次々にヒットする。

〈俺もいつか爆発するかも〉〈犯人の気持ちわかるよ。すげー共感〉〈もっと派手に、チェーンソーでやっちゃえよ!〉

キーボードに触れていた両手が一気に粟立った。

生活安全部の上層部に長峰が直訴して導入したAIは、〝お試し版〟程度の能力しかない。長峰が企画書を書き、民間のエンジニア時代の人脈を使って比較的廉価なベータ版を補強したものにすぎない。

警察庁は先に〈サイバー警察局〉を新設し、海外からの大規模なハッキング攻撃やウイルス拡散を防御する姿勢を鮮明にした。同局の下には〈サイバー特別捜査隊〉を設置し、常時約二〇〇人体制で身代金要求型の攻撃や、発電所などの重要なインフラ施設への攻撃を未然に防ぐことも目指している。

刑事畑の末端捜査員に詳細は明かされていないが、警備公安畑では、独自にAIを導入し、内外の過激派の動向をネット上で監視し始めている。

日本国内での重大なテロ犯罪を防ぐとともに、犯罪組織同士、あるいは犯罪者間の情報伝達を密かに監視しているようだ。

自分はどうだ。まずは刑事部内の体制が不十分だ。警察庁や警備公安部門のように予算がつかない。先ほどと同様に、犯行予告が行われてから動く、待ちの捜査が基本となっている。

不穏な発言や投稿をするアカウントを抽出するＡＩこそあるが、現状では古い型の軽自動車でＦ１のレースに参加するようなもので、能力を発揮するどころか、まともに走ることすらおぼつかない。

模倣犯の出現を懸念した森谷の言葉が、なんども頭の奥で反響した。

6

母が通院している午前九時から四時間かけて、専門の清掃業者が小さな賃貸マンションを隅から隅まで磨き上げた。

引っ越した当初と同じで、リビングダイニングのテーブルに綺麗な木目が浮かんでいた。理子は買ったばかりのコーヒーマシンでブレンドを煎れ、芳醇な香りを吸い込んだ。

母は心療内科に規則的に通院するようになり、病状は好転している。顔を合わせれば理子をなじっていたが、最近は時折笑顔を見せるようになった。

業者に清掃を任す間、理子はベトナムの国民食とも言えるバインミーをテイクアウトし、綺麗な断面写真を撮ってフォトグラムに投稿した。すると、たちまちサムズアップのマークが四六〇〇件以上も付いた。理子の投稿を必ずチェックするフォロワーの数もいつの間にか二万を超えていた。

先ほどアップしたドイツ製のコーヒーマシンの写真にも既に三〇〇〇以上のマークが付き、今も増え続けている。

業者を雇って清掃を任せるなど、一カ月前には考えられなかった。これで母の病状が治まれば、以前のように二人で買い物に行けるかもしれない。要するに金の有る無しで生活はもちろん、心まで元通りになる。以前のような困窮世帯に戻るわけにはいかない。

コーヒーカップの横に置いたスマホが着信を知らせた。手に取ると、ミカコの名が表示されている。

「おはようございます」

〈今、話しても平気？〉

「どうされました？」

〈近くにいるんだけど、出て来られる？〉

「ええ、すぐに行きます」

ミカコは高田馬場駅の脇のさかえ通りにある古い喫茶店にいるという。電話を切ったあと、理子は素早くカップを洗った。


「急に呼び出しちゃってごめんね」

さかえ通りから西に抜ける小径《こみち》に、煤《すす》けた喫茶店があった。年老いたマスターが蝶ネクタイで接客する店で、扉を開けた瞬間からコーヒー豆を焙煎する香ばしい匂いが漂っていた。

理子は清掃業者を雇っている旨を告げ、生活が以前よりも楽になったとミカコに礼を言った。

「ちょうどランチミーティングで新宿に来ていたの。顔が見たくなって」

ミカコは小さなポーチからハイライトを取り出し、細身のライターで火を点した。

「新宿もタバコが吸える喫茶店少なくなっちゃったから、ここを思い出したの」

ミカコが苦笑いしたあと、理子を見据えた。

「お店はどう？」

「スタッフの皆さん、お客さまにとても良くしていただいています。それで……」

理子は唐木という客が新規で指名をくれたこと、そしてゲームへの参加を了承したことを説明した。

「リスクがあるゲームだとうかがいました。でも、今のところなにも不都合は起きていないし、怖い思いをしたこともありません。それに、唐木さん自身も参加されていますし」

ミカコが目を見開いた。

「そう、随分早かったわね」

「どういう意味ですか？」

「私はリクルーターの一人なの」

リクルーターと聞き、ミカコの言葉を思い出した。

〈あなたが商品に徹することができるのか、試してみたの〉〈自分の意思や思考を持たないその他大勢を導いてあげるのよ〉

駅のガード下で理子を見つけたときから、ゲームは始まっていたのだ。そう考えれば、気前の良い男性客と場末のガールズバーにミカコが来店したのも納得できる。

「一体、ゲームの中身はなんですか？」

理子は思い切って尋ねるが、ミカコは強く首を振るのみだ。

「私はリクルーターをやっただけ。詳細は教えてもらっていないの」

「なにか違法なことでも？」

「主宰者たちはちゃんとした人ばかり。反社会的なこと、法を犯すようなことをするとは思えない」

理子はミカコの顔を凝視した。嘘を言っているようには見えない。

「ミカコさんはなぜリクルーターを？」

「主宰者の一人に恩義があるから」

「どなたですか？　唐木さん？」

「ごめん、それも答えられない決まりなの」

ミカコがハイライトを灰皿に押し付けた。昨夜の唐木と同様、彼女の口も堅い。

「私の他には誰をスカウトしたんですか？」

「ほかに三名」

「どんな人たちですか？」

「ごめん、口外できない。厳格なルールだから」

ミカコの眉間に深い皺が現れた。

「ミカコさんのほかにリクルーターは何人いるんですか？」

ミカコが強く首を振った。やはり、自分と同じような生活困窮者がいて、どんな中身かも知らされないままゲームに参加しているのだろうか。

理子は考えを巡らせた。答えは一向に見えてこない。ミカコも口を開かず、空気が澱みかけたときだった。理子の手元のスマホが振動した。

「またフォトグラムのフォロワーが増えました」

画面をタップすると、フォトグラムのアプリが起動した。フォロワーがたった一時間で三〇〇〇人も増えている。

「ヤバっ、キモい」

理子は思わず舌打ちした。

〈恵比寿のラウンジとやらは、いくら払えばヤラセてもらえるのかな？〉

昨夜、高価なシャンパンを下ろしたときに撮った写真に、アニメのキャラクターが描かれたアカウントからのコメントが付いた。ミカコが理子のスマホを覗き込み、顔をしかめた。

「一日に二〇から三〇件くらい、この手のコメントが入ります」

理子はコメントの主のアカウントを呼び出し、右上のブロックのボタンを押した。昨日も下着の色を尋ねるコメントが付いた。理子が処女かどうかを卑猥なイラストとともに投稿してきた男もいた。それぞれ匿名でアニメのキャラやアイドルの写真がアイコンになっていた。恐らく高田馬場の店で値切ってくるようなストレスを溜め込んだ中年男たちだ。

「気にしていたら生きていけないので、さっさとブロックすることにしています。お店のお客さまになるとも思えないので」

「もっとフォロワーは増える。当然アンチもね。でも理子ちゃんは強い。折れる子もいるから」

二本目のハイライトに火を点しながらミカコが言う。先ほどまでの眉間の皺が消え、少し浮かない表情に見えた。

「どうして増えるってわかるんですか？」

「それがゲームの特性だから」

ミカコの表情は曇ったままだ。さらに問いかけようとしたとき、ショートメッセージが着信した。

「すみません、店長からです」

理子はミカコに断り、メッセージアプリを開いた。

〈石塚さんのご紹介で新規の同伴オファーが入りました〉

理子は顔を上げ、ミカコを見た。

「店長案件ですけど……」

理子はミカコにスマホを向けた。

「さすがに初対面の相手と同伴は気まずいんですが――」

「ゲームの一環だと思うわ」

ミカコの両目が鈍い光を放っていた。先ほどのキモいメッセージの主とは違い、石塚からの紹介ならば上客に違いない。理子はすぐに店長に返信を書いた。

〈どんな方ですか？〉

〈……石塚さんのお得意様で高畑さんという方です〉

理子はメッセージを読みながら、高畑という名前を声に出した。目の前のミカコの表情が強張る。

「どうしました？」

「ううん、なんでもないわ」

ミカコは小さく首を振ったあと、コーヒーカップを手に取った。理子は店長宛に再度返信を送った。

〈待ち合わせ場所と時間を教えてください〉

7

喉がヒリヒリと焼けた。肺の細胞に入ったニコチンが血流を通して全身に行き渡る。小島は目を閉じたまま、ゆっくりと煙を吐き出した。

五年前、海外出張の頻度が上がったことを契機に禁煙した。一二時間以上の長旅となる欧州航路では禁煙用のガムを嚙み、やり過ごすうちに自然と体がニコチンを欲しなくなった。

会社を辞めて一カ月経った頃、いつも苛立っている自分に気づき、コンビニで昔吸っていたニコチン量の多い銘柄を買った。

立ち上げたコーディネート指南のサイトは、ここ二、三日開いていない。どうせ誰も訪れていないのは分かり切っている。

小島はもう一口煙を肺に入れ、吐き出す。眼前のノートパソコンには、フォトグラムが映っている。

〈Ｒｉｃｏ's Ｌｉｆｅ〉

恵比寿の高級ラウンジに勤務する小娘のアカウントを睨む。高級シャンパンやワイン、それにきらびやかなレストランでの食事風景が並ぶ。

〈Ｉさんとご一緒させていただいています〉

神楽坂の焼鳥屋のカウンターで白ワインを飲む様子が映る。Ｉさんという男性の顔には熊のイラストが貼られている。典型的な同伴だ。中年男は自分の娘ほどの水商売の女に入れ揚げ、湯水のように金を使っているのだろう。

小島は何度も煙を吐き、周囲を見回した。コンビニの買い物袋が無数にある。その中には出来合いの弁当やカップ麺の容器、カフェインが大量に溶け込んだドリンクの空き缶が詰まっている。

手元のコーラの空き缶は吸い殻でいっぱいだ。足元にあるコンビニ袋を開けると、すえた臭いが鼻腔を刺激した。冷やし中華のタレが腐ったのだろう。顔をしかめ、皿を除《よ》けて空き缶を摘み出す。

〈ソウメイ嬉しい！〉

焼鳥の後は、シャンパンの中でもとりわけ高級な黒いボトルが映った。四年前、パリの高級ファッションブランドの工房を訪ねた際、専務に振る舞ってもらった銘柄だ。辛口で泡の一つ一つがきめ細かい名品の味は、今も鮮明に覚えている。

「小娘がふざけんなよ」

ノートパソコンの画面に顔を近づけ、口汚く罵った。このアカウントのフォロワー数が、いつの間にか二万を超えていた。小島の立ち上げたサービスには、まだ会員はいない。本物の良質なサービスをどうして理解できないのか。世の中はデフレで、安物のファッションが幅を利かせている。だから日本人は馬鹿なんだ。それが夜の街では、景気良くシャンパンのボトルを開ける連中がいる。なぜこうも差があるのだ。

〈このワンピ、好き〉

モデルにしては小柄なショートボブの小娘が、青と白の鮮明なストライプのワンピースを着て、恥じらいながらポーズを取っている。

スタイリストでも付けているのか。ブランド品ではないが、センスだけは良い。ハッシュタグを辿ると、表参道の小さなセレクトショップの名が出てきた。以前、後輩の女性バイヤーが近江屋への出店を勧めたものの、断った小さな店だった。

小娘の服や靴、バッグは、次第に数を増やしている。そのデザイナーは今は無名に近いが、やがて大手のブランドにスカウトされるかもしれない。小娘だけの知恵で店を選んでいるとは思えなかった。

〈ソウメイとこのワンピ、映えるかな？〉

ワンピの写真のあとに、ブラックのボトルとのツーショットがあった。小島はスマホを取り出し、ソウメイ、値段と打ち込んでネット検索した。

量販店やワイン専門店のサイトがいくつも現れた。小さな画面にはリアルな数字が並ぶ。水商売は原価と売値の差が大きいほど儲かる。いや大きくしなければ商売は成り立たない。客も原価をある程度知っている。そこに若い女を横に座らせるだけで、濡れ手で粟の関係で金が入ってくる仕組みだ。

「いい商売だな、おめえら」

もう一度、画面に毒づいた。近江屋時代は、売れ筋を的確に見極めた上で仕入れを行った。目利きが狂えば、大量の売れ残りを生み、バイヤー失格の烙印を押される。

ラウンジは違う。多少目鼻立ちの良い女を揃えることで、原価の何倍もの売値でシャンパンやワインを提供し、法外な利益を得る。近江商人の血を引く創業者が興した百貨店で、毎日命を削って仕事をしてきた身の上からは、とても許せるものではない。

空き缶にタバコを放り込んだとき、小島は気づいた。改めてアカウントを凝視する。

この女は歌舞伎町でウリやっていた小娘だ。部下だった木下が物見遊山で歌舞伎町へ行き、実際に声をかけた。小娘は驚き、西武新宿駅方向へと駆けた。

「体売るような小娘が……」

無性に腹が立った。立場が逆転し、今は小島が困窮している。冗談じゃないと思い、画面を変えた。別の角度で敵情視察してやる。

ラウンジの小娘のハッシュタグには、〈節約コーデ〉の文字があった。服は格安量販店ではなく、気の利いたセレクトショップのものだ。なにかビジネスのヒントがあるかもしれない。小島はキーボードを叩き、検索結果をチェックした。

〈節約コーデで筋トレ〉

目鼻立ちがくっきりした女性が画面に現れた。二〇代後半、もしくは三〇代前半くらいか。

アカウントの名前は〈Tamaki-gram〉となっている。自分のファーストネームとフォトグラムを掛け合わせているのだろう。

節約と言いつつも、女が着ているのはフランスの超高級ブランドのスポーツウエアで、近江屋ならば上下揃いで一五万円ほどする。

〈旦那さんに買いすぎって怒られちゃった〉

涙ぐむ人形の絵文字とともに、別の高級ブランドのボストンバッグ、スーツの写真が映っていた。

〈三泊四日のシンガポール旅行で着る〉

バッグやスーツの上にポインターを移動させると、ブランドの名前と最新コレクションの一品だと短いキャプションが入った。全部合わせれば八〇万円ほどになる。

ブランドのロゴばかりが目立つ。最近の中国人富裕層でもここまで露骨なアピールはしない。

〈すごいステキです！〉〈私も欲しい〉

女のアカウントのコメント欄には、同性からと思しき羨望の言葉が並んでいた。

〈今度、コーディネートのお手伝いしてください！〉

どんな女かは知らないが、こんなダサい趣味の女に助言を仰げば、笑いものになる。小島がそう思った直後、新しいコメントがついた。

〈この成金ビッチめ〉

羨望と賛美のコメントが並ぶ中で、極めて異質な言葉が目に入った。コメント主のアカウントをタップする。アカウント名は〈憂国の豚〉、アイコンにはイラストの旭日旗がたなびいている。

〈どうせ馬鹿な旦那が泡銭《あぶくぜに》で買ったんだろう。くだらねえ自慢すんなよ〉

コメントが入ると、賛同を意味するサムズアップのイラストがいくつも表示され始めた。

〈ヒドい！　彼女に失礼でしょ！〉

女の信奉者の一人がコメントを返した。このコメントにもたちまちサムズアップの表示が付いた。

〈正直、センスゼロだね。元トップバイヤーから見たら、完全なる金の無駄遣い〉

小島はキーボードの上に指を滑らせ、エンターキーを押した。

〈おっ、そうだよね〉

先ほど女をこき下ろしたアカウントがサムズアップとともにコメントした。

〈センスなし。恥ずかしくないかね？〉

小島はキーボードを叩きながら、新しいタバコに火を点した。

8

午後七時、日が暮れた西麻布交差点近くで理子はタクシーを降りた。スマホの地図アプリを表示すると、アイスクリームショップの裏手の小路を一〇〇メートルほど進んだ先に目的地がある。

晩夏のため、陽が落ちたあとも都心の窪地には湿気を含んだ空気が沈澱している。ハンドバッグからハンカチを取り出し、理子は額に浮かんだ汗を拭った。

西麻布交差点付近には有名な焼肉店のほか、フレンチやイタリアン、和食の名店がひしめく。恵比寿のヴィラに入店して以降、この地で富裕層の男性客となんども食事を共にした。今回の同伴は初めての店を指定された。

地図アプリを頼りに、理子は小路を南方向に進む。周囲は低層マンションが立ち並び、駐車スペースには欧州製の超高級外車が整然と停められていた。

表通りから一〇〇メートルほど進んだとき、地図アプリが目的地に到着したと赤いランプを灯した。足を止め、右側を見ると古い商家の黒塀を模した壁に小さな灯《あか》りが見えた。

アプリには多国籍レストラン〈彩《さい》み〉と表示されていた。だが、どこにも入り口らしき扉が見えない。理子は目を凝らした。灯りの下に小さなインターホンがあった。ボタンを押すと、おまちくださいという低い声が響き、直後に黒塀調の壁がゆっくりと左に動いた。忍者屋敷のアトラクションのような隠し戸だ。

理子は体を屈め、入り口を通り抜けた。茶室を模した造りなのかもしれない。今まで同伴で訪れた店とは違い、凝った趣向だ。

「お待ちしておりました。高梨理子さまですね？」

目の前にタキシード姿の中年男性が現れ、低い声で言った。そうです、と答えると男性はゆっくりと理子を店の中へと招き入れる。

薄暗い照明の下、案内されるまま通路を歩く。入り口から一〇メートルほど進んだところで、タキシードの男性が立ち止まり、木目が美しい一枚板の扉をノックした。

「どうぞ」

大きな扉を男性が開ける。理子は会釈して部屋の中に入った。

「遅くなりました」

顔を上げると、扉と同じ木目のテーブルの奥に、小太りの男が座っていた。

「僕も来たばかりだから気にしないで」

理子は頭を下げたあと、タキシードの男性が引いた椅子に腰を下ろした。いつも相手を待たせぬよう一〇分前に到着することを心がけていたが、今回は相手の方が上手だった。

「メニューをお持ちいたします」

タキシードの男性が柔らかな口調で言い、部屋から出ていった。

「はじめまして、高梨理子です。ご指名ありがとうございます、高畑社長」

理子は姿勢をただし、もう一度頭を下げた。

「僕のこと知ってるの？」

理子は笑みを高畑に返した。

昨日、店長から初対面の人物との同伴をオファーされた。どんな人物か尋ねると、高畑という名前がショートメッセージで送られてきた。

一緒にいたミカコに断った上で、この名前をネット検索した。様々な政治家や実業家の名前、あるいは地名がヒットした。この中から、理子はさらに検索をかけた。

恵比寿のヴィラに来るような客層、石塚の紹介ということを加味しながら調べると、インターネットを使った新たな人材派遣会社を興した高畑が現れた。

起業当初こそ自社に登録したエンジニアを一般企業に派遣するありふれた業務を担っていたが、一日のうち一、二時間という隙間時間を使った学生アルバイトの雇用・求職に長けたアプリを開発し、これが使い勝手の良さから大成功したのだと経済誌の記事にあった。

高畑は人材派遣だけでなく、ネットを使ったヘッドハンティングや企業と個人のマッチング業務にも乗り出し、創業五年足らずで株式公開を狙えるまでに業容を急拡大させた。

「お店から連絡を受け、お客さまになり得る方と考え、検索したら高畑社長がヒットしました」

理子が伝えると、高畑が笑みを浮かべた。

「気に入った。君はヴィラのその他の子たちのようなお人形じゃない」

高畑がテーブルの隅に置かれたボタンを押すと、先ほどとは違う背広の男が個室に現れた。

「シェフのお任せで頼みます。それに食前酒も」

高畑のオーダーにウエイターが恭しく頭を下げ、出ていった。

「ここは僕が商談でよく使うお店でね。完全個室だから、ウチの会社のCMに出てくれる芸能関係の人間も連れてくるんだ」

理子は頷いた。頻繁に使用するフォトグラムのアプリやテレビでも高畑が興した企業やサービスの広告が出てくる。各種のCMでは人気アイドルグループのほか、海外の大物俳優まで出演している。

「こんな隠れ家のようなところは初めてです」

「普通の店だと一般客が面倒だからね」

「恵比寿のヴィラと同じですね」

一カ月のラウンジ勤務を経て、芸能人や政財界の大物たちが好む店の傾向がわかってきた。今や誰もがスマホを持っているため、いつどこで撮影されるかわからない。会員制で客を厳しく選別する店ならば安心だ。気兼ねなく商談できる上に、ヴィラのような店では羽を伸ばすことが可能になるのだ。

「よくわかっているね。もちろん料理は一流の和食、フレンチ、イタリアン。お任せでいいよね」

先ほどのウエイターが日本酒の四合瓶を携え、個室に現れる。その後ろにはやはり背広姿の若い男が続き、高畑と理子の目の前に綺麗に盛り付けされた先付けの皿を置いた。

「秋田産のスパークリングでございます」

ウエイターの手元を見た。漢字のラベルが付いた日本酒だ。

「日本酒でスパークリングがあるんですか？」

「はい、蔵元で限定醸造された物です」

高畑が目で合図し、ウエイターが栓を開けると、微かに日本酒の香りが漂った。

発泡日本酒が注がれたグラスを持ち、理子は高畑と乾杯した。

「とても爽やかです。ほのかに果物の香りがします」

一旦グラスを置くと、高畑が箸を手に取った。理子の目の前にも同じ一皿がある。漆が塗られた正方形の皿に、七品が盛られている。毛蟹の和物《あえもの》、錦糸卵、鯵《あじ》の手《て》毬鮨《まりずし》、じゅんさいの椀……ウエイターが立て板に水で説明を加える。

「写真撮りなよ。映えるよ」

理子はハンドバッグからスマホを取り出し、先付けの皿を写した。

スマホをテーブルに置くと、理子は錦糸卵を口に入れた。小さな鉢に入った一品からは、芳醇な出汁の香りが口中に広がる。

「美味しい。本当にご指名くださり、ありがとうございました」

箸を揃えて置き、理子は改めて頭を下げた。

「堅苦しいことは抜きにしよう。石塚さんから聞いた通り、人当たりの良い子だ」

理子は笑みを浮かべながら、高畑を観察した。彼は小鉢を手に取り、先付けを勢いよく食べ始めた。

先ほどのウエイターが現れ、今度は薄緑色の陶器を先付けの皿の横に置いた。剣先イカ、真鯛の昆布締め、鰹《かつお》……ウエイターが一つ一つの素材を丁寧に産地まで紹介した。目の前の高畑は発泡日本酒をぐいぐいと空け、忙しなく箸を動かし続けた。

「そろそろおまかせでまた別の日本酒を」

目の前の料理をあらかた片付けた高畑が言う。ウエイターが恭しく頭を下げて部屋から出ていった。

「僕は昔から早食いだ。食べながら話を聞いてよ」

理子は努めてゆっくりと箸を動かした。出汁や素材そのものの味が楽しめる和食だ。

「なぜ呼ばれたのか、その理由を知りたいよね」

ミカコが言ったように、今夜の同伴は絶対にゲームの一環だ。そして目の前に現れたのは、気鋭の起業家だ。高畑はどんなことを言い出すのか。料理を食べつつ、理子は神経を尖らせた。

一体どんなゲームに参加したのか。理子はその中身を未だに知らない。ミカコに尋ねても詳細は教えてもらえなかった。ハイリスクだが、参加することで金が増えていく。

目の前で忙しなく箸を動かし続ける男は、ゲームの関係者に違いない。ゲームとは、ヴィラに集う富裕な男たちが出資するものなのか。理子のような若い女性がなにかを競い合うのか。ミカコはあと三人スカウトしたと言った。だが、理子は他のプレイヤーに会ったことはない。

理子は時折笑みを浮かべつつ、高畑を見た。穏やかに笑うが、時折醒めた視線で理子を見ている。

「お招きいただいたわけはなんでしょうか？」

お造りを食べ終え、ナプキンで口元を拭い、理子は尋ねた。

「残念だが、教えられない」

高畑がわざとらしく肩をすくめた。ミカコや唐木と同じ反応だ。

「ただ、君は普段通りの生活をしていれば、どんどん稼げるようになってくる」

「既に充分なお給料を……」

理子が言いかける。高畑が強く首を振った。

「意味合いが違うんだ。例えば……」

高畑は傍らの椅子に置いたブリーフケースから書類を取り出し、テーブルに置いた。

「ウチの会社の広告に、モデルとして出てくれないかな？」

高畑は理子の前にクリアファイルを差し出した。

ファイルから、理子はクリップで留められた数枚の紙を取り出した。一番上にあるのは、ポスターの原案のようだった。

〈自分で見つける最適なシゴト〉

ポップなフォントの下には、若い女のイラストが掲載されている。ショートカットでカジュアルなシャツにデニムを穿《は》いている。

「次の書類を見て」

高畑に促され、理子は紙をめくった。

契約書という無機質な題字の下には、甲や乙という文字のほかに、細かい条件が並んでいる。ざっと目を走らせたあと、理子は一番下にある数字に釘付けとなった。

〈契約金額（仮）　金一〇〇〇万円〉

書類から顔を上げ、高畑を見た。口元は笑っているものの、両目は鋭い。

「なぜ私を？　お店には本物のモデルさんがたくさんいますし、社長ほどのお方なら、広告代理店、それに石塚さんのキャスティング会社を通じていくらでもスカウトできるのではないでしょうか？」

「手垢がついたキャラクターはいらない。キャスティング会社で目利きのプロの石塚さんが推した君は、僕のイメージにぴったりだ」

理子はもう一度ポスターの原案、契約書に目を落とす。

二一年生きてきた中で、こんな誘いは一度もなかった。ミカコのバックアップにより、服装や髪型のセンスや接客のスキルは磨かれた。

ただ、店で会う手足の長い本物のモデルには絶対に敵わないと思っていた。まして自分が広告に出ることなど考えてもみなかった。

「少し考えさせていただいても良いですか？」

「だめだ」

強い口調で高畑が言った。

「僕らのビジネスは戦いであり、ほんの少しの時間も惜しい。即断できないのなら、この話はなかったことにしてほしい」

理子は唇を嚙み、考えた。

高畑の理屈は理解できる。たしかにヴィラに在籍するモデルやタレントたちは営業スマイルが得意で、自分の見せ方を熟知している。自分にはそんな素養はない。

そこが高畑はウリだという。しかも、キャスティングという仕事を通じ、俳優やモデルを熟知している石塚が高畑に推薦した。一〇〇〇万円あれば、すぐにでも店を辞め、学校に戻って卒業できる。普通の就職をしても、しばらくは蓄えがある。そんな考えが頭に浮かんだ直後、店で会った唐木の言葉が頭の奥で反響した。

〈ゲームに参加すること自体がハイリスクなんだ〉

依然としてゲームの中身は不明で、ハイリスクだという。一応、唐木にはゲームに参加する旨を伝えた。あの場で唐木はスマホになにかを打ち込み、理子がゲームをすることを他の誰かに伝えていた。

理子はテーブルの契約書を睨み、腹を決めた。自分は既にゲームに参加している。高畑からのオファーもその一環なのだ。ハイリスクの具体的な内容はわからないが、人並みでいることは絶対に嫌だ。

「モデルのお仕事、ぜひやらせてください」

高畑が満面の笑みになり、契約書にサインするよう万年筆をテーブルに置いた。

改めて契約書に目を通す。専門用語が並び、詳しいことはよくわからない。理子が首を傾げると、高畑が口を開いた。

「君に不利になるような条項は一つもないから安心して」

理子はテーブルの上にある万年筆を手に取った。署名欄にサインして書類を高畑に戻す。

「オファーを請けてくれて感謝するよ」

高畑が右手を差し出した。理子も力強く握り返す。

「早速だけど、明日か明後日にポスター撮影をしたい。都合はどうかな？」

「お店に出る前でしたら、いつでも都合がつきます」

「これでもっと君のステージは上がるよ」

「ゲームの中で、という意味でしょうか？」

「その通り」

一〇〇〇万円という途方もない報酬を得る以上、もはや引き返せない。理子は高畑の手元に戻った契約書を見つめた。今まで見たこともないカネが自分の口座に入る。

ヴィラの仕事は楽しいが、他のモデルたちのようにブランド物で着飾ることには一切興味がない。ゲームの進行とともになにが起きるかわからぬため、学校に戻ることももう考えられない。とりあえずは貯蓄する。理子が顔を上げると、高畑が口元を歪め、笑っていた。蔑まれているのか。嘲りの笑みなのか。

「ギャラを学費の足しにするとか、貯蓄するとか考えていないよね？」

「えっ……」

「図星のようだね。そんなつまらない考えを持っていたら一生上のステージには行けないよ」

上のステージという言葉が理子の耳を強く刺激した。

「雀の涙より少ない金利のために、銀行口座にブタ積みする気なの？」

今まで温和だった高畑の顔つきが変わった。

「ブタ積み？」

「金を有効利用しない愚かな振る舞いという意味だよ」

銀行の普通預金の金利は歴史的な低水準にあると常々母から聞かされている。ＡＴＭで時間外に金を引き出すと手数料分だけ損した気分になる。

「有効利用とはどういうことですか？」

「金は世界最強の働き手だよ」

高畑の言葉の意味が理解できない。

「世界中の大金持ちは、汗水たらして働かない。金に働いてもらうからさ」

たしかに、雑誌やネット記事で読んだ世界的なＩＴ企業の創業者たちは、世界中をプライベートジェットで飛び回り、夜な夜なリゾート地でパーティーを開催していた。世界中の拠点で優秀な部下たちが日夜働いているからだ。金が働くとはどういう意味なのか。

「超低金利の日本では、銀行に預けるなんて愚の骨頂だ。金が働くというのは、リスクを取って投資するということだよ」

高畑の声が思い切り低くなった。

高畑は大学卒業後に一般企業で働きながら、人材派遣ビジネスをネット経由で簡便にすることを思いつき、起業したと経済誌が触れていた。安定した職を捨て起業することが投資という意味なのか。

「誰かの事業を買う、応援する意味で金を拠出するのを投資と呼ぶ。なにも株やＦＸばかりじゃない」

「それでは、私には何に投資をしろと？」

高畑がブリーフケースに触れると、契約書とは別の書類を取り出した。

「図面？」

下落合の賃貸マンションを探す際、何軒も不動産屋を回った。頼りにしたのが部屋の間取り図だった。だがテーブルの上にあるのは、少し違う。部屋の間取りのほかに、詳細な寸法や難しい工法らしき横文字がずらりと並んでいる。

「僕と仲間が出資して作る新しい事業だ。理子ちゃんもその一〇〇〇万円を投資してみないか？」

「私は二一歳で世間を知りません。投資と言われてもどの程度リスクがあるのかも判断できません」

「ならば一生底辺のままだね」

高畑が強い口調で言った。

「底辺はごめんです」

「そうだよね。ヴィラ入店の経緯は聞いた。だから、その思いをここにぶつけて、さらなるランクアップを目指さないかと誘っている」

理子は高畑の顔を凝視した。理子から一〇〇〇万円を捲《ま》き上げたところで、富裕層である高畑に旨《うま》味《み》があるとは思えない。複雑な図面を見ただけでは投資の内容もわからない。

高畑が理子との間合いを詰めた。先ほど、高畑は広告のモデルになるのか即断を求めた。だが、その虎の子をどう使おうと高畑にとやかく言われる筋合いはない。これはゲームの一環だ。課金ゲームで強いアイテムやキャラクターを買うのと同じなのかもしれない。

「詳しく教えてください」

対面の高畑が満面の笑みで親指を立てた。

「僕も唐木と同様、ゲームに参加している。もちろん、賭金は一〇〇〇万円レベルじゃないけどね。これから、理子ちゃんも一緒にゲームの勝者になろう」

高畑が差し出した右手を、理子は再び強く握り返した。

9

ニンニク臭たっぷりのゲップを吐いたあと、小島は餃子とチャーハンのトレイをポリ袋に放り込んだ。スマホで注文できる料理宅配業者のポイントを使い、全国チェーンの中華料理屋から出前を取った。二品で八五〇円、配送料一五〇円と計一〇〇〇円が正規料金だが、初回割引ということで三〇〇円分のクーポンがついた。

このところ、コンビニ弁当ばかりだった。一階のキッチンで電子レンジを使うのも億劫で、冷え切った焼きそばやカルビ弁当を食べていた。久々に温もりのある食物を腹に入れて、生き返ったような心持ちになった。

ポリ袋だらけの自室でさらに新たなゴミが増えた。部屋中にすえた臭いが漂っているが、タバコを吸うことによってもう気にならない。

爪楊枝で歯の間をしごきながら、小島はノートパソコンを開く。

〈Ｒｉｃｏ's Ｌｉｆｅ〉

このフォトグラムの小娘のアカウントへの訪問は今日だけで五度目になる。

〈日本酒に発泡があるなんて知らなかった!!〉

つい三〇分前に投稿された新たな写真が目に飛び込む。ラベルには秋田の蔵元の名前がある。

「まじかよ」

小島は思わず声を出した。

かつて近江屋の同期バイヤーが何度も秋田市にある蔵元に足を運び、物産展への出店をオファーした。だが、二代目の若社長は絶対に首を縦に振らなかった。

この蔵元は少量を限定醸造することを社是としていた。インターネットを使った注文は一切受け付けず、蔵元に直接出向いて整理券を取得しないと買えない。

発泡日本酒については毎年一〇〇〇本しか出荷しないため、さらにレア度が増していた。都内の日本酒専門バーでは、一杯一万円以上の値がつくこともあると同期のバイヤーが嘆いていた。

「どこの店だよ」

このアカウントの持ち主であるRｉｃｏは、客と同伴した店名を必ず掲載する。それなのに今回に限ってはその名前はおろか、どの地域であるかさえ記述していない。

ショットではなく、ボトルを丸ごとテーブルに置いてある。定価は六〇〇〇円だ。小島はすぐさまページを切り替え、ネット検索した。主要な通販サイトでは当然のことながら品切れで、個人間売買のオークションサイトでは一本当たり五万円から七、八万円の値で次々に落札されていた。

同伴だということは理解できても、この希少な酒をボトルごと提供する店があることがにわかには信じられない。まして、少し前まで路上で客を引いていた女なのだ。

再びフォトグラムに戻る。コメント欄にも小島と同様の疑問を持つ者がいた。

〈どこのお店か教えてください〉〈一本いくらで提供されているんですか?〉

この小娘を応援している多くの女性フォロワーがサムズアップのマークを付けている。小島の目の前でマーク数が一万六〇〇〇を超え、すぐに一万七〇〇〇台後半に伸びていく。フォロワー数はいつの間にか一〇万を超えていた。

なぜこの小娘が気になるのか。やはり、着実に階段を上がっている点かもしれない。モデル級の見てくれではない。そこが金持ちに気に入られる要因なのか。それでも、どこかにマイナス面もあるはずだ。いつかネガティブな点を見つけ出し、コメントで指摘してやる。

　小島は煙草に火をつけ、フォトグラムのアカウントを切り替えた。前日見つけた〈節約コーデ〉のハッシュタグを付けた一人だ。

〈Ｔａｍａｋｉ-ｇｒａｍ〉

　欧州の超ハイブランドばかり買い集める趣味の悪い女だ。

　シンガポールへ旅行するので、有名ブランドのスーツや鞄をシリーズ一式揃えていた。各ブランドは最新コレクションを貸し出したりしないし、サブスクリプションのサービスへの転用も厳しく制限している。きっと全部買っているのだ。

〈最終の新幹線。ちょっと同級生に会ってきます〉

　Ｔａｍａｋｉという女が、新幹線のプラットホームに立っている。

〈女子大時代の親友が仙台にいるの。今日は国分町の隠れ家バーでおしゃべり〉〈明日は星付きのお鮨屋さんでディナー。楽しみ！〉

　女は東北新幹線のグランクラス車両の前で微笑んでいる。グリーン車よりも上のランクで、飛行機ならファーストクラスだ。小島はすぐに料金を検索した。片道で二万円前後、普通の指定席の倍だ。

「大層なご身分だな」

　画面の女に毒づいた。

〈旅のお供はこちら〉

　新幹線の前で撮った一枚の次は、女の手元が写っていた。高級ブランドの頭文字を象ったロゴが目につくバッグ。これも限定生産品で、近江屋でも年に二、三個しか割り当てのない一〇〇万円以上の値札が付く品だ。この投稿には一万五〇〇〇以上のサムズアップマークがついていた。

「下品な女なのにな」

コメント欄には女性フォロワーからのコメントがずらりと並んだ。

〈セレブ感がスゴい〉〈グランクラスには専用のお弁当が出るんですよね？　写真アップしてください！〉〈新しいバッグ、すごく可愛い。もっと見せて！〉

小島はため息を吐いた。

このＴａｍａｋｉという女のアカウントには、渋谷区で大手企業に勤務しているとしか書いていない。複数の写真に薬指のリングが写り、旦那にも言及している。既婚者だ。

投稿の大半はリゾートホテルでの様子やブランド物の衣服やバッグの紹介に終始している。稀にイタリア製の超高級スポーツカーの真っ赤なシートと馬のロゴが写り込んでいた。

住まいは湾岸エリアのタワーマンションで、隅田川の花火大会を自宅リビングから楽しんでいる様子も掲載されていた。

小島は、近江屋の入り口で検温係をしていたときのことを思い出した。

小島の姿を見つけ、話しかけてきた老舗料理店の娘だ。お得意様だったのは確かだが、傲慢を絵に描いたような人物だった。このＴａｍａｋｉという女が近江屋の客だったら、おそらく小島は対応に苦慮しただろう。

着実にサムズアップのマークが増えていく中、小島の注意をひくコメントが突然投稿された。

〈これ、本当に乗るの？　誰でもグランクラスの前で写真撮れるわ（笑）〉

女を褒めそやすコメントの中で、極めて異質な投稿だった。コメントの主を見ると、先日もこの女を揶揄《やゆ》した〈憂国の豚〉というアカウントだ。

〈この年で随分とイタいよね〉

憂国の豚は辛辣な言葉を投げ続ける。

〈ちょっと、なにこの荒らしコメント〉〈ネトウヨは出ていけ！〉

次々にＴａｍａｋｉのフォロワーが否定的なコメントを投稿した。

〈おまえらさ、このインチキ女に煽《あお》られているのがわからないの？〉〈ネトウヨの豚になにがわかるの？〉

怒り顔のスタンプがずらりと並んだ直後、憂国の豚が反応した。

〈だったら俺が登記調べてやるよ〉〈ビッチが本当に金持ちだったら、晒《さら》さない。でも万が一違ったら、詐欺だって炎上させてやる〉

小島は画面の中でヒートアップするやりとりを固唾を呑んで見守った。

〈豚は黙れ！〉〈どうせハゲでデブの中年豚だろ？〉

他の女性フォロワーも怒りだした。Ｔａｍａｋｉという当の本人がログインしていないため、コメント欄は荒れ放題になった。

〈ブスのフォロワーどもは黙ってろよ〉〈だったら本当に火をつけてやる〉〈化けの皮剝がした上に、ぶっ殺してやるよ〉

憂国の豚がガソリンタンクとナイフのスタンプで応戦した。

「いいこと言うな」

小島は無意識のうちに憂国の豚に加勢し、投稿にサムズアップのマークを付けた。

〈ちょっと、なに？　なぜ荒れているの？〉

憂国の豚とフォロワー女性たちが罵詈雑言を浴びせ合う中、ようやくＴａｍａｋｉが投稿を始めた。

〈ちゃんと乗ったわよ。バカじゃないの？〉

ＴａｍａｋｉがコメントとともにKI新幹線のチケットの写真を投稿した。写真を凝視すると、下りの乗車券と特急券がある。またもう一枚の特急券には仙台の発車時刻、そして席番がクリアに写っていた。

〈グランクラスって読めるかしら？　どうせあなたは指定席にも乗ったことがないでしょうけど〉

〈うるせえ、ビッチ〉

当人が参戦したことで、コメント欄は荒れ続けた。

「もっとやれよ。ビッチを潰してやれ」

新しいタバコに火を点すと、小島は憂国の豚のコメントに追加でサムズアップのマークを打った。

10

食べ終えたエネルギー補給用ゼリーの容器をゴミ箱に放り込み、帰り支度をし始めたときだった。長峰の眼前にある大型モニター横のスピーカーから、警告音が鳴り響いた。午後九時五〇分、機動サイバー班が導入したＡＩにより、犯罪を匂わせる発言が抽出された合図だ。

「もういい加減にしてくれよ」

バックパックを床に置いてから、長峰はキーボードを手元に引き寄せながら画面を睨んだ。

〈だったら本当に火をつけてやる〉〈化けの皮剝がした上に、ぶっ殺してやるよ〉

物騒な言葉がスクリーンに並んでいた。長峰は勢いよくキーボードを叩く。すると人気の写真投稿サイト、フォトグラムに投稿されたコメントだった。それぞれの発言の横には、投稿者のアカウント名とアイコンが表示された。

〈憂国の豚〉

アイコンは、たなびく旭日旗のイラストだ。

「またネトウヨか」

長峰は舌打ちした。インターネット上で保守的で過激な発言をする層の俗称だ。与党民政党の中でもとりわけタカ派だとされる一部議員たちを熱狂的に支持し、彼らを激賞する雑誌媒体や言論人たちが存在する。ネット上では、こうした媒体からの切り抜き発言を拡散し、左派とされる評論家やジャーナリストを誹謗中傷するのがネトウヨの特徴だ。

「どうせオッサンだろ？」

〈憂国の豚〉のアイコンを睨みながら、長峰は解析を始めた。正式な統計があるわけではないが、ネトウヨの多くが中高年の男性と思われる。

企業の重職を担う者のほか、教職員の中にもストレスの捌《は》け口としてインターネット上で過激な発言を行う者が少なくない。いわゆる引きこもりで一日中自室やネットカフェにこもり、左派的な発言をする著名人を攻撃するためだけに時間を費やす輩も多い。

憂国、豚、旭日旗——それぞれの要素を組み合わせ、他のＳＮＳに同一人物のアカウントがないか、ＡＩを稼働させた。

草加の高校生と同じように、ネット上で騒動を起こす輩の多くが同じコメント、あるいは炎上ネタについて同一投稿を行うことがままある。

〈憂国のフリージャーナリスト〉

ＡＩが早速疑いのあるアカウントを短文投稿サイトのトークライブから炙り出した。

〈石森拓巳《いしもりたくみ》〉

額の生え際が大きく後退した男性の顔写真がスクリーンの左半分に表示された。右側には、ＡＩが抽出した類似の投稿が列記されている。

〈クソビッチは清き日本国から出ていけ〉〈極左のインチキ女評論家の発言は妄言〉

ビッチ、極左、インチキ……ネトウヨの典型のような攻撃的かつ下品な投稿が並ぶ。長峰はさらにＡＩの分析結果に目を凝らした。

〈特徴：左翼、中央新報、市民運動等のキーワードに反応〉〈特徴：左翼系、リベラル系の発言が著名人からもたらされた直後から、批判や中傷を繰り返す〉

ＡＩが具体的な石森の投稿を次々に画面に表示させた。

長峰は思わず顔をしかめた。

女性や左翼、リベラル系の著名人の発言や投稿だけでなく、韓国や中国の対日批判的な論調に対しても石森は敏感に反応していた。

「なぜフリーに？」

長峰はプロフィールの中にある経歴欄を見た。

〈私立長成学園中高、三田総合大学経済学部を経て大帝国通信社入社。名古屋総局、経済部を経てフ

リーに〉

石森は男子御三家と呼ばれる超難関私立中高一貫校を経て、私大の雄と称される一流大学を卒業。日本で一番規模の大きな通信社に入社していた。経歴はピカピカだ。長峰はアイコンの写真をもう一度見た。丸顔で頭髪が薄く、銀縁メガネの奥には猜疑心の強そうな一重の目がある。クセは強そうだ。

〈石森　ジャーナリスト　評判〉

大手サイトの検索欄にキーワードを打ち込み、エンターキーを押した。

〈性格が破綻〉〈海外電の記事盗用がバレて懲戒解雇〉〈マザコンのキモオタ記者〉〈ネトウヨ系メディアの常連〉

思わずため息が漏れた。ネット上の評判は最悪だ。書き込みの横に、もう一度トークライブでの投稿を並べてみる。

〈この国の伝統ある格式を左派系メディアが粉々にしようとしている〉〈夫婦別姓など論外、まして同性婚など犯罪行為に等しい〉

二つの投稿には、それぞれ五万以上の賛同を示す星印のイラストがついていた。各投稿は、国会論戦に関するもの、そして世界的に著名な俳優が自らの性的指向をカミングアウトし、ネット界隈が大いに盛り上がっていた際になされたものだ。

本当にこんな人物がジャーナリストを名乗る資格があるのか、長峰は首を傾げる。それほど投稿の内容は攻撃的で、差別意識の塊だったからだ。

石森は常に過激な発言を行い、多くのフォロワーとアンチ双方から注目を集め、最終的には自分が運営するサイトに誘導することを狙っているようだ。

ひとまず、火をつける、殺すというキーワードが示す危険性は低いと長峰は判断した。それでも懸念は払拭できない。最近、世間を騒がす様々な凶悪犯罪が起きており、日本のネット上では怒りと恐怖にとらわれた人々の感情が増幅されてしまっている。

今回は金持ち女性と中年男性の口論という形だったが、同じような対立はそこかしこで起きている。

長峰はネット社会の人間心理を分析した精神科医のコメントを画面に呼び出した。

〈増幅効果は倍に　自然災害や疫病が発生した直後、SNS上で差別用語を用いた論争やいがみ合いが多発した。多くの人が動揺し、負の感情を互いにぶつけ合うことで負の輪が急拡大したのだ〉

〈経済的な格差が拡大の一途を辿る中で、漠然とした不安感から他者の投稿に敏感になるネットユーザーが急増し、ネガティブな感情が大きなうねりとなって社会全体を覆うようになった〉

〈対面で不平不満を他者に吐き出すと、ストレスが緩和されることが心理学的に証明されているが、SNSに書き込むと逆に負の感情が増大することが最新の研究で判明している〉

〈身近な人間ならば「やめておけ」「犯罪者になるのか」と本人を止めるが、ネット上では「やってしまえ」「応援するぞ」などと扇動する発言が多出する。これが行き過ぎると、「自分の考えは絶対的に正しい」と転化し、実際の犯罪につながるという最悪の循環が生まれてしまう〉

大きく息を吐き出したあと、長峰はファイルを閉じた。専門家の意見は重い。こうして日々AIが膨大な数の不穏当な書き込みを抽出するたびに、ネット上の負の感情が自分を侵食してしまうのではないか、と恐怖に襲われる。

「結局は無理ゲーなんだよな」

石森の過激な発言を〈要観察〉のファイルに入れ、長峰はバックパックを背負い、席を立った。

第三章　発火

1

〈最新型ルーター、および関連電子精密機器等導入の必要性について〉

　こんな古くて性能の悪い機器類を使って仕事を続けていたら、無限に残業が増えてしまう。処理速度の速い機器類をピックアップし、上層部向けの企画書を作っていると、モニター脇に設置された小さなスピーカーから通信指令センターの一斉報が響いた。

〈至急、至急　東京駅　東北新幹線改札口付近で通り魔事件発生〉

　ひったくり、交通事故――普段なら聞き流すことが多いが、思いがけず耳に入ってきた情報に長峰は肩を強張らせた。

〈三〇代女性が心肺停止状態、その他複数人が無差別に刺されたもよう〉

　一斉報の声は心なしか上ずっている。

〈周辺の各移動は速やかに臨場し……〉

〈文化包丁を振り回した被疑者は駅員や通行人が身柄を確保、現在鉄道警察隊が……〉

　長峰はすぐさま事件をチェックしようと、テキスト画面をインターネットブラウザの画面に切り替えた。真っ先に開けたのがリアルタイム性の高いＳＮＳ、トークライブだ。

〈＃東京駅〉〈＃通り魔〉で検索をかけると、すぐさま三〇件以上の投稿が見つかった。

〈東京駅で通り魔だって、怖っ〉〈さっき東北新幹線の改札通ったばかり、俺って運強いかも〉

思い思いの投稿がタイムラインを駆け巡っている。

「おまえらの感想はいらない」

画面に向かって呟いたあと、長峰はさらに検索した。動画が添付されたものが上がり始めていた。

〈誰か、救急車呼んで！〉〈ＡＥＤはどこだ？〉

動画の一つを再生した途端、女性の悲鳴に混じって男性の野太い声が聞こえた。通行人か駅員かは不明だ。目を凝らすと、粗い画像の中に何か、赤い液体を撒いたような跡があった。

「血か……」

改札を出てすぐの場所に、バケツの水をぶちまけたような跡がある。被害者の血に違いない。画面を凝視すると、時刻表が掲げられた看板や土産物のポスターにも、血痕らしきものが無数にある。

長峰は次々とアップされる投稿をチェックする。改札口付近で平伏《ひれふ》す人、倒れている人、救命しようと他の人間を呼んでいる背広姿の男――多様な人間が集まる新幹線改札口が阿鼻叫喚の状態にある。

民間企業から警視庁に転職した直後、研修を兼ねて捜査本部に配属されたことはあるが、これほど大量の血が流れ、多くの人間が巻き込まれた事件は経験がない。

インターネット越しの動画や写真はどこか映画を観ているような錯覚に陥る。これは紛れもない現実だ。目を逸らそうとする自分を戒め、長峰はさらに新規の投稿を開いた。

「ひどいわね」

いつの間にか森谷が長峰のデスク脇に立っていた。

〈ぶっ殺してやるよ！〉

長峰が次の動画を再生した途端、雄叫びが聞こえる。

画面の中には、生え際が後退したネイビーブルーのジャージ姿の中年男性がいた。男の手には刃渡り二〇センチ程度の文化包丁があり、血に染まっている。

突然、画面の男が体の向きを変えた。顔半分に返り血がべったりと付着している。たまたま通りかかった乗客が投稿したらしい。パンダの写真がアイコンのアカウントの投稿には、既に五〇〇〇以上のサムズアップ、一万回以上の情報拡散マークが付いており、数は今も急上昇している。

長峰は動画を一旦停止し、男の横顔を拡大表示した。

「本当にやりやがった！」

「どういうこと？」

森谷が長峰の肩をつかんだ直後、別の画面を大型スクリーンに立ち上げ、昨夜保存した石森というフリージャーナリストのファイルを表示する。瞬時に事情を察した森谷が口元を押さえた。

「ＳＮＳのトラブルが殺人に？」

「そうらしい」

森谷は空いていた隣のデスクでモニターを表示させた。

「すぐに一課に情報提供するわ」

「被害者はおそらくこの人物だ」

長峰はモニター画面を凄惨な通り魔事件の犯行現場の表示から切り替えた。

〈Ｔａｍａｋｉ－ｇｒａｍ〉というフォトグラムのアカウントから発信する化粧の濃い女性の顔が画面に表示された。

〈化けの皮剝がした上に、ぶっ殺してやるよ〉

〈グランクラスって読めるかしら？　どうせあなたは指定席にも乗ったことがないでしょうけど〉

〈うるせえ、ビッチ〉

「昨夜、被害者のアカウントがプチ炎上した」

長峰は画面を指した。ガソリンタンクやナイフのスタンプが表示されている。

「被害者はムキになって喧嘩の相手になった。普段ならネット上の喧嘩はネット上で完結していたけど、今回は相手が悪かった」

長峰は〈Ｔａｍａｋｉ－ｇｒａｍ〉の投稿の中の、東北新幹線グランクラスの切符を写した一枚を拡大表示した。炎上で激昂した被害者は、グランクラスと表示された特急券を撮り、フォトグラムにアップロードした。そこには東京駅の到着時間も明記されている。

「待ち伏せを歓迎しているようなものだ」

長峰は写真の横に、被疑者・石森が直近でトークライブに投稿したコメントを表示した。昨夜ＡＩに石森を監視対象として登録したことで、システムが自動的に抽出していた。

〈今回は本当に頭にキタ！〉〈優秀なジャーナリストを理解できないバカ女や社会に嫌気がさした〉

〈この際、天敵の性悪女や無関心な馬鹿な連中を殺して、世間に是非を問う！〉

ネット上では、どんな大胆なことも言える。石森のような過激な発言をする人物は一日に数千人単位で出現するが、今回は一人の女性が被害にあった。システムに危険人物を登録しただけでは、人を守れない。長峰は隣席でキーボードを叩き続ける森谷を見た。

「一課には連絡したけど、どうなるかわからないわ。最近、他人を道連れにしたり、無差別に殺したりする事件が多いから、この一件もその中に埋もれちゃうかもしれない」

ネット上には、被疑者・石森の過激な投稿が残っている。今後、一課の取り調べの中で石森がどんな供述をするかわからないが、週刊誌や新聞などでは、類似事件の一つとして消費されてしまう恐れは十分にある。

長峰は石森の投稿のほか、被疑者に賛同した投稿や、被害者の投稿へのコメントなどを素早くファイルに保存し始めた。

「コピーキャットが絶対に増えるから、モニター活動で残業必至だ。ゲームやる時間削られちゃう。もう勘弁してよ」

「そこなの？」

森谷が睨んでくる。

「被害者は気の毒だと思うよ。でも、この事件、きちんと分析して予防策を講じないと模倣犯が必ず増える。ポンコツのシステムしか使わせないくせに、要求のハードルばかりが上がる」

森谷がわざとらしく息を吐いた。

「とりあえず、一課に行ってくる。少しでも後方支援しないとね」

森谷はデータを入れたノートパソコンを抱え、小走りで機動サイバー班の部屋のドアに向かった。

石森という自称ジャーナリストは、本当に凶行を犯した。元々、行動や職業モラルに問題ありとみなされていた人物のようだが、いくら鬱憤を溜めていても、実際に人を刺せばどのようなことが自らに起こるかは想像できたはずだ。

石森という人物が特別に凶暴な性格を持っていたのか。それとも被害者の反論、いや煽りに近いコメントで電気のブレーカーが落ちるように、なにかが壊れてしまったのか。

〈俺も世の中にいる性悪女、いっぱいぶっ殺すぜ〉〈あの厚化粧女、整形美人だったらしいぜ。殺されたときにシリコンが顔から抜けたりしてな（笑）〉

機動サイバー班の自前ＡＩが、犯行直後にネット上に投稿された危険なコメントを抽出し始めた。

「おまえら、本当はどんな顔をしているんだ？」

日章旗と旧式ライフルをアイコンにしたアカウントを目にしながら、長峰は唸った。

2

〈仕事と金が途切れ、自暴自棄になった〉〈ネット上でたまたま喧嘩になった女性を狙ったが、本当は誰でもよかった〉〈三人殺したので、これで死刑にしてもらえる〉

あとわずかで京都駅に到着するとの車内アナウンスが聞こえた直後、理子のスマホが震え、登録中のネットニュース速報が画面に表示された。揺れの大きな東海道新幹線の車内で理子は記事を凝視した。

昨夜、下落合の自宅マンションで慌ただしく荷造りしているとき、テレビのニュース番組に速報が入り、東京駅で無差別殺傷事件が起きたと知った。

〈元エリート記者、転落の軌跡〉

理子のスマホに犯人の人物像に関する記事が配信され始めた。

超難関私立中高一貫校から私立の大学を経て、大手マスコミに勤務していたという。離婚と退社が転落の契機だと記されていた。記事の横には、記者時代の顔写真、そして犯行直後にネット上に拡散された、顔半分が返り血に染まったグロテスクな一枚が載っていた。

生え際が後退し、太りすぎのメガネ男。ほんの一カ月前、高田馬場のガールズバーに勤務していた頃、頻繁に相手をした中年客たちと同じような風貌だ。

「怖いわね」

通路側の席に座る老女が、車両出口の上部に付いているニュースの電光掲示板を指した。大手紙の短文ニュースも惨劇を伝えていた。

「似た事件が起こらなきゃいいけど」

「大丈夫ですよ」

理子は手元のスマホの画面をタップし、老女に見せた。無差別通り魔事件を受け、鉄道各社が主要駅の警備員を増員すると伝えていた。

「それなら安心ね」

老女は足元に置いた旅行鞄に触れた。

「私も京都で降りますから。改札まで鞄をお持ちします」

「本当？　ありがとう」

新幹線がスピードを落とし、京都駅のプラットホームに滑りこんだ。

「私は八条口だけど、お嬢さんは？」

「同じです。改札出たあとはどうされます？」

「改札で姪っ子が待っているの」

老女の旅行鞄と自分の大きなキャリーバッグを持ち、理子は京都駅に降り立った。残暑のきつい東京駅を昼前に発った。着いたばかりの京都も、猛烈な湿気を含んだ熱気に覆われていた。

「いつ来ても京都は暑いわね。次元が違うわ」

何度も理子に頭を下げながら、老女が言った。

「本当ですね。ものすごく暑いって脅かされていましたけど、これほどとは思いませんでした」

理子は一旦キャリーバッグを置き、ハンカチで額に浮き出した汗を拭った。たしかに経験したことのない熱気がプラットホームに籠もっている。

出張らしきサラリーマンたちに続き、理子は老女を気遣いながらエスカレーターを下った。

「おばちゃん、こっちやで」

エスカレーターを降り、八条口方向に歩き出した途端、甲高い声が響いた。声のする方向では、小太りの中年女性が笑顔で手を振っている。

「姪っ子がいました。本当にありがとう」

理子は鞄を老女に戻すと、小さな背中を見送った。老女は自動改札を抜け、姪と再会している。

理子は改札近くに小さなベンチを見つけ、腰を下ろした。京都は中学校の修学旅行以来二度目となるが、今回は遊びではない。


大きなキャリーバッグを見つめるうち、西麻布の隠れ家レストランの個室で高畑が言い放った一言が後頭部で反響した。

〈ならば一生底辺のままだね〉

理子はあのとき、高畑が使った投資という言葉に躊躇《ちゅうちょ》した。

ミカコにゲームへスカウトされる直前、カツカツの生活を送っていた。母と諍《いさか》いばかりの日々。公共料金の支払い、食費の心配など心身共に限界だった。底辺の生活はもう真っ平だ。正体不明のゲームに参加することで、トントン拍子に人生が上向いてきた。父と母が離婚するまでは平凡な人生だと思っていたが、一瞬で奈落の底に落ちた。もう二度とあんな暮らしはしたくない。

〈詳しく教えてください〉

薄暗いレストランの個室で、理子は決断した。後戻りできないことを知っていたかのように、高畑が笑みを浮かべた。

〈京都の祇園でラウンジを開業する〉

〈祇園？〉

理子は思わず聞き返した。

修学旅行で訪れたのは清水寺や南禅寺、太秦《うずまさ》の映画村といった定番スポットだ。祇園という場所に舞妓や芸妓がいるのは知っていたが、なぜ祇園でラウンジなのか。

〈大阪の北新地と並ぶ関西の一大歓楽街だ。ポスターモデルのギャラ一〇〇〇万円、京都の新店にそのまま投資しないか？〉

〈なぜ京都に出店されるのですか？〉

〈関西に出張で行ってもくつろげる店が少ないからだ。特に京都の場合は、一見《いちげん》さんお断りの文化がある。キャバクラみたいな安い店に行く気がしない富裕層の受け皿がない〉

高畑の表情は真剣だった。

〈お茶屋文化にしても段取りが多い。かと言って、東京と同じような高級クラブに行っても代わり映

えしない。ならば、僕や友人たちが使いやすいお店を作ればいいと考えた〉

〈既に物件は押さえてある。内装工事を終え、設備も揃えた。六本木や西麻布のベテランスタッフを派遣する手筈も済んでいる。あとは店の顔になるママが必要だ〉

〈私がママに？　若すぎますよ〉

高畑は強く首を振った。

〈若いだけでウリになる。それにモデルでもタレントでもないから、目の肥えた客には新鮮に映る〉

〈君は僕の会社のポスター、キャラクターになる〉

〈ネット上で話題を集めることは簡単だ。君は謎の美人としてたちまち人気になる〉

ポスターと動画を撮影した後、高畑とカフェへ行った。その際も高畑は熱心に理子をママにしようと勧誘し続けた。

〈君の成功は目に見えている。僕の友人たち、そのほか紹介した客の相手をしてくれれば、手取りの給料は毎月二〇〇万円以上になる。投資した分はすぐに回収可能だ〉

ヴィラの富裕な客層が京都のラウンジを利用する。筋の悪い客は皆無で、高田馬場時代のようにセクハラに悩む心配も一切ない。

〈わかりました。微力ながらお手伝いさせていただきます〉

理子が告げると、高畑が安堵の息を吐いた。

〈せっかくなので、京都の人もお客さまになってもらいませんか？〉

〈どういう意味？〉

〈大学の友人で京都出身の人間がいます。閉鎖的な文化で、なかなか他所者が入り込めない土地柄だ

と聞きました〉
〈だから東京からの客だけでやっていける〉
〈もちろん、京都の人でも富裕な方しか入れないようにします。でも、私なりに開拓してみたいのです。そうなれば売り上げはさらに増えます。必ず結果を出します〉
〈気に入った。任せるよ。ただし、店が赤字になったら閉店だ。これはビジネスだから〉

理子は強く首を振り、数日前の残像を振り切った。新幹線のホームからエスカレーターで降りてくる乗客の中で、数人が自分を見ているような気がした。

西麻布で会った翌日、高畑が自社の広告で頻繁に利用するという渋谷のスタジオに出向き、数十カット分のポスター撮影を行った。インターネット向けの動画も撮影した。既に写真と動画はネット上に公開されている。

スマホが鈍い音を立てた。画面を見ると、大学の友人からのダイレクトメッセージだ。

〈理子、いきなり有名人じゃん。すごいよ！〉

短いメッセージのあとに、リンクが添付されていた。開くと、大手ニュースサイトの最新ページが表示された。

〈この人は誰？　人材派遣会社のキャラクターが話題に〉

幅広い層の人間が閲覧する著名なニュースサイトに自分の写真が載っている。記事下のコメント欄には、二万人の読者が様々な言葉を寄せていた。

理子はバッグから薄いブラウンのサングラスを取り出し、周囲を見回してからかけた。芸能人、モデルでもないのになぜ注目されるのか。多くの人が行き交うなか、無数の視線が怖くなる。

理子はキャリーバッグの取手に手をかける。その直後、再びダイレクトメッセージが着信した。

〈八条口に着いた？　改札の外で待っているから〉

ミカコからだ。すぐに向かうと返信し、理子は立ち上がった。

3

京都駅から一〇分ほどタクシーに乗ったあと、理子は初めて祇園の街に降り立った。関西でも有数の歓楽街と聞いていたが、周囲は拍子抜けするほど閑散としている。

「一大観光地の八坂神社や花見小路は観光客で溢れているけど、ここは地元の人が飲む街だからね」

ビールケースを運ぶ男性を見ながらミカコが言った。

京都は古い街並みや景観を保存するために、厳しい規制があるとミカコから教えてもらった通り、祇園の街並みは黒や茶色の壁が多く、歌舞伎町や渋谷のようなケバケバしさが一切ない。ネオンも控えめで、本当にここに酔客がやってくるのかと思えるほどだ。

「ちょうど明日から大阪で仕事なの。高畑さんたちに頼まれたから案内するわ」

タクシーを降りたのは鴨川と合流する白川に近い場所で、眠ったままの街をミカコの先導で歩いた。

白川筋の近くは京都の古くからのイメージを体現した古い割烹や旅館が軒を連ね、外国人を含む多くの人たちが熱心に写真を撮っていた。

「ここが末吉町通り、夜の祇園の一等地」

ミカコが小路を曲がった。小さな看板や電気が通っていないネオンがあちこちに見えるが、六本木や銀座のようなきらびやかさはない。街並み同様、店の灯りも厳しい規制があるのだという。

乗用車が一台通れるほどの狭い道幅で、両脇は葦簀《よしず》がかかった町家が連なっている。ところどころに小さな提灯《ちょうちん》がかかり、芸者の名を書いた表札がかかっている。

「ここがビルのオーナーのお店。そしてあなたの居場所はここの三階」

末吉町通りの中ほどでミカコが足を止めた。

理子は改めて周囲を見回した。古い町家の中にコンクリート造りの低層ビルがある。街並みを壊さぬよう、一階の入り口には瓦屋根が設《しつら》えてあり、その下にテナントの名を記したプレートがさりげなく掲げられている。

「一階はビルのオーナーの店で、京都で一番高級とされるクラブ〈佐奈江《さなえ》〉が入っている」

「値段が高いという意味でしょうか？」

ミカコが首を振った。

「値段は銀座とあまり変わらないらしいけど、関西財界の大物や有名なスポーツ選手がご贔屓にしているみたい。紹介がないとどんなお金持ちでも入れない会員制」

「あとでご挨拶に行ってきます」

理子はスマホを取り出し、メモ欄にミカコが告げた事柄を書き留めた。

一階の通路に看板がある。一階はクラブ佐奈江、二階は〈Ｂａｂｅｌ〉というクラブがあり、三階部分が空いていた。

「ここにキーを挿すみたいね」

三階に上がると、大きなガラスのドアがあった。横にはテンキーのボードとキーの挿し入れ口がある。東京で高畑からもらった連絡によれば、キーを挿し込んで右に回すと解錠される仕組みだ。頭の中で手順を確認したあと、キーを回す。大きな扉が開いた。

「もういつでも営業できる感じね」

理子が店の扉を開けると、ミカコが言った。

御影石を模したタイルが床に敷き詰められ、白木の壁や白いタイルが貼られた壁が広がっている。

「あとはお酒の業者さんがボトルを搬入するだけと聞いています」

カウンターの奥には、磨き込まれたシャンパングラスやワイングラス、ロックグラスが並ぶ。

「どんなゲームか未だにわかっていませんけど、こんなチャンスは滅多にありません」

カウンター、そして奥の個室を見つめ、理子は言った。

「そうね」

ミカコが小さな声で告げた。顔は少し疲れているように見えた。

「ハードスケジュールですか？」

「違うの。昨夜、このゲームで初めての脱落者が出たから」

「ミカコさんがリクルートした人？」

「いいえ、違う人が担当だった」

「脱落とは、どんな形で？」

「それも言えない決まりなの」

ミカコがスマホを見つめ、ため息を吐いた。視線の先の画面は理子からは見えない。

「それより、お腹空いてない？　東京を朝に発ってから、なにも食べてなくて」

ミカコが笑みを浮かべた。理子は大きなキャリーバッグをカウンターの横に置き、ミカコとともに新しい人生のスタート地点となる店を後にした。


大和橋近くでタクシーに乗ると、ミカコが運転手に松原橋と行き先を告げた。初めて聞く橋の名だ。ミカコによれば、四条と五条の間にある小さな橋だという。運転手は黙って頷き、車を走らせた。

「なにを食べるんですか？　京都らしく懐石ランチとか、おばんざい？」

ルームミラー越しに運転手と目が合った。

「おばんざいは家庭料理という意味なの。だから、京都ではあえて素人料理って看板出している店があるくらい。家庭料理をわざわざお金出してまで食べにいく京都人はいない。だからおばんざいという言い方は観光客向けってこと。理子ちゃんはあまり使わない方がいいかもね」

ミカコの言葉に同意するように、運転手が頷いている。

ミカコが続けた。

「これからしばらくはこの街で根を張るわけだから、肩肘張らないものを食べましょう」

タクシーの窓越しに外を見ると、車は川端通りに出て、鴨川沿いを走っている。鴨川の対岸にニュース映像や映画で見た光景が広がっていた。

「あれは川床《かわゆか》ですよね」

鴨川沿いに古い町家が連なり、それぞれにテラスのようなやぐら状の建造物が見える。葦簀やパラソルで日除けをしつつ、食事やお茶をしている人たちがいるようだ。

「松原橋の東詰でお願いします」

ミカコの指示で運転手が狭い橋の近くで車を停めた。

「この辺でよろしいか？」

「はい、ありがとうございました」

タクシーを降りて狭い橋をミカコと渡る。

「川床に行くんですか？」

ミカコは反応せず、足早に歩き続ける。川床のカフェかレストランにはどうやって入るのか。理子は周囲を見回すが、古い釣具屋や八百屋があるのみで、通路や入り口は見当たらない。

レンガ調のタイルが張られた古い建物の前でミカコが立ち止まり、ガラス戸を開けた。

建物に足を踏み入れた瞬間、昆布と鰹節の香りが鼻腔を刺激した。

「肉蕎麦《そば》温泉たまごを二杯、それにビールも二本」

レンガ調タイルの建物の中身は、錆びた鉄骨の梁が剝き出しで、板戸で調理場と客のスペースが仕切られている。

「最近できた立ち食い蕎麦のお店。美味しいから京都に来たときはいつも寄っている」

古びた地方駅の切符売り場のような小さな窓から、店のスタッフがビールの小瓶とタンブラーを差し出し、ミカコが金を払っている。

無機質な倉庫のようなスペースには大きな箱状のテーブルが二脚あり、ミカコは慣れた様子でビールを角のスペースに置いた。

「京都はね、古い文化と新しい様式がミックスされているの。ここは若手料理人たちが作った新しい蕎麦のスタイルを提供している」

手酌でビールを注ぎ、ミカコが一気に飲み干した。

「肉蕎麦二つ、お待ちどお」

先ほどの小窓に駆け寄ると、理子は盆に載せられた蕎麦丼を受け取り、テーブルに運んだ。

「伸びないうちに食べましょう」

ミカコは割り箸を取り、麺をたぐり始めた。理子も慌てて箸を割り、丼を持って出汁を口に入れた。店に入った直後に感じた芳醇な香りが口中に広がった。東京で食べる蕎麦は出汁が醤油で真っ黒だが、目の前の丼にあるのはやや黄色味がかった透明な汁だ。表面には極薄切りにされ、淡く味付けされた牛肉がたっぷりと載っている。

「早くお蕎麦を食べてみて」

ミカコが言った直後、理子は麺をたぐった。適度にコシがあり、するすると喉を通り抜けた。

「美味しい」

丼を左手に抱え、理子は夢中で蕎麦を啜り続けた。

4

昼食のエネルギー補給用ゼリーを食べながら、長峰は大型モニターを睨み続けた。

〈容疑者は生活に困窮　保守派元首相の死を境に仕事激減〉

有名週刊誌のネット編集部が容疑者石森の周辺を取材し、記事を配信していた。直近の石森は仕事が激減し、収入が途絶えかけていたと伝えていた。

背景には、超保守として鳴らした元首相の突然の死がある。元首相は地方遊説中に火炎瓶を投げつけられ、全身に大火傷を負って死亡した。

憲政史上最長の在任期間を誇った元首相に対しては、右派系の雑誌媒体が数多くその動向を取材し、応援する記事を掲載してきた。

石森も寄稿の常連組で、各雑誌が企画した講演会にも多数出演し、原稿料のほかにも講演のギャラで生計を立てていた。

元首相の突然の死とともに右派系媒体の販売が不振となり、寄稿者への稿料も漸減した。当然、保守系政治家とセットで開かれていた講演会も回数が激減したため、石森のような小判鮫型のジャーナリストたちは収入減という事態に直面していた。

ネット上で物騒な物言いをする中年男性の相当数が、元首相を熱心に信奉するいわゆるネトウヨたちだ。たしかに、元首相が急死して以降、ネトウヨたちが発する過激な投稿は減っていた。それだけに、石森の犯行が際立ったのだ。

〈慰謝料と養育費の支払いに窮す〉

長峰は再度、週刊誌のサイトに目を向けた。

窮地に陥っていた石森をさらに追い詰めたのが、一五年前に離婚した妻との約束だった。

石森は通信社時代に結婚し、すぐに女児を授かった。女児が一歳半のときに夫婦は離婚した。その際、妻は公証役場で公正証書を作成し、慰謝料と養育費の支払いを明記した。額は合計月一五万円で、石森はきちんと振り込みをしていたという。

しかし、直近三カ月間の滞納により、石森は自家用車を差し押さえられた。その後も支払い余力に乏しいことから、石神井《しゃくじい》の分譲マンションの差し押さえも必至となっていた。

石森は普段の移動に自家用車を用いていたが、差し押さえにより電車を使うようになった。この際、気分屋かつ独善的な性格の石森は、地下鉄や山手線内で他の乗客たちと些細なことで度々トラブルを起こし、駅員や駆けつけた警察官に取り押さえられていた。

〈マザコン中年男の悲しい末路〉

週刊誌の記者は、石森という容疑者の細部まで取材していた。

生活に困窮した石森が頼ったのが、教育熱心でいつも励ましてくれた七九歳の母親だった。中高生の頃から級友たちと頻繁にトラブルを起こした石森に対し、母はいつも味方になっていた。離婚後も度々石森のマンションに手料理を携えて訪れ、掃除や洗濯も買って出ていた。それが半年前、膵臓がんに倒れ、わずか一カ月で病死すると石森の精神的支柱が消えた。

石森には五歳下の妹がいるが、折り合いが悪くほとんど連絡もしなかった。石森家は兄妹がそれぞれ高校、中学の頃に、父がやはりがんで早世して以降母が切り盛りしてきた。それだけに、石森が大きな柱を亡くし、自暴自棄に陥ったのではないかと記者はみていた。

〈墜ちるまであっという間〉

週刊誌記者は、わずか半年足らずで石森の生活環境が一変したと分析していた。学業優秀で一流の会社に勤務し、その後もフリーランスで稼いでいた男が、強烈なスピードで墜ちたと記事は結ばれている。独善的でプライドばかりが高いわりに、生活能力に乏しく、まして実家に依存していた中年男の姿は、世の中に数多《あまた》いる転落間近の男たちの写し鏡だとも記している。

長峰は週刊誌のネット版を閉じ、匿名投稿が大半を占める掲示板を覗いた。

〈やっぱやると思ったわ、あいつ〉〈昔からキレると手が付けられなかった〉

高校時代の同級生と思しき投稿がいくつも見つかった。キレる石森についいては、フィルムで撮ったらしい粗い画像の写真も添付されていた。詰襟姿の生徒が教室の椅子を投げているショットだ。

「ネット上は相当荒れているみたいね」

森谷がデスク脇に立ち、大型モニターを覗き込んでいた。

「一課の調べはどんな感じ？」

「素直に応じているみたいよ。権威にはからきし弱いおじさんの典型ね」

森谷が肩をすくめた。石森の身柄は現在所轄の丸の内署にあり、同署刑事組織犯罪対策課強行犯捜査係と本部の捜査一課が取り調べを担当している。

「留置場で三食ご飯食べられることが幸せって言っているみたい」

「被害者への謝罪とか、自責の念とかは？」

「その辺りは、ほとんどないみたいね」

警察学校の同期が一課に在籍しているため、森谷にはこうした生の情報が上がってくる。

「無敵の人とか、最近は他人を巻き込む犯罪を実行する中年男が多いけど、どうしてこういうおっさんが出来上がったんだろう」

「自然の成り行きじゃないかな。超マザコンで、口を開けたらお母さんがご飯食べさせてくれるような環境で子供の頃から育ち、ずっと実家住まい」

森谷も週刊誌の記事を読んだのだろう。眉を寄せながら言葉を継いだ。

「結婚して一旦は家を出たけど、週に三、四回は練馬の実家に帰っていたみたいだし、奥さんとの生活は年に半年程度。そりゃ、私でも離婚するよね」

「そんな男がたくさんいるの？」

「毎朝電車に乗れば、そこら中にいるわ。被疑者はエリート記者だったみたいだけど、結局記者なんて仕事離れたらなんにもできない人ばっかり」

森谷が腕組みした。かつて所轄署で殺人事件の捜査本部に配属されたとき、森谷のような新米刑事の周辺にも新聞やテレビ、雑誌の記者が取材に集まってきたという。ネタを引くだけのために、長時間の待機をいとわない姿は健気だが、それ以外に能力がない記者が多かったと森谷が切って捨てた。

「おっさんたちは肩書きがなくなったら、ただのデブ、生活力ないし、傲慢なだけじゃない」

「随分きつい言い方するんだね」

「うちの父親がそうだったから」

森谷の父親は、北関東で一番大きな自動車ディーラーの営業所長だったという。

「客にペコペコする分、家に帰ってきたら威張り散らして大変だった。定年後は、すぐに脳卒中で倒れて母親に迷惑かけっぱなし。挙句一年で死んだの」

森谷が唾棄するように言った。

「生きていたら、母が半狂乱になっていたかも」

森谷の顔が不愉快そうに歪む。

「あの人たちも、刑事という肩書きがなかったら、単なるパワハラおじさん。そんな人が警察辞めて自活できるはずがない」

機動サイバー班近くの生活安全部のベテラン刑事たちを一瞥し、森谷が言った。

「容疑者だけど、取り調べで自分が書いたスクープ記事の自慢とかしているらしいの」

「世間話してから供述とるらしいね」

身柄を確保された被疑者の心を落ち着かせるため、ベテラン刑事たちは好きな食べ物の話や生い立ちなどに触れることが多いと、かつて研修でコンビを組んだ警部補から聞いたことがある。

「世間話は常套手段だけど、それにしても、石森は度がすぎるみたい。自慢できることが少ないから、取り調べでも優位に立ちたい、そんな感情が透けてみえるらしいわ」

「俺はそんな惨めなおじさんになりたくない」

長峰は大型モニターに表示された石森の情報を切り替えた。

「被害者について、一課はどの程度まで調べているの？」

画面にフォトグラムの〈Ｔａｍａｋｉ－ｇｒａｍ〉のアカウントを表示させた。画面を一瞥したあと、森谷が自分のスマホを取り出した。

「フォトグラムのＴａｍａｋｉ、本名は蕪木環《かぶらぎたまき》、三七歳。主婦よ。ご主人は二〇歳年上の有名内科医」

名前を聞き、すぐさま長峰は手元のキーボードで名前を打ち込んだ。

「旦那は開業医……」

「掲示板はもっと荒れているわよ」

森谷が長峰のキーボードを引き寄せ、すばやくキーを打つ。匿名掲示板にずらりと検索結果が並んだ。

〈仮面夫婦の末路、哀れ〉

白髪交じりの男性が高級クラブで何本もシャンパンを空け、細身のホステスたちと爆笑する写真がモニターに表示された。

〈旦那は高級クラブで豪遊　妻はタワマンのジムで若い男漁り〉

今度は、化粧の派手なタンクトップ姿の被害者が、若い筋肉質の男性とツーショットでジムのマシン前で微笑んでいる一枚が現れた。

〈金満嫁は整形サイボーグ〉

長峰が首を傾げていると、森谷が投稿された写真を拡大表示させた。

「たしかにすごい整形美人かも」

セーラー服を着たボブカットの女性、袴姿の卒業式の女性の写真が横に並んでいる。

「鼻の付け根と顎を残して、もれなくいじったみたいね」

森谷が冷静に言い放った。高校時代の被害者はどちらかと言えばエラが張った感じだが、大学時代のフォトグラムでは形が明確に変わっていた。メイクや美容に興味はないが、たしかに森谷が言う通り、いじったという表現がぴたりと符合する。

「そうか……」

被害者の写真を見つめながら、長峰は呟いた。

「誰でもいいと言いながら、石森は彼女を選んで真っ先に刃を向けた。なぜ彼女を標的に？　同じような整形美人はいくらでもいるし、金満な鼻持ちならない主婦はごまんとネット上に溢れている」

「たまたまじゃないの？」

怪訝な顔で森谷が言った。

石森のアカウント〈憂国の豚〉、被害者・蕪木のアカウント〈Ｔａｍａｋｉ－ｇｒａｍ〉をモニターに並列させると、長峰は画面を凝視した。

5

「住まいの相談にも乗っていただいて、本当に感謝しています」

立ち食い蕎麦屋を出てから、鴨川と並行して流れる高瀬川沿いの石畳をミカコと歩いた。川面を流れる風は街中より幾分涼しく、先ほどまで額に浮き出ていた汗が引いていく。

五分ほど木屋町通りを北上したあと、高瀬川沿いの古びた喫茶店に入った。理子の目の前には不動産業者から取り寄せた賃貸マンションの間取り図がある。

ミカコはいつものようにハイライトを吸い、少し疲れた様子でアイスコーヒーを飲み始めた。

「大丈夫ですか？　顔色が悪いかも」

理子が尋ねると、ミカコが我に返ったように背筋を伸ばし、作り笑いを浮かべた。

「大丈夫よ。京都の暑さが応えたみたい」

「無理しないでくださいね。それにしても、こんなに良い物件、時間をかけなければ絶対に見つかりませんでした」

コーヒーカップの脇にある間取り図を改めて見つめる。京都での新しい住まいは、祇園の中心部まで徒歩で一五分程度、祇園甲部と同じ五花街の一つ、宮川町の外れにある。京都市街地東部を南北に貫く東大路通り沿いにある低層マンションだ。部屋は三階の角部屋、間取りは１ＬＤＫで、近くには東山警察署もある。

「昔、モデルの仕事をしていたとき、着物の撮影で何度も京都に来たの。そのときに、たくさん友人ができたから。不動産業の友達もその一人よ。気にすることないわ」

ハイライトを灰皿に押し付け、ミカコが言った。

「あのエリアで築浅、家賃八万円はたしかに掘り出し物だけどね」

理子は改めて礼を言ってから、深く頭を下げた。

「南座から下は、あんまり観光客もこないからおすすめよ。それに大家さんは自治会長で、場所柄水商売に理解のあるおばさんだしね」

ミカコが地元の不動産業者に連絡してくれたおかげで、あと数時間後に大家に挨拶し、部屋に入れる手筈となっていた。

「ねえ、本当にママをやるの？」

「やるしかないんです。京都進出はゲームの一環、中途半端に抜けるのは私のルールに反します」

理子が言うと、ミカコが小さくため息を吐いた。先ほど、脱落者が出たと言っていたが、ミカコはまだ心を痛めているのかもしれない。自分は脱落するようなことは絶対にしない。ようやく世間並みの生活を手に入れ、さらに上のフェーズに行こうと決めたのだ。

「京都はなにかと面倒なことが多いわよ。例えば、一見さんお断りの店が多いとか、奥歯に物が挟まったような言いぶりをするとか……」

ミカコが言い終えぬうちに、理子は口を開いた。

「目下、猛勉強中です」

理子はスマホをタップし、電子書籍のアプリを立ち上げた。

「『京都のしきたり　嘘・本当』というベストセラーです。京都出身のライターさんが書いた本で、めちゃくちゃ参考になります」

新幹線でも読んでいたのだが、京都人独特のしきたりや作法をわかりやすく解説した新書だった。

「まあ、やらないよりはいいか」

ミカコが苦笑した。

「京都のトリセツ本で勉強するだけでなく、高畑さんのような東京からのお客さま以外にも自分でお得意様を開拓していこうと思っています」

「開拓ってなにをやる気？」

「京都で一人一人友達を増やしていこうと思って」

理子はスマホの画面を切り替えた。主にグルメ情報を掲載したサイトから抽出したリストをミカコに向ける。

「若いオーナーがいるバーや飲食店をピックアップしました。まずは自腹でご飯を食べに行き、それぞれのお店で友達を増やしていきます」

「随分効率悪そうね」

「これくらいしか私自身できることがないので」

ミカコが驚いた顔をしている。

「そこまで思いつかなかった」

「京都で根を張るには、地道に地元の人に来てもらうしかないので。もちろん、お店の格、品位を落とすようなお客さんは選びません」

わずか一カ月間だったが、恵比寿のヴィラで得た経験は大きかった。今までに見たことも会ったこともない人種に接し、物の見方や考え方がすっかり変わった。

身に染みてわかったのは、資産を持つ客の多くが上品かつ丁寧な物腰の人物ばかりということだ。

「お店の名前はどうするの？」

「シランです」

理子はスマホの検索欄に言葉を打ち込み、ミカコに向けた。

「芝蘭結契《しらんけっかい》という熟語からとりました。良い影響を受ける賢者との交友という意味があります。〈芝〉は霊芝で、〈蘭〉は藤袴です。どちらも植物で香り高いということから、善人や賢者のたとえです」

ミカコが目を丸くした。

「先ほどの京都関連本を読んでいたら、先人が大切にされた言葉だと載っていました」

「響きがいいわ」

「高畑さんのご友人から〈一期一会〉とか他の案も出ましたけど、ありふれているっていうか、語呂が悪いなと思って芝蘭を提案したら、採用されました」

「看板のデザインは？」

「既に決まっています。高畑さんがいつも会社で起用されているデザイナーさんが考えてくださいました」

理子は先ほどメールで届いたばかりのファイルを開き、ミカコに見せた。

「落ち着いていていい感じじゃない。きっとうまくいくよ」

ミカコの声は弾んでいたが、大きな両目はどこか醒めているように映った。

6

「先付けをどうぞ」

理子の目の前に、古伊万里の小さな碗が三つ並んだ。

「京野菜の炊《た》いたんを集めました。右から壬生菜《みぶな》と揚げ、聖護院《しょうごいん》大根の葛かけ、海老芋です」

「たいたん？」

「煮付けってことだよ」

白木のカウンター越しに、若き料理人・春吉諒《はるよしりょう》が笑みを浮かべた。

「ほなら、早《は》よ食べよ」

右隣に座る三〇代後半の恰幅の良い男性が箸をとった。

勧められるまま、理子は箸をつける。

「美味しい……葉物野菜がこんなに瑞々《みずみず》しいなんて」

出汁を吸った壬生菜は、口の中で芳醇な香りを放った。左の碗を取り上げ、海老芋を食べる。

「ゆっくり食べや、誰も取らへんからな」

小さな猪口で純米吟醸酒を飲み、洞本洋三《ほらもとようぞう》が言った。

「煮物がこんなに美味しいなんて、本当に感動です」

理子がそう口にすると、洞本と春吉が同時に笑った。

京都に引っ越してから一週間が経過した。慌ただしく時間が過ぎる中、理子は懸命に動き回った。

ミカコや高畑に告げた通り、東京からの出張組だけでなく、地元客を集めようと知恵を絞った。

まずはネットで見つけた落ち着いたレストランやバーに出向き、積極的に地元客に声をかけた。隣に座る洞本は、京都市役所近くにある小さな企画会社の社長だ。木屋町通りにあるバーのカウンターで偶然隣になったことを縁に話を始めた。

洞本は地元で長年営業する老舗書店の三男だ。歳の離れた長男が三代目社長に就いている。洞本は東京の私大を卒業し、大手広告代理店に就職した。その後、地元の魅力を世界に発信するため、京都に戻って小さな企画会社を興した。イベントのサポートや、各国から来日する日本通向けのディープな京都ガイド等々の企画を立ち上げ、成功を収めた。幸い、洞本は理子の顔をネットニュースで知っていたことで、たちまち打ち解けた。

「今年ラストの鱧《はも》ありますけど、どないしはります？」

料理人の春吉が洞本に告げた。

「岸和田沖です。脂の乗りが良いのが手に入りましてん」

「どこ産？」

「もらおか」

理子に目配せした洞本が言った。

「鱧は初めてです」

「京都らしい食べもんやから、一回は食べとき」

割烹春吉は、古い祇園の風情を残す新橋通りに近い。料亭や旅館が連なる一角から一筋裏に入り、石畳の小径の奥にある小さな店で、白木のカウンターに八人分の席がある。

「良いお店をご紹介いただきました」

「理子ちゃんはもう馴染みや、なあ大将」

「はい。理子ちゃんいつでも電話して。席取っておくで」

「ここは肩肘張らんでええ店やけど、一応一見さんお断りなんや」

「ずっと不思議だったんですけど、なぜ一見さんお断りの店が多いのですか？」

理子が尋ねると、春吉と洞本が顔を見合わせ、苦笑いした。

「なにもいじわるしてるんと違うんや」

わざと眉間に皺を寄せ、洞本が言った。

「初めてのお客さまやと、どんな味が好みの方かわからへん。それやと最高のおもてなしができへんから」

春吉が真面目な顔で言った。

「誰々さんのご紹介、あるいはご一緒に来てくれはったら、ある程度お客さまのお好みやらを事前に尋ねることもできる。昔はお茶屋さんが料理屋の手配を全部行って、支払いも代行したんや。つまり、馴染み客しか相手ができへんかった。その名残りで一見さんはちょっと、という店があるんかもしれん」

洞本がゆっくりと告げた。

「お茶屋さんのお話が出ましたけど、社長は祇園甲部とか宮川町でお茶屋さんへ行ったりしないんですか？」

すると、洞本が顔をしかめた。

「親父の代まではあちこちに贔屓の芸妓さんがいてたよ。俺らの代やと、しきたりが一々面倒やし、贔屓になったらなったでえらい金がかかる。俺はもっぱらこの辺りのクラブやスナックが専門や」

「そんなにお金がかかる？」

「年に何度もあるおどりのチケット代や着物代なんかでン百万円単位でかかるで。理子ちゃんの店のようなところは気楽でええ」

「ありがとうございます」

理子が頭を下げると、春吉が新しい皿を目の前に置いた。

「鱧の湯引きや。あ、そうや。俺も店の営業終わったら理子ちゃんとこに顔出すわ。スタッフも地元の高級クラブより態度ええし、なにより理子ちゃんがおる」

「お世辞うまいんだから」

笑顔を見せながら、理子はカウンターの下で拳を握った。これがやりがいだ。二一歳の小娘になにができる……フォトグラムの投稿には、ネガティブなコメントが数百件単位で付く。大半が高田馬場のガールズバーに来たような貧乏な中年男性ばかりだ。だが今は、こうして一人ひとり、地元客を開拓しているという実感がある。

「早よお食べ。この鱧、めっちゃ美味いで」

促されるまま、鱧を口に入れた。小骨が当たるのかと想像していたが、心配はいらなかった。先ほど春吉が骨切りをしていたおかげで、ふっくらした身が舌の上で溶けるような感覚だ。添えられた梅肉が脂を中和してくれる。

「オーナーの佐奈江ママもとっても良い人です。今までに何度かお店を覗きにきてくださいました」

「へえ、あのママがな」

洞本が声をあげた。

「どういう意味ですか？」

「気に入らん客やと、どんな有名人でも出禁にする厳しい面を持つ人や。その人に気に入られたんなら、理子ちゃん才能あるで」

洞本が言った通り、佐奈江ママはクールビューティで、人を寄せ付けない一面があるという。

だが、店の様子を見に来る佐奈江は、本当の母親のように接してくれた。理子の芝蘭が繁盛しなければ、オーナーである佐奈江に賃料は入らない。当初はそう思っていたが、佐奈江は顔を出すたびにワインを開け、一口だけ飲んで帰った。残りはグラスワイン用となり、営業の一助となっている。

その旨を告げると、洞本と春吉が黙って頷いた。

「彼女はほんまの商売人やな」

洞本が感心したように言った。

高畑にスカウトされた男性スタッフ二名が六本木から理子より早く京都に入り、準備を進めていた。その他に新しいキャストを募集し、実際に面接も行った。合格した女子が四名となった段階で芝蘭の初期体制が整った。

オープン初日は、高畑が東京から連れてきた一五名の客で満員となった。以降、四日間は東京出張組で満席になった。その話をすると、洞本が頷いた。

「今後は、洞本さんや春吉さんのような京都のお客さまをもっと呼びたいんです」

「佐奈江ママ並みの商売人やで、理子ちゃんは」

先ほどまで笑みを浮かべていたが、洞本の目は真剣だった。

「そら、協力せんとあかんな」

洞本は芝蘭のスタッフ用の夜食をオーダーした。

「社長、お気遣いありがとうございます。みんなが喜びます」

「そのかわり、絶対成功させるんや」

洞本が一気に猪口を空けた。理子は即座に銚子を取り、若き経営者に酌をした。

「水商売は、安い酒を高く売ってナンボや。その理屈をみんなわかって飲みにくる。要はどれだけ居心地がよくて楽しいかの問題や」

洞本が低い声で言った。

「もちろん、差額分を埋め合わせる、いえ、それ以上ご満足していただけるよう精一杯努力していきます」

洞本が笑みを浮かべた。京都の粋人も東京の上客たちも同じだ。かつて恵比寿のヴィラに唐木が来店した際、ソウメイのブラックを下ろしてくれた。仕入れ値一〇万円のシャンパンが店では三〇万円の値札がつく。差額分の二〇万円で唐木は理子との時間を買ったのだと言った。二〇万円以上の価値を客に返さねば、京都でのビジネスは頓挫する。そして芝蘭の営業成績の良し悪しがゲームの結果に直結するはずだ。

「もう一杯いかがですか？」

ガラス製の銚子を手に取ると、理子は精一杯の笑みを作った。

「言ってなかったたな。実は、俺もゲームに参加したんや」

理子の酌を受けながら、洞本が口元に笑みを浮かべた。だが、両目は醒めている。

「社長も？　狙いは配当金ですか？」

わざと軽口を叩いたが、洞本は首を振るのみで答えない。口元はいつものように笑っているが、普段穏やかな目元は醒めている。

「すごく秘匿性が高いゲームなんですね」

「絶対に生き残ってや」

洞本が生真面目な顔で言ってから、猪口の酒を一気に飲み干した。

7

コンビニの空袋に詰めたカップ麺や弁当の空き容器が、足の踏み場もないほど溜まった。トイレから自室に戻ると、小島は乱暴に足でゴミの山をかき分け、デスク前に座った。キーボードに薄らと埃が溜まっている。強く息を吹きかける。埃のほかに髪の毛が数本、デスクに散らばった。掌で埃を床に落としてからノートパソコンを立ち上げる。

一〇日ほど、立ち上げた会社のサイトを見ていない。どうせ閲覧者の数は一日に一〇人程度だ。コーディネートの相談などあるはずがない。なぜ誰も興味を示さないのか、理由を考えるのも億劫になっている。

高齢者介護施設に入った母のために、月々まとまった金が必要になった。だが、どうしても働く気がわいてこない。介護費用を捻出するために銀行から借りた金を使い、日々の生活費を賄っている。

このままでいいわけがない。それはわかっている。新会社に集客できていない以上、金を得る手立てがない。

いっそのこと、自転車か原付バイクを使って飲食デリバリーをやろうと考えた時期はあった。だが、欧州出張で自分はいつも彼らを利用する立場だった。バイヤー時代は、湯水のように経費が使え、近江屋の残業食はいつも高級な料理屋から出前を取っていた。若い店員やデリバリーのスタッフにチップを渡していた人間が、同じ立場に下りるわけにはいかない。息を吐き出すと、小島は現実を忘れるため、フォトグラムのアカウントを開いた。

Ｒｉｃｏという小娘のフォロワーがいつの間にか二五万人を超えていた。舌打ちを堪えながら、パソコン脇にあるタバコに手を伸ばした。

元カリスマバイヤーのサイトに一日一〇人程度しか訪問者がいない一方、ショートボブの若い女には二五万人もの人間が関心を示している。人気モデルや俳優並みのフォロワー数で、金でファンを買うにしては規模が大きすぎる。

小島のようにたまにチェックするようなユーザーを含めると、彼女をチェックする人間は五〇万人近いかもしれない。タバコの煙を燻《くゆ》らせながら、小島はＲｉｃｏのアカウントを凝視した。

恵比寿の会員制ラウンジに勤めていた娘は、いつの間にか有名人になった。どういう経緯で選ばれたかは知らないが、新興人材派遣会社のマスコットとなり、一気に世間の注目を集め始めた。

ネットの検索欄に人材派遣会社の名前、マスコットと入力する。たちまちＲｉｃｏの顔写真が数十枚とネット動画広告がヒットした。

〈あのモデルはだれ？〉

匿名掲示板にはスレッドが多数乱立している。

〈芸能事務所に所属しない現代のシンデレラ〉

気になるスレッドをクリックすると中学、高校、そして大学時代の写真が投稿されている。Ｒｉｃｏの本名は高梨理子、年齢は二一歳。メディアに露出する人間のうち、何割かは美容整形手術を受けているが、写真を見る限り理子はまったく顔をいじっていないようだ。

〈キャバ嬢が広告代理店か会社の重役にスカウトされたんじゃないの？　所詮、水商売の女じゃんね〉

下品な言葉遣いで理子を揶揄するコメントが二〇〇件以上並んでいた。

「キャバじゃねえよ、バカ。ラウンジだ。その違いもわからねえのかよ、貧乏人が」

小島は舌打ちした。

バイヤー時代、出店を渋るブランドの幹部たちを銀座や六本木の高級クラブに連れ出した。クラブに飽きた猛者たちには、西麻布や恵比寿界隈にあるラウンジのＶＩＰ席を用意した。水商売といっても様々なタイプがある。下品な書き込みをするような連中は、場末のガールズバーすら行く金がないのだろう。だから自らの知識不足、金のなさを晒すように馬鹿なコメントをアップし続けるのだ。

小島は掲示板を閉じ、再度理子のアカウントに目をやった。

最後の投稿は二〇時間前で、東京の有名寿司店の握り、大将とのツーショット写真だ。通常の投稿のほかに二四時間で消えるリアルタイム機能についても配信はない。女性フォロワーを中心に、理子に対する羨望、あこがれのコメントが数千単位で付いている。

「寿司か……」

机の周囲を見回し、小島はため息を吐いた。コンビニ弁当、カップラーメン。先ほどオーダーした夕食は、出前のピザだ。デリバリー業者とピザチェーンが共同で発行したクーポンで、五〇〇円引きとなった。仕事をしていない以上、締めるところは締めねばならない。そう考えて節約したのに、二一歳の小娘は寿司だ。この差はどこからきているのか。

投稿された寿司屋は一人五万円程度かかる銀座の名店だ。大方、太客と同伴したのだろう。細かく切れ目が入った中トロの握りを凝視していると、突然画面が切り替わった。

〈New Post〉

新規投稿だ。小島は画面に目を凝らした。

〈ご報告　突然ですが京都に移住しました！〉

石畳の道、黒塀の料亭やお茶屋が並ぶ祇園の中心部、花見小路で理子が微笑んでいる。黄緑色の着物姿だ。着付けは完璧で、写真もプロのカメラマンが撮っている。表情が柔らかく、顔にきちんとライトも当たっている。

〈祇園で新しく会員制のお店をやらせていただくことになりました。詳細はまた後ほど〉

理子本人がコメントを入れた途端、サムズアップのマークが猛烈な勢いで付き始めた。

〈素敵です〉〈綺麗、京都いいなあ〉

〈New Post〉

再度、新規投稿のサインが灯った。

今度は薄水色の着物姿の理子が、八坂神社前の階段で微笑んでいる。

〈会員制のお店で私からの招待状、もしくは以前のお客さまからのご紹介が必要となります〉

写真下に本人のコメントが付いた。先ほどと同じように、凄まじい数のサムズアップのマーク、フォロワーからの好意的なコメントが続々と入った。

「今度は京都かよ」

小島はパソコン脇のタバコをまた手に取り、火をつけた。ビールの空き缶を灰皿代わりに使う。

理子という小娘がなぜ京都を選んだのか。小島にとって、京都には浅からぬ因縁がある。

バイヤー時代、西陣織の老舗とのコラボを計画した。イタリアやフランスの若手デザイナーを京都に招き、西陣織で最新のモードを作ろうと考えた。しかし、この企画はあっさりと流れた。近江屋支店の一部閉店に伴う人事異動により、大阪支店のバイヤーの副島が新宿本店に配属されたからだ。副島は京都の西陣出身だったことで、小島よりも老舗との距離が数段近かった。ニューヨークからデザイナーを招き、コラボイベントは大盛況だった。

以降、京都という土地には嫌悪感しかない。

「一見さんお断りの京都で、ラウンジなんかやっていけるわけないだろう」

画面に見入りながら、小島は毒づいた。

〈小娘がいきなり営業できる土地と違うで〉〈こんな小娘の店、京都人がはたして行くか?〉〈祇園にはキャバクラもガールズバーもある。よそ者の新規参入は無謀だな〉

男性からと思われるネガティブなコメントが入り始めた。小島も同感だった。人材派遣会社の創業社長ら超富裕な経営者らがバックアップしているのかもしれない。だが、京都という土地と人は一筋縄ではいかない。

〈無茶、考え直せ〉

コメント欄にそう打ち込んだ直後だった。廊下からチャイムの音が響いた。ゴミの山をかき分け、インターホンのボタンを押す。

〈ビッグピザ、お届けにあがりました〉

乱暴にインターホンを切り、小島は自室を出た。階段を駆け足で下りると、玄関脇のスペースにもゴミが散乱していた。叔母が訪ねてくる前に片付けなければ、また嫌味を言われる。

「ありがとうございました。こちら領収書です。熱いですので、お気をつけください！」

ドアを開けた途端、赤いキャップを被った若者がマニュアル通りに大きな声で言った。

商品を受け取ると、乱暴にドアを閉めた。箱の中からスパイスの香りが立ち上る。廊下のゴミを足で除けながら階段を上がる。依然、心の中には理子という小娘の京都移住の一件が残っている。

京都では、西陣織以外でも嫌な思い出がある。商談が不調となり、ホテルへ帰った。コンシェルジュ経由で人気割烹に予約を試みたが、あっさり断られた。ホテルに近いエリアだったので直接店を訪れたが、空席が目立ったのに満席だと冷たく言われた。

この際、京都へ行って、直接小娘に嫌味の一つでもぶつけてやろうか——そんな考えが頭に浮かんだ直後だ。

二階の部屋から白煙が見え、煙が鼻腔を刺激した。ピザを放り出し、ドアを開けた瞬間、ゴミだらけの自室に真っ白な煙が充満し、デスクの周辺が激しく燃えていた。

熱気と煙が同時に全身を襲い、火元に近づくことができない。小島は転げ落ちるように階下に向かい、固定電話の受話器を取り上げた。

8

カップに熱湯を注いで三分後、長峰は蓋を剝がした。猫舌のため、あと三分は待たねばインスタント麺を食べることはできない。スマホのストップウォッチを再度設定した。

今日は珍しく定時に警視庁本部を後にし、四ツ谷駅近くの自宅マンションに帰宅した。調理に三分、湯冷ましに三分、そして実食で三分、計九分で食事を終えれば、ダウンロードしたばかりの新作ゲームを楽しむことができる。

最新のVR技術をふんだんに盛り込んだカーレースで、自らがステアリングを握っているかのような臨場感を一晩中体験する。今日も生活安全部の警部補らに酒席に誘われたが、真っ平ごめんだ。延々と自慢話、同僚の悪口を聞かされるのは苦痛でしかない。

あと三〇秒だ。割り箸を袋から取り出し、タイマーを凝視したときだった。

小さな折り畳みテーブルの隅に置いたノートパソコンのスピーカーから不快なブザー音が響いた。顔をしかめたあと、長峰は渋々ノートパソコンを引き寄せ、画面を一瞥した。警視庁のサイバー捜査に関連するキーワードを事前に大手ニュースサイトに登録してある。ブザーは長峰に時間外勤務を強いる可能性を含んだ極めて不快な音だ。

〈渋谷ハチ公前広場で無差別殺人事件発生〉

大手通信社の速報が表示された。長峰は冷め始めたカップ麺に目をやった。最高のタイミングでの食事を前に、最悪のニュースに接した。

長峰は再度ノートパソコンに目を向け、猛烈な速さでキーボードを叩き始めた。

通信社の速報が入ったということは、すでに警察は初動捜査に入っている公算が高い。速報性ではメディアの短文記事よりもネット上の投稿、特に短文投稿SNSトークライブが一番優れている。トークライブを立ち上げ、関連するキーワードで検索をかけるとすぐに目的の投稿が見つかった。

〈ハチ公前でガソリンテロ！〉〈悲報！　女性アイドルがイベント中に大火傷〉

渋谷駅前は、日本でも有数の人出の多い場所だけに、次々と情報がアップされていく。

〈渋谷駅前、変な臭いがする〉〈誰かガソリン燃やした？　臭いんですけど〉

無差別殺人、ガソリン、テロ――物騒な言葉がトークライブのタイムラインに並んでいる。通信社が速報したように、実際に繁華街のど真ん中で事件が起きた。

画面を凝視していると、短文だけでなく、動画もアップロードされ始めた。

〈自称アイドルが殺されるまで〉

トークライブの監視スタッフがいずれ不適切な投稿として削除するだろうが、事件発生当時は野次馬が無責任な形で情報発信するのがトークライブの特徴の一つだ。

動画の再生ボタンを押した。

ハチ公の銅像近くで、背の小さな若い女性がにこやかに少年や女性たちと握手を交わしている。女性は二〇代前半か半ばくらいの年齢に見える。手に写真集を持ち、少年らとの記念撮影に応じている。

長峰は動画を止め、画面を拡大表示した。女性の背後でがっしり体型の青年が看板を持っている。

〈モデル・女優　中邑杏子《なかむらきようこ》の妄想ツアーズ写真集発売！　一〇〇〇人と握手するまで帰れません！〉

動画を止め、女優の名前で検索をかける。小さな劇団に所属する二七歳の女性、そして宣材写真がヒットした。

劇団公式サイトのプロフィール写真の真下には、〈最新写真集発売のお知らせ〉との告知がある。お知らせの部分をクリックすると、大手通販サイトに飛び、注文できるようになっていた。

さらにプロフィールに目を凝らした。劇団のロゴの下に中邑のフォトグラムへのリンクが貼り付けである。すぐにクリックすると、プロフィールが現れた。

佐賀県出身で小学校の頃から福岡の芸能事務所に所属、地元企業のCMや舞台への出演を経て、ご当地アイドルに。その後上京、本格的に芸能活動開始……そして、モデルの肩書きがある。フォロワーは二万五〇〇〇人。名が知られていない女優にしては数が多めだ。

最新の投稿は動画だ。ハチ公前で握手イベントをやっている。日付は昨日の午後。新手のプロモーション、特に多くの人が通る場所で人目をひき、販促につなげる思惑があったのだろう。

〈今日は八四五人で時間切れ。明日は絶対一〇〇〇人と握手するよ！〉

明日とはすなわち、先ほどの凶行直前を意味する。不特定多数が集まるハチ公前でゲリラ的にイベントを打つ。これから売り出そうとする女優、あるいはスタッフが考えた斬新なアイディアだったが、これが容疑者を誘い出すきっかけになったのだ。

長峰は再度トークライブの動画に目を向け、再生ボタンを押した。

中邑が笑みを作って少年と写真撮影に応じている最中だった。画面の右側から、小太りでリュックを背負った中年男性が近づく。右手に持っていた水筒の蓋を開け、中邑の頭から液体をかけた。

中邑は一瞬肩を強張らせたものの、すぐに笑みを浮かべた。スタッフが仕掛けたどっきりだと思ったのかもしれない。だが、スタッフたちの表情は蒼白だった。

直後、中年男がジッポのライターに火をつけ、中邑の足元に投げつけた。周囲から悲鳴が上がる。

長峰は思わず掌で口元を覆った。先ほどまで笑みを浮かべていた中邑という女性が、あっという間に火だるまとなり、悲鳴を上げながら地面に転がった。

数秒後、スタッフの男性がシャツを脱ぎ、慌てて中邑にかけたが、効果はほとんどない。たまたま通りかかった青年が背広を脱ぎ、何度も中邑に叩きつけた。見よう見まねで、周囲の青年らがジャケットやバッグで同じ行動をとる。

〈誰か、救急車を！〉〈この男捕まえろ！〉

現場に怒号が飛び交う。

現場の人々が口元に手を当てているが、画面を通じてガソリンの刺激臭が伝わってくるようだ。

〈交番から警官呼んでこいよ！〉

画面が激しくブレる。撮影者が我に返ったのか、ここで動画が止まった。

長峰は口元から額に手をずらした。じっとりと汗が噴き出している。たった今、目の前で再生された動画はアクションやホラー映画ではない。ほんの数分前に渋谷のど真ん中で起きた事件なのだ。

ノートパソコンから不快なブザー音がまた響いた。

〈渋谷駅前ガソリンテロ、容疑者現行犯逮捕〉

今度は大手紙のネット版の第一報が入った。

〈渋谷駅前交番から警官がかけつけ、呆然と成り行きを見ていた容疑者の身柄を確保〉〈容疑者は佐《さ》野《の》裕之《ひろゆき》、自称フリーターの四六歳〉

先ほどと同じように、すぐさま佐野の名前で検索をかけた。するとトークライブのアカウントに、犯行直前のライブ動画が残っていた。

その一つ前の投稿には〈これから決行　渋谷駅大バーベキュー大会〉とあった。

長峰が舌打ちしたと同時にスマホに着電サインが点った。画面には森谷の名がある。

〈渋谷の件知ってる？〉

「ああ、カップラーメンがダメになった。すげー腹立つよ」

伸びに伸びた麺を一瞥し、長峰は言った。

〈そこか。まあいいや。とりあえず本部から呼び出しよ。すぐに分析しろって〉

無愛想に電話を切り、長峰は前髪を捻りながら、ノートパソコンを睨んだ。

9

「うわっ、東京はえらい物騒やな。東京駅の次は渋谷かいな」

芝蘭のドアを開けるなり、洞本がスマホを見て言った。

何があったのか、理子が尋ねると、洞本がスマホを向けた。

〈渋谷ハチ公前広場でガソリンテロ〉

トークライブの画面に、オレンジ色の火柱が映った。目を凝らすと、その中心に人影が見える。

「これってドラマですか？」

「ちがうで、ほんまもんや」

投稿を一瞥した洞本が言葉を継いだ。

「プータローのおっさんがモデルだか女優だかにガソリンぶっかけて火をつけたんやて。その理由が刑務所に入りたかったたやて。ほんまにこの国はどうなってんや」

「その女性は？」

「あかんかったらしい」

洞本が首を振り、眉根を寄せた。

店のフロントでも、店長の越智《おち》や他のスタッフが同じようにスマホに釘付けとなっていた。

「おはようございます」

理子がわざと大きな声をあげると、他のスタッフたちがようやく気づいて挨拶し、店の奥にあるVIP席へと洞本を誘導した。

「失礼しました」

店長の越智が理子に頭を下げた。越智は西麻布の高級ラウンジで副店長を務めていたベテランで、高畑がスカウトした。年齢は理子よりずっと上の三四歳だが、いつも理子を立ててくれる優秀な人材だ。

「着替えが済むまで社長のお相手をお願いします」

理子はフロント脇の小部屋に入った。鏡台の前に座っても先ほどの残像が頭の中で何度も再生される。

先週は東京駅で、今度は渋谷駅で惨劇が起きた。一人は主婦、先ほどは二〇代の女優だ。双方の事件では、鬱憤を溜めた中年男性が事件を起こしたようだ。生活に困窮した挙句、他人を殺め、死刑になりたい、刑務所に入ることを望んでいると主張している。

思わず、高田馬場のガールズバーの客たちの顔が浮かんだ。高級クラブやキャバクラに行く金がなく、ガールズバーでも徹底的に値切るような男たちだ。

当時、接客中に彼らが常に怯えていることを感じた。上司の顔色をうかがい、同期や後輩の活躍を妬み、自分の居場所がいつまであるか不安に感じていた。

住宅ローンの返済、子供の学費、日々の生活費がかつかつで余裕がない。当時は理子も同じ境遇にいたから気づかなかったが、あの男たちはいつ自分が墜ちるのか恐怖と背中合わせだった。あの客たちのうちの一人が階段を踏み外せば、たちまち理子の父親のように生活苦に陥り、自暴自棄になる──そう考えると、二つの事件の加害者たちは常に身近にいた中年男たちと大差ないのだと思えてくる。

鏡に映る己の両目に恐怖の色が浮かんだ。強く首を振り、急いで専属のスタイリストが用意してくれたワンピースに着替える。鏡台前に置いたスマホが鈍い音を立てて振動した。画面には三文字の名前が点灯している。

「ミカコさん、どうされました?」

〈理子ちゃん、大丈夫?〉

いつも冷静なミカコの声が上ずっている。

「どうしました?」

〈なにもなかった?〉

ミカコが息を吐いたのがわかった。

〈それならいいの。渋谷ですごい事件が起きたから〉

「ここは京都ですから」

依然としてミカコの声のトーンが高い。

〈そうね。最近フォトグラムのフォロワー増えているみたいだから、変な人に気をつけて〉

「アンチも増えました。掲示板でも好き勝手書かれているようですけど、全部ブロックしています」

〈それがいいわ。それじゃあ〉

ミカコが一方的に電話を切った。渋谷の事件はたしかにショッキングだった。それでも、ミカコがあそこまで動揺するのはなぜか。理子をはじめ、唐木や高畑、洞本まで参加しているゲームとなにか関係があるのか。首を傾げながらスマホを見つめていると、控室のドアをノックする音が響いた。

「ママ、支度できましたか？」

店長の越智だ。

「ええ、すぐに行きます」

控室を出てフロントの角を曲がり、カウンター席に向かう。

「いらっしゃいませ、ママの理子です」

カウンター席には五名の背広姿の男性客がいた。彼らの前には、理子が面接したキャストが二人、笑顔を振りまいている。理子は一人一人に名刺を渡し、短く言葉を交わした。五人組は、高畑の部下と大阪の取引先の若手社員だった。

改めて挨拶し、奥のボックス席へ移る。既に八名の客が二つのボックスに座っていた。全員、オープン直後から来てくれている東京からの出張組だ。先ほどと同じように笑顔で挨拶したあと、理子は早足でVIPルームのドアをノックした。

遅くなりました、と言いながらドアを開けると、洞本の隣に知らない男が座り、笑みを浮かべていた。着流し姿の中年男性で顔に見覚えがある。

「特別ゲスト連れてきたで」

得意げな顔で洞本が言った。

「歌舞伎俳優の坂東小太郎《ばんどうこたろう》さんでいらっしゃいますか？」

「そうだよ。よくわかったね」

坂東が笑顔で答えた。

「洞本社長にはいつも京都でお世話になっていましてね。ちょうど今は南座の稽古の時期でして」

理子は坂東の隣に腰を下ろし、名刺を渡した。

「社長、本当にあのCMのお嬢さんですね」

「せやで、めっちゃいい子やねん」

洞本の声が弾んでいる。

「理子ちゃん、小太郎さんとお近づきのしるしに、アルマンドでも入れよか」

「何色になさいますか？」

アルマンドは、スペードのエースのロゴが有名なシャンパンだ。ゴールド、ロゼ、グリーン、レッド、シルバー、ブラックがあり、シルバー、ブラックは値段が高い。六本セットの市場価格は一〇〇万円以上、ラウンジでは四〇〇万、五〇〇万円以上で提供する店も少なくない。

「今日は景気良くブラックって言いたいところやけど高すぎるし、分不相応や。シルバーにしとこか」

ブラックは数年に一度しか出荷されない希少ボトルで、専門の業者で五〇万円近くする。店で出すならば一五〇万程度だ。シルバーの原価は一〇万円程度、芝蘭での売値は三〇万円に設定している。

「店長、お願いします」

席を立ち、ドアを開けて越智を呼ぶ。

「理子ちゃん」

洞本の声に振り向いた。若き社長の顔は笑っているが、両目は据わっていた。

「東京と大阪の客に見えるようにボトル運ぶんやで」

「どういう意味でしょうか？」

「この店が地元でも太客つかんだって見せつけるんや」

洞本の心遣いに驚き、理子は頭を下げた。

越智が姿を見せる。

「洞本社長からアルマンドのシルバーをいただきました」

「社長、ありがとうございます」

越智が部屋から出た直後、声を張った。

「アルマンドのシルバー、お願いいたします」

すると、カウンターの内側にいる黒服が応じた。

「アルマンドのシルバーいただきました。すぐにお持ちいたします」

黒服が言った直後だった。

「クリュッグお願い」

「モエを二本」

カウンターやボックス席の客たちがたちまち反応し、オーダーを始めた。これに応じるため、越智や他の黒服が次々とシャンパンの銘柄を復唱する。

「な？　理子ちゃん」

「本当にありがとうございます」

「絶対に成功させよな」

理子は洞本、そして坂東に深く頭を下げた。

ステップを上がり、次のステージへ。西麻布の隠れ家レストランで高畑と会ったときを思い出した。自ら営業して客をつかんだ。その男が有名な歌舞伎俳優を連れてきた。この俳優に常連になってもらえれば、もっと客層が広がる。

唐木や高畑が誘ってくれたゲームとは、この店をさらに繁盛させることに他ならない。祇園の一等地で店が繁盛すれば、自分の給料も上がる。いや、給料以上に、人脈の広がりを得ることができる。

別次元の景色とは、このことだ。もっと登れば、また別の光景を眺めることができる。若き実業家が誘ってくれたゲームでは、自ら努力することがハイリスクという意味なのだ。高田馬場のガールズバーの店長はゲームに参加することさえ許されず、今も駅の高架下で客引きをしている。自分は富裕な客に囲まれ、しかも支援してもらっている。

フォトグラムを通じ、自分の行動や仕事は日本だけでなく、世界にも知られようとしている。極貧だった名も無き女子大生がビジネスで成功していく過程を見せる——唐木や高畑が言ったゲームとは、理子自身の成り上がりを可視化することなのだ。

意を決しゲームに参加した。勇気をくれたミカコや、実業家たちに改めて感謝するしかない。

10

午後九時、長峰は本部の自席へ渋々戻った。周囲では生活安全部のベテラン刑事たち数人が飲み会の日程調整で談笑する中、すでに森谷が分析作業を始めていた。

「ただいま」

長峰が森谷の背中に告げると、クリアファイルに入った書類を手渡された。

「想像していたより不貞腐れていないようね。被害者の情報を簡単にまとめたわ」

自席の椅子に腰を下ろし、長峰は〈中邑杏子〉と書かれた書類を一瞥した。生年月日や出身地、学歴などが網羅されていた。

情報の大半はすでに長峰が自宅で収集したデータと同じだ。被害者はすでに亡くなった。大火傷で体の大半が焼けてしまったため、ほぼ即死の状態だったと移動中のタクシーで通信社の記事を読んだ。

被害者の個人情報を読み、二枚目の書類に目を通す。芸歴が綴ってある。福岡のアイドルグループを経て東京の小さな芸能事務所に入り、舞台活動や稀に企業のＣＭのモデルを務め、糊口《ここう》を凌《しの》いでいたようだ。

これらの情報もすでに入手済みだ。先に本部に戻ってデータ収集した森谷には悪いが、新味はない。

長峰はもう一枚紙をめくり、素早く視線を走らせた。

〈モデル・女優　中邑杏子の妄想ツアーズ写真集発売！〉

何回か目にした被害者中邑の水着写真の下に、長峰は注目した。

〈撮影：ゾノラー〉

大型モニター前のキーボードに手を添えると、長峰は二人の名前を検索欄に並べた。

〈著名ブイロガー、若手女優のカメラマンに挑戦……〉

芸能誌のネット版に記事が掲載されていた。日付は三カ月前で、サングラスの青年がミラーレス一眼カメラを持ち、隣で中邑が笑みを振りまいていた。

〈かつては迷惑系ブイロガーとして批判を浴びたゾノラーが更生を果たし、カメラマンに挑戦した。若手モデル・女優として活躍を始めた中邑杏子を被写体に、都内や湘南で撮影を敢行し、近く写真集を発売する〉

短い記事の横には、ショートボブの若い女性が微笑む人材派遣会社の広告、その隣にはオートミールの健康食品の宣伝が並んでいる。

「ゾノラーがなぜこんな無名女優の撮影を？」

画面を睨みながら言うと、傍らにいた森谷がモニターを覗き込んだ。

「そうね、ちょっと不自然な感じがする」

違和感の根源は、二人が釣り合わないという点だ。通常ならば、この手の売れていないモデルならば、無名の若手カメラマンが務めるはずだが、撮影者は著名なブイロガーだ。写真の技術の良し悪しは別として、話題集めが狙いとなっている。

キーボードを叩き、二人のフォトグラムを調べる。中邑のフォロワーは二万五〇〇〇人で、ゾノラーは二〇〇万人。ゾノラーの各投稿には、有名な動画投稿サイトへ誘導するリンクが貼ってある。

ゾノラーはかつて迷惑系と呼ばれるブイロガーだった。プロ野球選手の自宅に押しかける様子、他のブイロガーにいきなりケーキをぶつける等々、自身のアカウントの再生回数を上げ、広告費を荒稼ぎするだけの厄介者として名を知られていた。

一年前にタレント事務所に無断侵入したところで建造物侵入の容疑で逮捕され、在宅起訴された。

以降は、ネット系の若手実業家らの支援で更生プログラムに参加し、過去の収益をこども食堂に寄付し、ビーチクリーン活動や保護犬・保護猫のプロジェクトに参加するなど今は慈善活動を最優先させ、世間を驚かせたのだ。

　写真集の出来不出来は素人の長峰にはわからないが、このアンバランスな組み合わせは明らかにゾノラーを使って中邑への注目度を上げるためだったと判断できる。その上、人通りの多さが都内でも有数の渋谷ハチ公前でゲリラ的なプロモーション活動を行った。

　長峰は中邑のフォトグラム投稿を一つ一つチェックしていく。

「なぜ二人がつながった？」

「これみたいよ」

〈ゾノラーの「今日も一善」〉

　スレッドの中に目を凝らすと、動画ファイルが貼り付けてあった。

「被害者だね」

　湘南でのビーチクリーン活動、そして、こども食堂への支援の動画が再生され、その中に小柄な中邑が写り込んでいた。関連するスレッドを見ると、様々な投稿がアップロードされている。

〈あの女の子はゾノラーの彼女？〉〈ナンパしたの？〉

「なんか気になるな」

　それぞれの動画を長峰はメモ用のファイルに保存した。

「それで被疑者の様子は？」

「被疑者の氏名は佐野裕之、年齢は四六歳、フリーター。就職氷河期にFラン大学を卒業、派遣社員として様々な職種を転々としたみたい」

「またおっさんなんだよな」

「四〇歳を過ぎてから派遣の仕事も年齢的に受け付けてもらえなくなり、飲食店のアルバイトを続けてきたらしいわ」

森谷の言葉を聞き、長峰はため息を吐いた。様々なメディアで日本の経済が猛烈な速度で収縮を始めていると特集している。失業率は他の主要国ほど上がっていないが、非正規労働者が増加し、社会的に貧困が蔓延しているのは実感する。そんな環境の中で、一連の事件を引き起こした中年男性たちが生活に困窮した挙句、とんでもない惨劇を生み出した。

「取り調べには素直に応じているみたい。犯行動機はむしゃくしゃしていた、誰でもよかった、らしい」

「無茶苦茶な理屈だけど、そこまで追い込まれていたってわけだ」

「人を殺して刑務所に入れば三度の食事が得られ、居場所も確保できると考えた、人生で一度も誰にも注目されなかったので、最後に渋谷で騒ぎを起こせば人目につくと思った——こんな供述のようね」

森谷がスマホのメモ欄に綴ったメモを読み上げた。

「まねしたと思うほど、類似事件の被疑者と同じような供述だ」

長峰が言うと、森谷が強く首を振った。

「ウチの兄貴がまさに就職氷河期世代。なんとか中小企業の正社員になれたけど、生活はカツカツ。もし体を壊して働けなくなれば、この被疑者と同じような不安定な生活に真っ逆さま。同情する気は一切ないけど、他人事じゃないわ」

「でもさ、なぜ被害者を狙ったの？」

「フォトグラムで最近注目を集めていたからだって」

「まさしく模倣犯だ」

長峰は先に東京駅で刺殺されたＴａｍａｋｉのアカウントを大型モニターに表示した。

「前回の被害者じゃない。なにしてんの？」

「鬱憤ためた爆発おっさんとフォトグラマー、なにかつながっていないかなって思うんだ」

「まさか。だって、被害者同士、それに被疑者同士に面識とか直接のつながりはないわよ。一課にしたって、模倣犯という認識だし。だから、上層部の指示で我々が予防策の一助のために危うい投稿とかチェックしているんじゃない」

「まあ、その通りだけどさ」

不満げな森谷をよそに、長峰は機動サイバー班の自前システムに一連の事件の被害者や被疑者のＳＮＳのデータを注入した。

「なにが目的？」

「被害者はそれぞれフォトグラムのフォロワーが一万人以上いる。一つ一つ突き合わせていくなんてできないから、システムに照合させている」

システムの稼働速度が遅い。長峰は苛立ち、目の前に垂れた前髪をなんども捻った。

「早く最新の機材入れてもらわないと、仕事にならないよ」

愚痴を言った直後、東京駅で殺された蕪木環、そして中邑杏子のフォトグラムのアカウントがモニターに並んだ。

〈検知結果〉

次いでシステムからメッセージが発せられた。

「石森、そして今度の佐野が二人をフォローしていた」

「それぞれの被害者は万人単位のフォロワーがいたんだから、特に不審なことはないんじゃない？」

「俺もそう思う。ただ……」

長峰は検知結果の末尾、一点を指した。

「石森、今回の佐野にしても、数百単位の著名フォトグラマーをフォローしている一方、彼らをフォローしている人間はわずか二、三〇名にすぎない」

「それで？」

「誰からも注目されない冴えない中年のおっさんたちなのに、なぜこんな有名人にフォローされているの？」

検索結果の中に、健康食品で財を成した唐木、人材派遣会社が急成長した高畑、ともに若手実業家のアカウントがある。

「そうか……」

長峰はキーボードを叩き、先ほど見つけた芸能誌のネット記事をモニターに映した。

〈著名ブイロガー、若手女優のカメラマンに挑戦……〉

見出しを最後までスクロールすると〈ＰＲ〉の文字がある。つまり、この記事は一般記事の体裁をした広告なのだ。

「このちぐはぐな組み合わせは、健康食品会社と人材派遣会社が演出させた公算が高いってわけだ」

国産にこだわったオートミール、ショートボブの女性が笑みを浮かべる人材派遣会社のネット広告が貼り付いている。

「唐木、高畑という実業家たちはネットを使いこなして自分たちのビジネスを急成長させた。日本でも数少ない成功者だ」

「偶然じゃないの？」

「そうかな。唐木氏については、フォロワーが一五〇〇万人、高畑氏には一〇〇〇万人いる。二人の有名人はそれぞれ一〇名程度しかフォローしていない」

「そりゃ、有名人だからね」

長峰は二人のフォトグラムをチェックし始めた。フォローしているのは、ハリウッド俳優のほか、世界的な実業家、そしてプロ野球選手やF1ドライバーなど著名人ばかりだ。

「さすがセレブな実業家ね。お友達もリッチな人ばかり」

「なぜ二人が、この無名かつ貧乏なおっさんたちをフォローしたんだ？」

長峰の横で森谷が腕を組む。

「どうやって調べる？」

長峰は自分に言い聞かせるように呟いた。

第四章　螺旋

1

体を屈めて、小島は寝床に入った。大きなバックパックを壁際に寄せたあと、簡易式のブラインドを下ろす。

新宿区役所近くのカプセルホテルで過ごす二晩目だ。バックパックのサイドポケットのファスナーを開け、ビニール製の財布を取り出し、中身を確認する。一万円札が九枚、五千円札が一枚、千円札が三枚、あとは小銭だけだ。

格安SIMをセットした中古スマホを手にする。〈激安　宿〉の検索ワードを入れてキーを押した。カプセルホテルは一泊六〇〇〇円で、考えていたよりも割高だった。〈三〇〇〇円台〉で再度検索をかけると、歌舞伎町からほど近い大久保エリアのホテルを見つけた。

和風の名前をクリックする。木造モルタルとおぼしき建物の写真が現れた。壁に雨の染みが広がり、所々窓ガラスにもヒビが入っている。

日雇い労働者が頻繁に利用する木賃宿で、泊まる気がしない。財布をもう一度見る。背に腹はかえられない。

使っていたスマホは実家とともに焼失したので、中古店を回って三世代前の端末を買い、その足でSIMを購入しに行った。クレジットカードはなんとか再発行したが、支払いはいつまで可能か。ぼんやりとスマホを見つめたあと、バックパックの上に置く。

安物のTシャツとデニムも新宿三丁目の近江屋本店向かいの量販店で購入した。下着も三枚セットで二〇〇〇円のセール品だ。縫製の良し悪しや繊維の質がどうとか言っていられない。毛嫌いしていたファストファッションに袖を通すのは屈辱だが、衣服が丸ごと灰になった直後で着る物がなかった。近江屋のスタッフに会わぬよう、小走りで歌舞伎町まで来た自分の姿を思い出す。小島はため息を吐き、狭いスペースに体を横たえた。

自宅が全焼してから一〇日が経過した。

あの日、自宅の玄関まで出前のピザを受け取りに行った間に出火した。消防の火災調査では、タバコの火の不始末が原因とされた。玄関のチャイムが鳴り、小島が立ち上がったときの反動で空き缶が倒れた。缶に捨てた一本が燻《くすぶ》っていたのかもしれない。部屋中ゴミだらけだったことから吸い殻が包装紙やポリ袋に引火し、一気に火が広がった。

煙に巻かれる寸前、一階に駆け下り、玄関脇にあった固定電話で一一九番通報した。消防車が三台駆けつけ消火活動に入ったが、おりからの強風とも相まって、自宅は二時間半で全焼した。

近江屋を辞めたあと、ストレス緩和のために喫煙を再開した。結果として近江屋という職場を失ったことが、住む場所さえも失うことにつながったのだ。

鎮火したあと、小島は叔母を頼った。その後、本当の地獄が待ち受けていた。

火災保険の適用を申請しようと、損害保険会社に電話を入れた。その際、担当者から耳を疑うような回答が寄せられた。半月前に保険契約が切れていたというのだ。電気やガス、水道など公共料金に関しては入院した母が一括管理していた。保険会社からの通知書のようなものが届いていたことは記憶していたが、宛名は母だったため、公共料金同様、一階のリビングに置いたままだった。

保険会社の支社に出向き、契約を確認した。保険切れという事実は変わらず、自宅再建という目論見は完全に潰えた。加えて隣家も半焼させてしまった。

自宅の修繕費は一円も出ない上に、隣家にも延焼し、補償することになった。介護費用のためにと銀行から借り入れた資金も回すことになり、小島は文字通りの無一文になった。

叔母の家では毎日嫌味を言われた。母の介護費用は叔母と折半することになったが、叔母が小島の生活費をいつまで払えるかはわからない。

つらく当たる叔母の家に居にくくなり、小島は都内のカプセルホテルに逃げてきた。介護費用と食い扶持を稼ぐため、飲食店やスーパー、タクシー運転手の職も探した。だが五〇歳オーバーという年齢がネックとなり、定職どころか未だアルバイトすら決まらない。

隣のカプセルから、低い唸り声のようないびきが聞こえ始める。なぜ自分はこんなところまで墜ちてしまったのか。

近江屋のバイヤー仲間たちの顔が浮かんでは消え、レスキューチームのメンバーの顔も現れた。気の弱そうな宇佐美が眉根を寄せ、自分を睨んでいる。会社の不当な配置転換でストレスを溜め、その捌け口を宇佐美に求めた。

元バイヤーと総務の何でも屋では格が違う。レスキューチームにいるのはほんのわずかな期間だ。小学生でも務まるような仕事で歪んだ心を正そうと、少しからかっただけなのに、あの男は自分を会社に売り渡した。

「ちきしょう」

思わず声が出た。

〈ここから抜け出すのはいつか？〉

スマホでカプセルホテルのブラインド、穴の開いた靴下を撮影し、フォトグラムに投稿した。だが誰も反応しない。墜ちるところまで墜ちた中年男の投稿など、関心を示す者は皆無だ。

小島はフォローしている欧米のデザイナーやブランドのアカウントを一通りチェックした。直後、〈New Post〉の文字が画面に現れた。目を凝らすと、京都に移住したあの小娘のアカウントだ。

フォロワーはいつの間にか五〇万人を超えている。

〈昨晩のＶＩＰルーム〉

短いコメントのあとに、投稿されたばかりの写真を見る。有名な歌舞伎俳優と小娘、その隣には実力派として知られる女優が写っていた。

テーブルには、かつては小島もフランスの出張先でなんども飲んだ高価なシャンパンボトルが五本並んでいる。

思わず舌打ちした。

理子という新米ママが祇園に出店する際、小島は短いコメントを投稿した。

〈無茶、考え直せ〉

過去の投稿を遡ると、自分の投稿に対し多くのコメントが寄せられていた。

〈黙れ、非モテのおっさん〉〈ひがむなよ、みっともない〉

理子のフォロワーから容赦ない言葉が浴びせられた。コメントの数を見ると五〇〇件を超えていた。

「俺は被害者だぞ」

小島はスマホを枕に投げつけた。枕の上で弾み、鈍い音を立てて壁に当たって落ちた。

「うるせえよ！」

左隣のカプセルから怒声が響き、薄い壁を叩かれた。

下唇を強く噛んだ。怒りで肩が小刻みに震える。小島は膝を抱えたまま横になって耐えた。
二、三分経ち、両目に涙が滲んだタイミングだった。バックパックの近くに落ちたスマホが鈍い音を立てて振動した。反射的に取り上げると、フォトグラムのアプリにコメントが付いたとのメッセージが点灯していた。
〈お力添えしましょうか？〉

自分のアカウントを開くと、知らない人物からのコメントだった。

〈どうやって？〉

〈とりあえずフォローしていただけませんか？　DMを送ります〉

相手のアカウントには、青空の写真と〈Izawa〉の名前がある。小島はすぐに相手をフォローした。

2

「春巻きがあらかじめ四等分されているのは、お化粧をした芸妓さんたちがおちょぼ口で食べられるように配慮したからだそうです」

取り分け箸で春巻きを小皿に載せながら、越智が言った。

「祇園らしいお話ですね」

理子はエビチリの小皿を置き、春巻きを食べた。サクサクの皮と柔らかい餡が口の中で溶けた。エビチリ同様、ニンニクなど香味野菜を使っていないのがわかる。

「お座敷前の姐さんたちのために、臭いのするものは一切入っていない。最初に来た時びっくりしましたよ」

店長は一週間前、洞本に連れられ、ここ祇園中心部の雑居ビルにある広東料理店〈平和〉に来たという。朗らかな老夫婦が営む町中華で観光客はほとんどおらず、地元の婦人や商店主たちが思い思いにランチを楽しんでいる。他のメニューも柔らかな味付けで、京都中華の異名があるのだと越智が言った。

「からしそばの大学生、お待ちどおさん」

老店主が丼と取り分け皿を理子の前に運んだ。

「大学生でほんまに大丈夫か？　めっちゃ辛いで」

ニコニコと笑いながら店主が言った。からしを絡めた麺にエビや鶏肉、大量の野菜の餡がかかっている。中学生が小辛、高校生は中辛、大学生は大辛だ。

「大丈夫ですよ」

辛い物が好きな理子が言うと、店主が笑みを返した。この間、越智が麺を取り分けた。

「ママ、伸びないうちに食べましょう」

餡とともに麺を啜る。鼻に抜ける刺激があった。南米の激辛ソースのような痛みを伴うものではなく、心地のよい辛さだ。

「美味しい。こんなに優しい辛口は初めてです」

理子がカウンターの老夫婦に告げると、二人が呆れたような顔になった。

「大学生で涼しい顔してるお客さんは滅多におらんで」

店主はカラカラと笑ってから、他の客の料理を作り始めた。

昨晩は洞本の同級生たち三名と割烹〈春吉〉で食事し、店に出勤した。

東京からの出張組、大阪のビジネス客、地元客で芝蘭は満席となり、売り上げは一晩で三五〇万円を超えた。

ラストまで店に残った洞本とともに、鴨川を渡って河原町二条の高瀬川沿いの小さなバーに行った。祇園以外にも面白い店があるという洞本の案内だ。

バーは、老舗料亭や割烹が連なる一角にあった。店構えはなんの変哲もないが、細い階段を上って店の中に入ると、洞本が面白いと言った意味がわかった。

京都で創業した上場企業の幹部たちがざっくばらんにロックグラスを傾けていた。会社のホームページをチェックし、いつか芝蘭に来店してほしいと思っていた重役ばかりだ。

テーブル席には仕事終わりの白塗りで島田髷《まげ》の芸妓が二名、老舗呉服店や漬物店の若主人らとシャンパンを開けていた。

洞本に着物姿の美しいママを紹介された。理子の評判を聞いていたというママは、常連客に引き合わせてくれ、芝蘭を訪れるようにも促してくれた。

洞本によると、ママは本当に理子を気に入ったのだという。他の客らへの挨拶を終え、名物だというソフトクリームを食べ、午前二時半に東山のマンションに帰宅した。

高田馬場時代のように嫌々飲む酒ではない。高級なシャンパンやウイスキーを水と共に摂ることで、連日の同伴、アフターでも二日酔いにはなっていない。

「ところで、昨晩のような売り上げを今後も続けていかねばなりません」

からしそばや春巻きを平らげた越智が真面目な顔に戻っていた。紙ナプキンで口元を拭い、理子は姿勢を正す。

理子は隣の椅子に置いたハンドバッグから名刺入れを取り出した。

「昨夜、洞本さんにまたお世話になりました」

バーでもらった名刺を越智の前に並べた。

「すごい……」

越智は六本木の前は西麻布のラウンジで黒服を長く務めたベテランだ。名刺に刷られた大手企業のロゴや京都の老舗の名は当然知っている。

「この中から三名、いや一名でも芝蘭のお得意様になっていただけたら、東京からの出張組に依存しなくとも十分やっていけます。地元の太客になり得る方々です」

京都入りする直前、高畑に言ったことが現実になろうとしている。この街に根付き、地元客で店を繁盛させるという目標が、実現可能な距離に近づいた。

「ママ、電話鳴っていませんか？」

越智が理子のハンドバッグを指した。

「ありがとうございます」

同伴の誘いかもしれない。理子は急ぎバッグからスマホを取り出した。だが、画面には〈公衆電話〉の文字が浮かんでいた。

「ちょっと失礼します」

店を出て雑居ビルの共用スペースに行く。スマホには依然として〈公衆電話〉の表示がある。理子は息を整え、通話ボタンを押した。

「もしもし、どちらさまですか？」

努めて穏やかな声を出した直後だった。

〈理子……理子なのか？〉

掠れているが、聞き覚えのある声だ。

〈もしもし、理子〉

間違いない。両腕が粟立った。

「お父さん……」

〈覚えていてくれたか〉

スマホを握る手が微かに震え出す。驚きや懐かしさではなく、体の芯から怒りが湧いた。喉が渇き、声が出ない。

〈どうした？　聞こえているか？〉

「今、どこにいるの？」

理子はなんとか声を絞り出した。

〈大阪の西成《にしなり》を知っているか？〉

理子の頭の中に、かつて見たニュース映像が映る。

「日雇い労働者の街よね」

〈東京で借金踏み倒して、逃げてきた〉

背筋に悪寒が走った。

「まさか……養育費も払っていない娘にお金借りようとか思ってない？」

咳払いが聞こえた。

〈解体現場で足に怪我をして、動けない。もう三日もまともに飯を食っていない〉

娘の現状を確かめる前に、己の不幸話をし出す父親に心底嫌気がさした。

「この電話番号、どうやって知ったの？」

〈母さんに聞いた〉

舌打ちをなんとか堪える。父が養育費と慰謝料を振り込まなくなって以降、嫌な思いばかりしてきた。コンビニの値引きシールを血眼で探し、高田馬場のガード下で客引きをする惨めな日々だった。

「私と母さんがどんな思いをしたか知ってる？」

怒りがピークに達すると、言葉が極端に少なくなる。

〈悪いと思っている。でもな、どうしようもなかったんだ〉

謝罪はそれだけか。

「もう二度と連絡してこないで」

〈助けてくれよ〉

電話口で父の声が再度掠れた。

「私は自分で人生を切り拓くの。あなたは父親でもないし、今後は母さんにも連絡しないで」

理子は一方的に電話を切った。不意に涙がこぼれた。口元を押さえながら、越智が待つ席に戻る。

「ママ、どうしました？」

理子はハンドバッグからタオル地のハンカチを取り出し、目元を拭った。

「なんでも相談してください」

先ほどまで隣のテーブル席にいた地元の婦人たちのグループが退店していた。誰にも身の上話は聞こえない。

「私が恵比寿のヴィラに勤め始めた事情はお話ししましたよね」

「ええ、うかがいました」

理子は母との二人暮らしが困窮を極め、ミカコという恩人の紹介でヴィラに入ったのは伝えていた。

「その原因になった父がいきなり電話してきました。大阪の西成にいるらしくて」

西成という地名を告げた途端、越智の顔が曇った。

「今日はお休みした方がいいですよ」

越智が理子の顔を覗き込んだ。

「出ます。絶対に休みません」

理子は強く首を振った。

「お店をもっと大きくして、ゲームに勝つんです」

「ママはまだ若い。理不尽な事態に耐性がないんです。だから無理はしないで」

「いえ、大丈夫です」

越智の優しい言葉が沁みた。

底辺の暮らしから抜け出し、順調に階段を上ってきた。今回、思いがけず父からの電話で動揺してしまった。越智の言う通り、自分はまだ小娘だ。ゲームで勝ち上がるためには、店を成功させ、次なるステップに自らを進めさせる必要がある。

縁を切った――自分の口から出た言葉は傍目には残酷かもしれない。だが、平凡な暮らしからあっという間に転落し、京都で必死に働くことになったのは、父の自堕落が原因だ。

「このままお店に行って、新規のお客さまのリストを作るのを手伝ってくれませんか？」

取り皿の脇にあるコップの水を一気に飲み干すと、理子は立ち上がった。

3

〈警視庁、無差別殺傷事件多発で巡回警備強化へ〉

自席でコンビニのサンドイッチを食べたあと、長峰は大型モニターに見入った。今朝の大和新聞の社会面で報じられた記事だ。

〈都内で相次ぐ無差別の殺人や傷害事件に対応するため、警視庁は所轄署の地域課や自動車警ら隊などを動員して、人混みやイベント会場の巡回警備を強化する方針を固めた……〉

今度は中央新報の総合面にあった記事に目をやる。

〈民間警備会社、需要増で採用活動を活発化〉

こちらも無差別殺傷事件に対応するリポートだ。

〈関東や関西の大手鉄道会社などで、警備体制を拡充する動きが広がり、民間の警備大手各社が積極的な採用活動を展開中だ。武道に心得のある大学生のアルバイトを増員する会社もあり……〉

東京駅や渋谷駅前で通行人を巻き込んだ殺傷事件が相次いだことで、社会全体の不安感が増大している。世間が悲観的なムードに陥れば、首都を守らなくてはならない警視庁は対応策を講じる必要が出てくる。

一連の事件は突発的で、誰が被害者になるかわからない。警備など専門部署だけでなく、所轄署の地域課や交通課の人員も常に周囲に気を配るよう正式にお達しが出る。

「機嫌直った？」

庁内の食堂から戻った森谷が長峰の顔を覗き込んだ。

「あれってパワハラだったよね」

「そうかも。でも、ここは上意下達の警察だからね」

肩をすくめ、森谷が自分の席に着き、パソコンのキーボードを叩き始めた。

二時間前だった。

主要紙が警視庁や民間の無差別殺傷事件対応の記事を大きく掲載したことで、長峰は生活安全部参事官に森谷とともに呼び出された。

〈一連の事件で一課から協力への感謝の言葉が寄せられた。君たちが迅速に被害者、被疑者を特定したことは大変有意義だった〉

参事官は一課から届けられた菓子折りを一瞥し、言った。

〈ただし犯行を予防、感知するに至っていないのはなぜだ？〉

グレーのスーツを着た上司の言葉の意味がわからなかった。

〈はっ？〉

長峰は反射的に言った。

〈機動サイバー班がもっと活躍すべきだと上層部に嫌味を言われたよ〉

〈どういう意味でしょうか？　上層部って具体的には誰のことですか？〉

長峰が食ってかかった直後、隣にいた森谷が強く袖を引っ張った。

〈君のように民間から優秀な人材を入れたのに、一課の後方支援に回ってばかりだ。もっと生活安全部として主体的に動いてくれないと、私の立場がない〉

結局は保身だ。参事官は幹部職だが、警察組織にはさらに上の役職者がいる。どんな圧力をかけられたのかは知らないが、自分の立場を守るために、上司に最善を尽くすとでも言ったのだろう。

〈従前からシステムを拡充してほしいという要望はなんども報告書にまとめました〉

長峰の言葉に参事官が眉根を寄せた。

〈警察庁がサイバー関連の予算を警備や公安方面に集中投下しているので、難しいと以前回答したはずだ〉

長峰は必死に舌打ちを堪えた。

〈参事官は三輪車で競輪のレースに出ますか？　手漕ぎボートでボートレースに出ろと言われるのですか？〉

我慢の限界だった。先回り捜査を行うには、最低でもあと二、三〇〇〇万円程度のシステム投資が必要だ。長峰はその旨を率直に伝えた。

〈システムが最低限揃った段階で、あと一〇名程度の人員がいなければ、参事官がおっしゃるような能動的な捜査は絶対に無理です〉

目の前の参事官の顔がたちまち紅潮した。

〈そこをなんとかするのが君の仕事だろう。もういい、下がれ〉

野良犬を追い払うような手つきを参事官がして、長峰は森谷とともに参事官室を後にした。やれるだけのことはやる。警視庁を辞めて民間エンジニアに戻れば、また長時間労働と薄給が待っている。下唇を噛んだあと、長峰はモニターの画面を切り替えた。

健康食品のネット通販で財を成した唐木、人材派遣業で会社を急成長させた高畑という二人の実業家のフォトグラムのアカウントをモニターに表示した。

〈投資家向けの新規事業説明会、無事終了しました〉

唐木は丸の内の商業ビルの前で親指を立てている。

〈スキマ時間バイトの新アプリ投入、使ってみて！〉

高畑は自分の会社の大型モニター前で、エンジニアらしき若者と笑みを浮かべていた。それぞれの投稿には、五万以上のサムズアップのマークが付いている。

若手実業家として注目される二人だけに、大学生や現役のサラリーマンらが賛同の意を示している。

二人の最近の投稿をチェックする。唐木と高畑はともに二日前に京都に行っていたようで、京都国際会館前でわざとらしく顎に手を当てるポーズを決めていた。

〈若手経営者サミット、無事に終了。これから京都の学生さんたちと懇親会へ〉

唐木の投稿に対して、地元大学の学生らからコメントが集まっていた。

〈ぜひ御社に入りたいです〉〈気候変動について、唐木さんのご意見を聞かせてください〉

学生たちからの前向きなコメントがずらりと並んでいた。

〈自分の価値をもっと高く売りつけよう！　企業が欲しがる人材　寄稿エッセイ更新〉

高畑の投稿には、学生向けのリクルート案内のエッセイのＵＲＬが添付されていた。長峰の目から見て、二人の実業家の様子に変わったところはない。

改めて二人のアカウントのフロントページを見る。それぞれのフォロワーは一〇〇万人単位で、二人がフォローしているのはわずかに二、三〇人だ。

「あれ？」

唐木がフォローするアカウントをチェックしていると、違和感を覚えた。F1ドライバーや有名なプロ野球選手などに並び、この前までは無差別殺人の実行犯二人のアカウントが入っていた。

「どうしたの？」

森谷に聞かれ、長峰は顔を上げた。

「ちょっとね……」

さらに高畑のアカウントを見る。唐木と同様、各界の著名人が並んでいる。だが、こちらも前回フォローしていた東京駅と渋谷駅前の事件の被疑者二人のアカウントが消えていた。

「なぜフォローを外した？」

長峰は事前に撮っていたスクリーンショットをファイルから取り出した。たしかに二人のアカウントは被疑者二人をフォローしていた。

首を傾げながら、長峰は唐木、高畑の会社のホームページを開いた。それぞれに企業理念や会社幹部の紹介、リクルートに関するページが分かりやすく掲載されている。

〈お問い合わせ〉

唐木の会社の問い合わせフォームを開く。だが、そこで手を止めた。なぜフォローを外したのか。そんなことを会社に尋ねても、社長の個人的なことだと一蹴されるのがおちだ。

画面を睨みながら、長峰はもう一つのキーボードを手元に引っ張り、猛烈な勢いで指を走らせた。三輪車、手漕ぎボートと喩えたシステムを稼働させ、唐木と高畑のアカウントのデータを読み込ませた。

〈フォロワー、フォローの中身〉

システムに指示を出し、エンターキーを叩く。モニターに〈検索中〉の文字が点滅し始めた。

「なにしてるの？」

「ちょっと気になることがあってね」

モニターを指し、森谷に告げた。

「例の若手実業家二人だけど……」

フォローしていた被疑者のことを説明していると、画面が切り替わった。

〈検索結果〉

画面表示された文字をクリックすると、目の前にフォトグラムのアカウントが二つ表示された。

〈koji.koji〉〈名無しのオッサン〉

「なにこれ？」

「唐木、高畑がそれぞれ新規でフォローしたアカウントだ」

「この koji.koji は、近江屋をクビになったおじさん」

長峰がアカウントのフランス国旗の写真をクリックすると、最新の投稿が現れた。

〈ここから抜け出すのはいつか？〉

コメントの脇には、穴の開いた靴下と、カプセルホテルらしき場所のブラインドの写真があった。

賛同を示すサムズアップの数は三つしかない。

「また階段を転げ落ちたみたいだ」

長峰が言った直後、森谷がキーボードを叩き、もう一つのアカウントを開いた。

〈名無しのオッサン〉

アイコンはなく、黒い背景、フォロワーは五人、フォローしている人物も三名しかいない。投稿はなく、実質稼働していない捨てアカウントに見える。

「なぜこいつらを青年実業家たちが新規でフォローしたんだ？」

モニターを前に、長峰は腕を組んだ。

4

京都は残暑もとりわけ厳しい。

理子は日の当たる南側のカーテンを閉め、一人掛けのソファに体を預けた。昨晩も芝蘭は大入り満員となり、河原町二条のママに紹介された地元企業の幹部二人と先斗町《ぽんとちょう》のバーでアフターした。

〈昨日の集計終わりました〉

ソファに座り、スマホで常連客の誕生日を確かめていると、店長の越智からメッセージが届いた。

〈泡が二五本、レアなウイスキーが五本……計二四八万円でした。大阪の業者に頼み、至急補充するよう手配済みです〉

〈了解しました。ではまた夕方に〉

簡単な返信を送り、理子は安堵の息を吐く。

芝蘭がオープンしてから約一カ月経過した。猛暑だったにもかかわらず、店は概ね満員となった。洞本社長が歌舞伎俳優と来店し、シャンパンを下ろしてくれた日以降、利益率の高いボトルが次々と開けられ、大いに売り上げに貢献するようになった。

レア物のシャンパンを常時ストックする問屋が近所にないため、越智はわざわざ大阪の梅田まで行き、仕入れ始めた。

購買頻度が上がれば問屋も儲かる。結果として芝蘭の注文を最優先に聞いてくれるようになり、希少なボトルも入手可能となった。最近は珍しいボトルがあるという評判を聞き、来店する客も増え始めていた。

〈お時間のあるときに、ワインの品揃えも検討しましょう〉

理子は新たなアイディアを越智に送った。坂東小太郎が連れてくる俳優仲間で、ワイン好きが三人いた。

シャンパンを開け、騒ぐだけがラウンジではない。恵比寿のヴィラでは、オーナーが数人のソムリエと契約し、客の好みに合わせたボトルを仕入れていた。

〈ソムリエを雇うのも一つの手かもしれません〉

〈その件も夕方に相談しましょう〉

ソムリエの平均的な給与はどの程度か。理子は早速スマホで検索を始めた。現在の売り上げを勘案すれば十分に雇えるはずだ。

ソムリエを常駐させているラウンジは祇園にはなく、差別化ができる。越智のアイディアはさらなる有効打になる気がした。

越智は六本木や西麻布のラウンジで一〇年以上のキャリアを積んだベテランスタッフだ。理子の提案に対して即座に反応するだけでなく、より優れたアイディアを打ち返してくれる。他の黒服やキャストにしても、毎夕のミーティングで改善点を積極的に発言する。ママの理子だけでなく、店のスタッフ全員が知恵を出し合うことで芝蘭という店の売り上げが立ち、着実に前進している。

店の経営が上向きになるにつれ、フォロワー数が上昇し続けた。理子はフォトグラムのアカウントを開いた。スケジューラーに打ち合わせ向けのメモを打ったあと、理子はフォトグラムのアカウントを開いた。

芝蘭を取り上げてくれる上、完全会員制という看板が希少価値を上げている。

いつものように、ネガティブなコメントが目に入ってきた。

坂東ら著名な俳優たちが店に来た写真に対しては、サムズアップは一四万に達していたが、最初のコメントが気になった。

〈有名人ばかり優遇してタダで飲ませて集客かよ。やり方がセコい〉

投稿主のアカウントのアイコンはアニメのキャラクターだ。本人の投稿を見ると、リュックを背負っている中年男性で、両手にはアニメのぬいぐるみがある。

理子は即刻ブロックした。坂東ら俳優たちのルックスを褒める投稿が続いたあと、再び異質なコメントを発見した。

〈一晩お店を貸し切りにしたら、ママとヤラせてくれるの？〉

コメントしたのは大型クルーザーを背景にサムズアップする浅黒い肌の青年だ。写真の右端に真っ赤なイタリアの超高級スポーツカーが見える。こちらもブロックした。

芝蘭をスタートさせる際、越智と決めたことがある。金の有る無しでなく、品位を最優先させて店を運営するという点だ。

店の方針に合わない客は、高級なシャンパンをいくら開けても、入店を拒否することにした。口コミやSNSの効果によって、店への問い合わせが増加しているが、基本的に紹介がないと入店できない仕組みは堅持している。紹介にしても、紹介者と本人が一緒に来店する形でないと予約を受けない。

〈新手のネット詐欺じゃないの？〉

フォトグラムの理子のアカウントに新たなコメントが入った。投稿主を見ると、白髪交じりの中年男の写真があった。

〈会員制とか言ってハードルをわざと高くして、法外な金を巻き上げるビジネスモデルだ〉

会社や家庭でどんなストレスに晒されているか知らないが、中年男性のコメントには他人の足を引っ張ろうと躍起になる歪んだ心が映し出されている。

このアカウントもブロックし、大きなため息を吐いた。フォロワー数が上昇の一途を辿る間、アンチの数も比例して増えている。いっそのこと、黒服に依頼してネガティブなコメントをブロックする手伝いをしてもらおう――そんな考えが浮かんだときだ。

スマホが振動した。画面には〈母〉の文字がある。すぐさま通話ボタンを押した。

「どうしたの？」

電話口で荒い息が聞こえた直後、母が口を開いた。

〈お父さんが家に来たの！〉

母の口から飛び出した言葉に、肩が強張った。

「いつ？」

〈ほんの三〇分前〉

母の声が上ずっている。

「もしかして、お金をたかりに来たの？」

数日前、父から直接電話を受けたときの怒りが蘇った。

「いくら渡したの？」

〈……五万円〉

理子は懸命に舌打ちを堪えた。

「母さん、私の携帯番号教えたでしょ、なんてことするのよ」

〈ごめんなさい、でもあの人が困っていたから……〉

理子は息を吐き出した。呼吸を整えねば、母にもっと乱暴な言葉をぶつけてしまいそうだった。

「あの人は私たちを捨て、お金も送らなかった。そんな人になぜ今さらお金を？」

〈お父さん、想像以上に弱っていたの〉

「私たちを捨てた人、それにお金で私たちの人生を狂わせた張本人よ」

理子は大阪西成で怪我をしたという父からの電話について話した。

〈たしかに左足に包帯を巻いていたわ。だから尚更……〉

「大阪で身動きが取れない、助けてくれって言った人が、なんで東京にいるの？」

〈運送会社の人に頼み込んでトラックに乗せてもらったらしいの〉

父の怪我は本当のようだ。だが、なぜ京都に来るのではなく、わざわざ東京まで戻ったのか。理子のいない下落合のマンションに転がり込むつもりかもしれない。

「二度とあの人を家に入れないで。もし助けたら、私もお金を送らない」

誰が稼いだ金で生活しているのか。ヒモのような男を甘やかすな——理子は喉元まで這い上がってきた乱暴な言葉を飲み込んだあと、電話を切った。

5

小島はスマホをカウンターに置き、チビチビと生ビールを飲んだ。

待ち合わせに指定されたのは、歌舞伎町の東端にある新宿ゴールデン街の小さなバーだ。細く、勾配が急な階段を三階へ上がり、伊澤の連れだと言うと隅の席を案内された。

カプセルホテルにいるとき、フォトグラムにコメントが付いた。

〈お力添えしましょうか？〉

あのときから、どん底だった生活が少しずつ上向き始めた。手持ちの金を減らさぬよう、カプセルホテルから大久保駅近くのドヤへ移ろうか考えていたが、今は手配してもらった古いアパートに住んでいる。

コメントをつけてくれた伊澤と名乗る男が翌朝、新宿区役所前で待っていた。

小さな会社を経営しているという伊澤は、背の高い五〇代の男性で、一目で高級とわかる身なりをしていた。ロゴこそ表示されていないが、欧州のハイブランドのワイシャツをラフに着こなし、丈の短い細身のパンツを穿いていた。

会社の仕事に空きがあるとき、伊澤は生活困窮者を救うボランティア活動をしていると明かした。

「お待たせしました」

小島が席に着いてから約五分後、伊澤が額に汗を浮かべて階段を駆け上がってきた。今日は白いリネンのシャツとダメージジドのデニムだ。

「すみません、喉が渇いていたのでお先にやっています」

「どうぞ、僕も生ビールを」

小島の左隣に腰掛けると、伊澤が快活に言った。伊澤の手元にビールが来ると、小島はグラスを持ち上げ、乾杯した。

「お仕事には慣れましたか？」

「おかげさまで、なんとか」

「それは良かった。捗るようになれば確実に時給がアップします。頑張ってください」

伊澤と会った朝、ＮＰＯの主宰者が借り上げた東新宿のマンションに出向いた。

抜弁天に近い古い五階建ての物件で、小島は四階のワンルームをあてがわれた。家賃は月に九万五〇〇〇円だが、生活再建の目処がついた段階で支払えばよいと言われた。

部屋には綺麗にクリーニングされた布団一式のほか、冷蔵庫や洗濯機など生活に必要な家電が一通り揃っていた。小島のように身一つで放り出された人間が一息つける場所だ。部屋に荷物を置いたあと、伊澤は小島とともに近隣のスーパーで食品や調味料の類いを買った。

自宅を失い、叔母の家から逃げ出した。あの日を境に、心が休まる時は一瞬もなかった。

東新宿の住まいを得た翌日、伊澤が西新宿の商業ビルに案内してくれた。誰もいない殺風景な会議室に通された。がらんとした部屋には一台のノートパソコンが置かれていた。

伊澤の友人が保有する関連会社の一室だと説明され、データ入力の仕事を得た。中小企業の伝票や人事データを表計算ソフトに落とし込む作業で、時給は一一〇〇円。勤務は午前八時半から午後の四時半まで。処理スピードが上がれば一五〇〇円まで昇給が見込めると伊澤が説明してくれた。

「夕ご飯はどうされました?」

「まだです」

節約のため、米を炊き、握り飯を持参して西新宿の職場まで歩いて通っている。残りの白米で炒飯でも作ろうとした矢先に伊澤から連絡を受けたため、小島は空腹だった。

「気が利かずすみません。マスター、ナポリタンをお願いします」

カウンターの内側でグラスを拭き上げていた中年の男が頷き、奥にある小さな厨房へ消えた。

「小島さんと出会えてよかった」

体を小島に向け、伊澤が真面目な顔で言った。

「支援を通じて社会貢献する、そんな謳い文句で活動していますが、中には脱落する人もいます」

伊澤は過去一年間に五名がアパートを出て、行方不明になったという。

「職が見つかり、ステップアップされたのでは?」

小島が問うと伊澤が首を振った。

「違います。マンションの備品を売り払って夜逃げした輩もいます」

耳を疑った。至れり尽くせりとはいかないが、伊澤らの支援には心底感謝している。住居と食、仕事があれば人間の精神は壊れないと痛感した。職のスキルを上げ、地道に生きていけばなんとかなる。

苦そうにビールを一口飲んだあと、伊澤が切り出した。

「話はガラリと変わりますが……」

伊澤はジャケットからスマホを取り出し、カウンターの上に置いた。手元を見ると、フォトグラムのアプリが起動していた。

「このアカウントはご存じですか？」

小島は肩を強張らせた。伊澤が表示させたのは、京都の理子のアカウントだ。

「この小娘、裏に誰がいるのか知りませんけど、ムカつきますよね」

「我々が苦労して働いているのに、ラウンジだかクラブだか知りませんが、濡れ手で粟です」

唾棄するように伊澤が言った。自分だけではない。何人、いや何百人もの大人がこの女のことを毛嫌いしているはずだと小島が告げると、伊澤が頷く。

「少しだけ、小島さんのスマホを貸してください」

今までの柔らかい口調とは違う。目つきが真剣だ。

「フォトグラムのアカウントを表示してください」

指示通り、小島はロックを解除し、フォトグラムを開いた。

「お借りしますよ」

伊澤はスマホを手に取って画面を一瞥したあと、素早く指を動かした。手元を覗き込むと、伊澤は数人のアカウントをフォローしていた。

「新たに一〇名のアカウントをフォローしました」

なぜという問いかけを許さないほど、伊澤の目つきが真剣だ。

「近いうちに彼らも小島さんをフォローします」

「それで、どうすれば？」

「互いにDMでやりとりを重ねていただければ結構です」

「DMを？」

フォトグラムには、フォロワー同士が個別にやりとりできるメッセージ機能が付いている。なぜ見ず知らずの人間とつながらねばならないのか。

「なぜですか？」

「疑問を持つことは許されません」

伊澤の口調が存外に強い。

「それから、当事者たちと直接会うことも厳禁です」

「どうしてでしょう？」

「お答えできません。それに、スマホの位置情報は常にオンにしておいてください」

伊澤の目つきがさらに鋭くなった。

「ルールを破った場合は厳重なるペナルティーが科されます」

「ルール？」

伊澤が頷いた。

「カプセルホテルの生活に戻りたいですか？」

「絶対にごめんです」

ペナルティーとは、落ち着きかけた生活環境を奪うという意味らしい。

「ならば、ルールを厳守してください」

一方的に告げると、伊澤は一万円札をカウンターに置き、席を立った。

「マスター、あとはよろしく」

厨房に声をかけたあと、伊澤は小島を見ることなく店から出ていった。

「ナポリタン、もう少し待ってね」

厨房からマスターの声が響いたときだ。手元のスマホが振動した。画面を見ると、先ほど伊澤がフォローした一名からDMが届いた。

〈突然、失礼します。あなたもアンチ小娘ですね？〉

メッセージの下には、スクリーンショットが貼り付けてある。小娘こと京都の理子の顔写真だ。

〈さすらいの元銀行マン〉

送り主のアカウントには福沢諭吉の肖像画があり、簡単なプロフィールが添えられている。

〈非人道的な手法で長年尽くした銀行を解雇されました〉

解雇という文字が小島の意識を強く刺激した。小島は画面を凝視し、返信を送る。

〈私も同じ身の上です。大手百貨店に切られました〉

6

「それでは、ソムリエの人選に入りましょう」

店に出てから五〇分ほど経過したころ、越智が言った。他のラウンジと差別化を図るため、ソムリエを一人獲得することに決めた。現在の候補者は東京や大阪在住の三名だ。店の売り上げは順調に伸びており、毎月の給与のほか、京都市内の家賃補助もできそうだと越智が言った。店のスタッフや常連客との相性を考慮して一人に絞り込んでほしいと理子が注文をつけ、打ち合わせが終わる。

「ママ、他に検討事項はありませんか？」

革張りのノートを閉じ、越智が言った。

「店長、アンチのことで……」

フォトグラムの理子のアカウントは、フォロワーが急増している。今日昼過ぎに確認したときは六八万人を超えていた。

越智と黒服に依頼し、アンチをブロックする手伝いをしてもらった。理子のログインIDとパスワードを共有し、管理を始めたのだ。だが、一日に数万人単位で押し寄せる新規フォロワーから、アンチをしらみつぶしにブロックする作業は不可能に近かった。

大半は好意的に理子と芝蘭をチェックしている。昨日も嬉しい出来事があったばかりだ。越智が見つけた、理子のアカウントに付いたコメントが、売り上げにつながった。

〈お店にうかがうにはどうしたらよいですか？〉

綺麗とか羨ましいなどと簡単なコメントが多い中で、この投稿は異質だった。越智が調べたところ、芝蘭の常連客である大阪の薬品メーカーの営業部長の元上司だったことがわかった。

営業部長経由でメッセージを伝えると、コメントの主は三日後に店に顔を出した。かつて副社長まで務めた人物で、店を訪れる際、理子のためにバラの花束まで持参してくれた。

VIP席に案内すると、元副社長は身の上話を始めた。年齢は六七歳で五年前に妻に先立たれ、定年退職後に悠々自適の生活を始めたという。

元部下の営業部長が楽しげに飲んでいる写真をSNSにアップしたことから、芝蘭と理子のことを知ったと教えてくれた。

〈理子ママのような孫がいたらと思った〉

好々爺然《こうこうや》とした話しぶり、礼節をわきまえた立ち振る舞いに頭が下がった。元副社長はウイスキーの水割りを二杯飲んだあと、一本一〇万円のワインを下ろして帰った。

フォトグラムのフォロワー急増とともに、インターネット上の匿名掲示板でいくつも理子や芝蘭についてのスレッドが立ち、根も葉もない悪評やスタッフの個人情報まで掲載され始めた。一時はフォトグラムのアカウント削除も検討したが、先の元副社長のような上客が現れるのも確かで、理子と越智は頭を悩ませていた。

「ママ、アンチの件は、今まで通りやりましょう。それとは別件でお話があります」

越智がノートパソコンをテーブルに置いた。

「なにかありました？」

「防犯カメラの映像ですよ」

芝蘭が入居する佐奈江ママのビルの前には、三台の防犯カメラが設置されている。越智は控室でクラブ佐奈江の黒服に事情を話し、防犯カメラ映像が録画されているシステムへのログインＩＤとパスワードを教えてもらったという。

「ネット上のアンチではなく、リアルな不審者です」

越智が映像ソフトの再生ボタンを押した。画面に広角レンズで捉えた映像が動き始めた。店の前には軽トラックが停まっている。運転席のドアを注視すると、出入りの問屋の屋号が記されている。

「この軽トラがいなくなってからです」

越智が動画を止めて、画面を指した。指の先には太り気味でよれよれのハットを被った男がいて、視線を店のほうに向けている。腰回りにたっぷりと肉を蓄え、ハンカチで顔の汗を拭っていた。

男は大きめのショルダーバッグを襷掛《たすきが》けにしている。バッグも中身が詰まっているのかパンパンに膨らんでいた。

「秋葉原とか池袋辺りにいるオタクっぽい感じですね」

画面を睨みながら越智が言った。

「この人、祇園周辺で見かけたことは？」

越智が理子の顔を見た。

「ありません」

理子は首を振った。

「あとで、地元警察の知り合いに照会します。なにかあってからでは遅いので」

「知り合いがいるんですか？」

「お巡りさんとは常に良好な関係を作っております」

越智が意味深長な笑みを浮かべた。

風営法には、営業時間や接待方式に細かな決まり事がある。地元の暴力団や半グレと同様に、警察を敵に回したら商売ができないことを越智は熟知している。

「この映像、私にも送ってもらえませんか？」

「もちろん。お互い用心しましょう」

越智がキーボードの上に指を走らせた。二分ほどすると、理子のスマホが振動した。着信したメールの添付ファイルには、先ほどの動画ファイルがあった。

「もしかして、アンチってこんな人たちなのでしょうか？」

「そう思っていた方がいいかもしれません」

理子は自分の両肩が強張っていくのがわかった。

7

グレーのバックパックを背負った男は、新宿三丁目の交差点から明治通りを北方向へと歩き続けた。長峰は男から一〇メートルほど距離を保ち、見失わぬよう慎重に歩く。

自宅のクローゼットから黒いポロシャツを引っ張り出し、薄いブラウンのサングラスを買った。

前を歩く男が通り沿いにあるコンビニに入った。長峰はガードレールに腰掛け、スマホを手に取った。これなら店から出てきた男と目を合わすことはない。

一分ほどすると、男がペットボトル入りの袋を携え、出てきた。長峰はゆっくりと腰を上げ、男の後に続いた。男は大きなマンションの前を通過し、職安通りの前で明治通りを渡り、さらに東方向へと歩き続けた。一度も振り返らない。長峰の尾行に気づいていない。

長峰も男に続き横断歩道を渡り、消防署の前で目を凝らした。その直後だ。突然肩を叩かれた。

「なにしてるの？」

振り返ると腰に手を当て、眉根を寄せた森谷がいた。

「見ての通り、尾行だよ」

長峰はスマホを取り出し、〈koji.koji〉のアカウントを表示した。画面を一瞥した森谷が呆れたように言った。

「刑事ドラマの見過ぎ。その格好じゃ、尾行していますって周囲にアピールしているも同然よ」

森谷が突然手を伸ばし、長峰のサングラスを取り上げた。

「対象がど素人だからよかったものの、そんなんじゃすぐに気づかれるわ」

長峰は森谷の全身を見た。普段の地味なスーツ姿で、ショルダーバッグを肩にかけている。区役所の職員にも見えるし、一般企業の総務部勤務と言われても信じるだろう。要するに周囲の風景に溶け込んでいるのだ。

「私の二〇メートル後をついてきて。相手が振り向くようなことがあれば、私は通り過ぎる。そしたら二〇メートルの間隔を空け、彼を追って」

森谷は所轄署時代に刑事課を経験した。盗犯係や強行犯係も担当しており、尾行のスキルもある。実地の経験ではかなわない。長峰は渋々頷き、森谷の後方を歩き出した。

生活安全部の参事官の言葉がずっと胸の奥に刺さっていた。

無差別殺人の兆候をつかんだら、先回りして事件を抑止せよとの指示だ。最新のシステムが揃っていない上に、人員も足りない。だから先回りすることなど絶対無理だと反論したが、どうにも腹の虫がおさまらなかった。

長峰が注目したのが、元近江屋のバイヤーで、〈koji.koji〉のアカウント名でフォトグラムに投稿していた小島という中年男性だ。

長峰は注意深く投稿された写真を分析した。

まずはブラインドの形状に着目し、都内のカプセルホテルの設備をインターネット上で検索した。

一〇〇種類以上の形状がヒットした中で、システムが抽出したのが新宿区役所近くのカプセルホテルだ。

調べの過程で、所轄署の資料から小島の自宅が火事で焼失したことを知った。近江屋という老舗百貨店を馘首され、自宅にいた。どのような家族構成かは知らないが、仕事と住む場所を奪われ、当人は路上生活者寸前まで堕ちた。

カプセルホテルからの投稿は、荒んだ生活を表すものだった。その後小島の投稿からは、西新宿の商業ビルの外観がヒットし、近隣のコンビニや欧州の高級自動車メーカーの販売店の画像も得られた。

小島という男の行動範囲は、次第に広がった。当初は歌舞伎町にある新宿区役所近辺での投稿が多かったが、以降は新宿ゴールデン街や西新宿、東新宿エリアでの投稿も増えた。

写真だけでなく、投稿コメントも分析した。カプセルホテルに滞在していたときは、どこか捨て鉢な発言が多かったが、次第にネガティブなコメントは減り、最近ではきちんと食事をとり、しかも自炊しているとの投稿もある。小島の現在の住居も判明した。

〈人並みの生活に戻れた。支援してくださった方々に感謝〉

殊勝なコメントとともに投稿された写真は、窓辺から近所を写した一枚だ。窓の半分には傾斜のある道路、そしてその背後には寺の屋根が写っていた。新宿エリアに限定した上で、システムに写真を読み込ませた。分析指示を出してから一分後、システムは地図アプリの中の一点に赤いピンを立てた。

新宿と大久保を隔てる抜弁天通りを東方向に行くと、抜弁天という小さな社がある。小島の住んでいる場所は、ここから一〇〇メートルほど離れた古びたマンションだった。

住処《すみか》を割ったあとは、朝方にマンションの前を張った。すると、二日目にグレーのバックパックを背負った小島がエントランスから出てきた。

慎重に間合いを取りながら後方を歩くと、小島は職安通りを西に向かい、最新鋭の商業ビルに吸い込まれていった。新たな職を得たのかもしれない。

ここ数日間の出来事を振り返っていると、前方を行く森谷が、歩みを止めた。森谷の視線の先には古びたマンションがある。森谷の背中ばかりに集中し、肝心の小島の動向を見失っていた。森谷はマンションを指している。

「マンションに入った？」

森谷に追いつき、尋ねる。

「結構規則正しい生活しているみたいね」

森谷が腕時計を見た。時刻は午後五時半すぎで、周囲はまだ明るい。

「コンビニでは水を買っただけ。ビールとか缶チューハイはなし」

「生活が安定しているなら、弾けることはないのかな」

胸の奥に湧いた疑問を口にすると、森谷が首を傾げた。

「彼の心中はわからないわ。でも、ずっと張り番するつもり？」

長峰は首を振り、前髪を捻った。

「投稿に彼の精神状態が反映される。荒れたときに来てみる」

「もう一人目をつけたアカウントはどうするの？」

森谷が言った。長峰はスマホを取り出し、チェックしているアカウントを表示した。

〈名無しのオッサン〉

著名な若手実業家二人がフォローした名も無き人物のアカウントは、依然として一つの投稿もない。もちろん写真がアップロードされた形跡はない。

「せめて写真や自分の周辺のことを呟いてくれたら助かるんだけど」

久々に野外で長時間歩いたため、額に汗が滲んでいる。前髪が湿気を吸い、さらに捻れた気がした。

「もう少し考えてみる」

長峰はそう言うと、もう一度前髪を捻った。

参事官のパワハラ発言を受け、ムキになって現場に出た。だが、森谷の言う通り、小島という男を二四時間マークするのは不可能だ。それにもまして、実業家二人がフォローするもう一人の〈名無しのオッサン〉については、正体すらつかめていない。

民間時代の同僚で、ハッキングのスキルがある友人の顔が浮かんだ。実業家二人のアカウントを覗き見してもらい、なぜ無名の二人をフォローしたのか、手がかりを探すのはどうか……だが、長峰は首を振った。自分は警察官であり、違法な捜査に手を染めるわけにはいかない。仮に有力な情報がハッキング経由で得られたとしても、その中身を捜査の報告書にどうやって記せばよいのだ。万が一、長峰が立件することになり、被疑者を送検しても、その後が続かない。違法な手段を講じて得た証拠など、検事が取り扱ってくれないのだ。

「どうしたの？」

考え込んでいると、森谷が不審がる顔で言った。

「なんでもないよ」

「物は試しに、ぶつかってみる？　有名な若手経営者に会って、直に尋ねてみるのよ」

「そんなことって……」

「そのためにこれがあるの」

ジャケットから警察の身分証を取り出し、森谷が意味深長な笑みを浮かべた。

8

恵比寿駅の西口から徒歩で一〇分ほど、低層マンションが連なる一角にあるコインパーキングで長峰は森谷とともに待ち続けた。

「立ち食いそばで満腹になった？」

「かき揚げの油がきつかったから、胃もたれだよ」

午後八時前に駅前で食事を済ませ、長峰は恵比寿の奥、代官山に近いエリアに足を向けた。

近江屋を解雇された小島の監視を一旦切り上げ、新しい観点から先回りにつながりそうな捜査を始めた。きっかけは森谷のアイディアだった。

東新宿から警視庁本部に引き揚げ、著名な若手実業家の背後を調べた。

森谷が率先して動き、まずは唐木、高畑が経営する企業に真正面からアタックした。

ある事件を追っている旨を告げ、それぞれの会社の関連部署を通じて面会できないかと申し入れた。

当然両社は警戒し、具体的な捜査の中身を知りたがった。捜査に関する守秘義務があるため、直接尋ねたいと森谷は粘るも、多忙を理由に断られ、結果はゼロ回答だった。

予想通りだと森谷は折れることはなく、長峰とともに分析作業に入った。まずは唐木、高畑のフォトグラムへの投稿をシステムに読み込ませ、共通点を検索することから始めた。

フォトグラムの二人のアカウントから得られたのは、共通の立ち寄り先だった。京都祇園にある会員制ラウンジのほか、東京では恵比寿の店がヒットした。祇園を訪れるのは出張申請などでハードルが高いため、恵比寿を調べることにした。

若き実業家二人は、申し合わせたようにヴィラという店で飲んでいることが判明した。システムが最初に抽出したのは、ワインのボトルだった。

〈レア物カナダ産ワイン、美味い！　ワイナリーごと買っちゃうのもアリかも〉

高畑という人材派遣会社の経営者は、大きなグラスに赤ワインを満たす写真を投稿し、威勢の良いコメントを寄せていた。ネットを巧みに利用して若い世代を中心に急速にシェアを拡大させた人材派遣会社だけに、ポケットマネーでワイナリーも買えるだけの収入があるのかもしれない。

〈ナパバレーが温暖化でヤバいらしいから、これからオカナガンのワインは質、値段ともに伸びる〉

白とロゼのワインボトルを二本並べた写真を唐木が投稿していた。銘柄を検索すると、カナダ南西部のオカナガン湖周辺に新興のワイナリーがあることがわかった。

日本ではまだあまり存在が知られておらず、中小の業者が限定的に輸入し、ワイン好きが集まる高級料理店やラウンジに販売していることもわかった。ごく少数の搬入先の一つが、唐木と高畑が頻繁に訪れる恵比寿のヴィラだった。

今度はヴィラとカナダ産ワインについてシステムに抽出を指示すると、興味深いデータが現れた。最近まで同店に勤めていた高梨理子という二〇歳そこそこのキャストが、オカナガンのワインについて投稿していた。

〈初めて飲むカナダのワイン〉〈ワイン好きの間で密かにブームになっているオカナガンのメルロー

をいただきました〉〈熟したフルーツの感じ、とっても好き〉

理子というキャストを調べた。高畑の会社のポスターやウェブ上の動画広告などでイメージキャラクターを務め、その後は祇園でラウンジのママとなっていた。この店でもオカナガンのワインを仕入れていることが判明した。ラウンジの名前は芝蘭といい、唐木と高畑が関西に出張するたびに利用している店だった。

長峰は唐木・高畑の実業家コンビにつながる人脈として、この高梨理子を自身のデータファイルに入れた。

理子というママについてさらに調べてみた。フォトグラムのフォロワー数は七〇万人近くに達し、人気女優やモデル並み。ラウンジは祇園の一等地にあり、紹介がないと入店できない厳正な会員制の店だ。投稿された写真を見ると、著名な歌舞伎俳優やタレントが頻繁に店を訪れ、高額なシャンパンが一日に二、三〇本以上開けられるようだ。

匿名の掲示板を覗いてみると、多数のスレッドが乱立していた。理子という女子大生がスカウトを経て高級ラウンジに勤務し、あっという間に若手実業家に見初められ、京都の祇園に出店したシンデレラストーリー等々だ。

「そろそろ店の入り口に行くわよ」

スマホに入れたデータを読んでいると、森谷が険しい目つきで言った。

「行ってどうするの？」

「セレブたちの入店直前に直当たりする」

そう言うと森谷が早足で歩き始めた。長峰は慌てて後を追う。周囲には家路につくいかにも金持ちそうな婦人たちのほか、隠れ家的なレストランへと吸い込まれていくカップルが行き交う。

駐車場から二分ほど歩くと、細長いビルが二棟連なっていた。

「ここよ。大手芸能事務所系列で都内でも一、二を争う値段の高いラウンジ」

不思議な形をしたビルと道路を挟んで反対側に立ち止まり、森谷が言った。

生活安全部のベテラン刑事たちは、都内の繁華街や歓楽街全般の取り締まりを行ってきた。ガールズバーやキャバクラ、高級クラブにラウンジ。長峰には一切馴染みのない場所だが、目の前のビルには、一晩で数十万から百万円単位で金を使う客が集うのだと森谷が教えてくれた。

「本当に今日来るのかな？」

道路の対面では、タキシードを着た若い男がしきりに周囲を見回している。時折手首を口元に近づけ、どこかと連絡を取っているのがわかる。

「あなたが抽出したデータでしょう。過去一年間で木曜日の来店確率が八五％だから、待つのみよ」

たしかにシステムが弾き出した確率は森谷が言った通りだ。だが、誰かを待ち伏せするようなことは今までにしたことがない。

「あの、失礼ですが」

長峰と森谷が話していると、いつの間にか道路の向こうからタキシード姿の若い男が近づいてきた。

「なに？」

森谷は気丈に対応する。

「先ほどからこちらにいらっしゃいますが、お待ち合わせかなにかで？」

言葉遣いは丁寧だが、若い男の表情は警戒心剝き出しだ。

「ここは公道よ。私たちがどこにいようと、とやかく言われる筋合いはないはずです」

森谷は強い口調で返答する。

「すみません、あちら弊店の入り口になりまして、一応警備上の関係から近隣に立ち止まられる方々にお声がけさせていただいております」

青い外灯が点る店のエントランスを指し、若い男が言った。

「だからさ、ここは公道なの。あなたの店がどうこうしようと、私たちには関係ないよ。それとも強制的に排除する？」

「そんなつもりはありませんが、まもなく大切なゲストがおいでになるので」

一切退く気がない森谷に若い男が本音を漏らした。大切なゲストとは、唐木と高畑のことなのか。

「ゲストが誰か知りませんけど、どこに立っていようが私の勝手」

「そこをなんとかしていただけませんか？」

森谷を排除しようと、若い男は諂《へつら》うように言った。直後、森谷がジャケットから身分証を取り出し、若い男の目の前に提示した。

「公務執行妨害の現行犯で逮捕しようか？」

森谷が思い切り低い声で告げると、若い男が後退《あとずさ》りした。

「大切なゲストって、誰のこと？」

「お客さまの情報を口外することはできません」

若い男は泣きそうな顔で言った。

「私は警視庁本部生活安全部の巡査部長です。渋谷署じゃないわよ」

森谷は本部、生活安全部という部分に力を込めて言った。店の営業許可を左右する生活安全部という名前は、ドア番をする若いスタッフにも絶大な効果を発揮した。森谷はさらに威圧的な口調で続ける。

「はっきりは聞いておりませんので……」

若いスタッフは店の入り口に駆け戻った。

「すごい圧かけるんだね」

「綺麗事やってても結果は出ないからね。どうしても本部に上がりたかったから、所轄では先輩たちの汚い部分ばかり覚えてきたの」

民間のエンジニア出身の長峰にとって、理解の範囲を軽々と超えた森谷の言葉だった。

「これが警察の本当の姿よ。望み通りの結果を導くためなら、多少危ない橋を渡るのは当たり前」

森谷が低い声で言った直後、高級ラウンジの入り口前に大型の欧州製高級セダンが滑り込んだ。

森谷は反射的にセダンに向かう。長峰も後を追った。先ほどの若い男がセダンの後部座席に近づき、恭しく頭を下げたあとドアを開けた。

車から細身のスーツ姿の男がまず降り、やや小太りでデニムのシャツを羽織った男が続いた。

最初に降りたのは健康食品のネット販売で大成功した唐木、その次は人材派遣業でシェアを伸ばし続ける高畑だ。

直後、もう一台が停車した。二人が乗った高級セダンよりさらに全長が長い。長峰が初めて目にするリムジンだった。先ほどの黒服が素早くドアを開けると、白人男性とアジア系の男性が降り立った。高畑がなにか英語で挨拶している。二人の外国人は高畑、唐木よりも先に店へと案内された。

このままでは肝心の二人も店に入ってしまう。長峰がそう思った直後に森谷が口を開いた。

「ちょっとすみません」

森谷が鋭い声を上げ、二人の上客の前に立ち塞がった。

「何事？」

細身の唐木が聞く。隣にいる高畑は露骨に顔をしかめている。

「警視庁生活安全部の森谷と長峰です」

森谷の動作を真似て、長峰も身分証を二人に提示した。普段ほとんど身分証を見せることなどない。

「お巡りさんがどんな御用でしょうか？」

唐木が冷静な声で言った。森谷が肘で長峰の腕を突いた。長峰はスマホを取り出し、唐木のフォトグラムを画面に表示した。

「あなたがたのお友達は世界的なセレブばかり。なぜ、こんな無名の二人をフォローしたのですか？」

森谷が躊躇なく切り込んだ。長峰は画面を高畑のアカウントに切り替え、二人に見せた。高畑が薄ら笑いを浮かべ、口を開いた。

「任意ですよね？　すみませんが、これから大事なお客さまを接待しなきゃいけないんですよ」

唐木がわざとらしく頷く。

「皆さんのような公務員と違って、我々は時間との勝負でしてね。やめてもらえませんか？」

唐木が不貞腐れたように言った。

「お時間は取らせませんので、お答えいただけませんか」

森谷は一切ひるむ気配を見せない。さらに二人との間合いを詰める。

「僕の仕事をご存じですか？」

薄ら笑いのまま、高畑が言った。長峰は森谷と高畑を交互に見た。どちらも気が強いようで、互いに顎を上げ、挑発的な態度だ。

「人材派遣の急成長企業を経営されています」

「その通りです。だから定期的に底辺の人の暮らしぶりをチェックし、アイディアをもらっています」

高畑は底辺という言葉をさらりと使った。たしかに高畑は数十億円規模の財産を持つ富裕層であり、長峰のような地方公務員は比較の対象にならない。それでも生活に困窮する中年男性のアカウントをフォローした上で、底辺と言い切る神経はいかがなものか。長峰は注意深く高畑を見た。その両目は森谷に向けられ、一歩も退く気がないと雄弁に語っている。

「お二人ともなにを企んでいるんですか？」

唐木に向け、長峰は言った。すると、高畑と唐木は互いに顔を見合わせ、肩をすくめた。

「なにが言いたいんですか？」

高畑と比べ声のトーンはずっと穏やかだが、唐木の両目が吊り上がった。

「お二人がフォローを外した底辺の二人は、無差別殺人の被疑者ですよ」

「偶然ですよ。スタッフが選んだ底辺の方々の生活ぶりをチェックし、仕事に活かした。でも途中でその二人があんな惨事を起こしてしまった。それだけのことです」

唐木は平然と言ってのけた。

「企むもなにも。私たちは企業のマーケティングの一環でフォトグラムを使っているにすぎません」

森谷を睨んでいた高畑が長峰に体を向け、強い口調で言った。

「警察にとやかく言われる筋合いはありませんけど」

唐木も高畑に同調し、蔑んだ目で長峰を見ている。

森谷が長峰の袖を引っ張った。

「またお話を聞かせていただく機会があるかもしれません。その際はよろしくお願いします」

森谷が低い声で告げると、唐木と高畑が鼻で笑った。

「ご協力できることは限られていますよ。それでもよろしければ」

高畑が言うと、唐木が森谷の奥にいた若い男性に目配せした。

「そろそろお店に入りたいのですが」

唐木が言い、森谷と長峰の間を強引に通り抜けた。黒服が恭しく頭を下げ、二人を入り口に導いた。

「すげえ感じ悪いな」

「そうね。なにか企んでいそう」

乾いた靴音を聞きながら、長峰は二人の背中を睨んだ。

9

「失礼いたします。本日は当店専属のソムリエをご紹介させてください」

VIPルームの扉を開け、理子は客たちに声をかけた。今晩VIPルームを貸し切りにしてくれたのは、歌舞伎俳優坂東の友人でベテラン俳優の小《こ》関雄也《せきゆうや》だ。時代劇はもちろん、数々の刑事ドラマなどで活躍する。

今宵の連れは小劇団時代の後輩で、目下売り出し中の俳優、境光輝《さかいこうき》だ。

「思い切って雇ったんだね」

「小関さんをはじめ、ワイン好きのお客さまの後押しのおかげです。スタッフが東京でスカウトしました。こちらソムリエの白井です」

「はじめまして、白井みずきでございます」

理子の隣には、白いワイシャツに黒ベスト、葡萄のバッジをつけた小柄な女性が控えている。越智が六本木時代の人脈を駆使し、中目黒のフレンチレストランで働く白井をスカウトした。中目黒の前は大手百貨店でワイン売り場の担当だった。大学時代に世界各地のワイナリーを訪ね歩いた経験もある。

年齢は二七歳で理子より年上だが、レストランの名脇役のソムリエらしく理子を立ててくれる。

「お食事はお済みですか？」

理子が尋ねると、小関が顔をしかめた。

「制作会社のプロデューサーと懐石料理に行ったけど、物足りなかった。小腹空いているんだよね」

小関が花見小路通りにある超有名店の名を口にした。半年先まで予約が埋まっているとの評判で、一人前が五万円ほどだ。

「一通りコースをいただいたけど、どうも口に合わないというか……」

小関が境に顔を向けた。

「僕は食べた気がしませんでした」

「やっぱりそうか」

二人の役者が顔を見合わせ、笑った。

「おつまみ程度でしたら、近所のイタリアンバルから出前が可能です。いかがされますか？」

理子はスマホを取り出した。佐奈江ビルの三軒隣にある小さな店は、同伴がない晩に頻繁に利用する。京野菜を使ったサラダがとりわけ美味なほか、レア物のチーズの品揃えも豊富だ。理子は自家製サルシッチャとシェフのおまかせパスタが特にお気に入りだ。

理子がテイクアウト可能な料理の名を告げる。境が敏感に反応した。

「サルシッチャとラムのソテー、それにチーズと生ハムの盛り合わせをお願いしてもいいですか？」

境が小関に顔を向ける。小関はなんども頷いた。

「それではオーダーします。二、三〇分で届きますので、しばしお待ちください」

理子が頭を下げると、今度は白井が口を開いた。

「もしよろしければ、食前の軽めのワイン、お肉に合うワインをご紹介しましょうか？」

小関が身を乗り出した。理子は白井と顔を見合わせ、頷いた。白井を雇ってから一〇件目のオーダーだった。シャンパンを開けるのが好きな客がいる一方、騒々しくなることを嫌い、ワインをじっくり楽しみたいと望む客も少なくない。

シャンパンのように利幅が大きな商品ではないが、ワインを目当てに頻繁に足を運んでくれる客が増えれば最終的に店の利益につながる。理子は素早くスマホでおつまみをオーダーした。

「それでは準備して参ります。すぐに戻りますので」

白井とともに理子はＶＩＰルームを離れた。

「店長、少し小関さまのお相手をお願いします」

越智は小関がキープしていたウイスキーのボトルとアイスのセット、ワイングラスをトレイに載せて小関の席へと運び込んだ。

「いらっしゃいませ。どうぞごゆっくり」

理子がカウンター席の客たちに挨拶を始めたとき、ＶＩＰルームから越智が出てきた。今、小関と境の席にはスタッフやキャストが誰もついていない。

「店長……」

理子が声をかけても、越智はスマホを耳に当てたまま店の扉を開け、外に出てしまった。理子はカウンターに目をやった。黒服も少し驚いた様子だ。

「ちょっと……」

黒服を店の玄関近くまで呼び出した。

「店長になにかあったの？」

「なにも聞いていません」

「お店の予約は固定電話に入るわよね？」

「その通りです」

黒服はドアの向こう側に目をやり、困惑している。

店に客が入った瞬間から、越智は徹頭徹尾サービスに集中する。床に塵が落ちていないか、おしぼりの温度は適切か、グラスに曇りがないか。

理子が気づかない細かな点を越智は完璧にチェックする。当然、客との会話や、キャストの誘導にも隙がない。その彼が接客を放り出して電話を優先した。今までに一度もなかったことだ。

「とりあえず、VIPに戻るわね」

「了解です。白井さんにもすぐ入るよう伝えます」

理子は小関と境がいるVIPルームのドアをノックした。扉を開ける。境がタンブラーに氷を入れ、ウイスキーを注いでいた。

「店長に急な連絡が入ったようで、まことに申し訳ありません」

理子は境の手からボトルを取り上げ、小関に頭を下げた。

「気にしてないよ、大丈夫」

小関が鷹揚な笑みを浮かべたとき、白井と黒服がシャンパングラスとボトルを部屋に持ち込んだ。

「こちらお詫びのしるしに、お店から一本プレゼントさせていただきます」

理子が目配せする。白井がボトルを手に小関の傍らに立った。

「イタリアの希少なスパークリング、フランチャコルタでございます」

白井がラベルを小関、境に向けた。

「これって、シャンパーニュより醸造のルールが厳格な産地ですよね」

境の表情が一変した。

「その通りです。その中でもさらに希少なロゼの発泡をお持ちしました。糖度が高く、さっぱりしているので、これから届くおつまみにぴったりかと存じます」

白井は慣れた手つきでコルクを開け、細長いグラスに発泡ロゼを注いだ。理子は白井とともにイタリアンバルを三度訪れた。生ハムの産地やチーズの特徴をいち早くつかんだ白井の頭の中では、ワインと食材の完璧なマリアージュのリストが出来上がっている。

境が興味津々な眼差しでボトルを手に取った。

「白井さん、あと少しお二人のお相手をお願いします」

客に深く頭を下げたのち、理子はＶＩＰルームを後にした。カウンターやボックス席はほぼ満員で、キャストたちが明るい笑い声をあげ、接客中だ。どこにも越智の姿が見えない。先ほどの黒服に目をやると、まだ外にいると視線で答えた。

理子は早足で店の扉を開けた。

口を掌で覆いながら、越智が誰かと通話していた。越智が電話を切り、視線を上げたとき、理子と目が合った。

「ママ、接客途中に失礼しました」

「いきなりだったので、驚きました」

理子が言うと、越智がなんども頭を下げた。

「地元の警察署から防犯見回りの情報が入りまして」

「違法営業や営業時間のチェックということですか？」

「ええ……そうです」

少しだけ、越智の視線が理子から外れた。

「芝蘭にやましいところはありません」

「その通りです。抜き打ちの調査があっても淡々と対応します」

越智がいつもの口調で答えた。

「小関さんのお席は？」

「今、白井さんが対応されています。すぐに行っていただけますか？」

「了解いたしました」

越智が店に戻った。理子も後に続く。白井はソムリエであり、他のキャストのように接客させるわけにはいかない。

「わざわざ東京からありがとうございます」

カウンター席にいる精密機械メーカーの営業部長に頭を下げ、理子は笑みを振りまいた。いつもの光景であり、警察が踏み込んできても、なに一つ問題はない。店は着実に集客と売り上げを伸ばし、店舗拡張や二号店開設へのステップアップが見え始めた。

「失礼しました！」

突然、ＶＩＰルームからガラスが砕ける音が響き、越智の詫びる声が聞こえた。

「すみません、ダスターを何枚かお願いします」

顔色を変えた越智が飛び出してきた。

「手を滑らせてしまって」

越智の手にはシャンパングラスの破片があった。

「大変失礼いたしました」

理子は小関の前に進み出て、深く頭を下げた。冷静沈着な越智の様子がおかしい。原因を突き止めねばならない。理子はテーブルの上を拭きながら、越智の後ろ姿を追った。

「ごちそうさまでした」

小さな卓袱台《ちゃぶだい》の前で小島は両手を合わせた。

西新宿でのデータ入力作業を終え、帰宅途中のスーパーで野菜や豚肉の見切り品を買った。料理動画サイトを参考に中華風の肉野菜あんかけを作った。朝方炊いてラップしておいた白米と合わせ、この日の夕食代は三〇〇円程度に収まった。

食器を流しに運び、ゆっくりと洗う。母の入院後、実家では絵に描いたような自堕落な生活を送っていた。コンビニの弁当やインスタントラーメン、テイクアウトの食事に飲酒過多だった。喫煙を再開した挙句、その不始末で実家を焼失させてしまった。

現在は禁煙し、飲酒も三日にビール一本程度だ。見よう見まねで始めた自炊は存外に楽しく、突き出していた下腹も凹んだ。

何より嬉しかったのは、時給が二〇〇円上がり、一三〇〇円になったことだ。データ入力の仕事を始めた当初は、こんな単純な仕事で日銭を稼がねばならないのかと不満がなかったわけではない。元々自分は近江屋のトップバイヤーで、老舗百貨店の最前線にいて、会社を支えてきた自負があった。現在の仕事の一日目を終えたとき、ようやく悟った。結局は会社の看板で仕事を続け、近江屋の金で飲み食いをしてきたツケが回ったのだ。

自宅を失い、叔母の家から逃げ出して以降、いかに自分に競争力がないのか痛感したことが大きい。母親に依存し、実生活ではなに一つ成し遂げたことがなかった。今、こうして支援を受けて生活するうちに、会社や親、自宅という資産に依存し切っていたことを思い知った。

生活再建の道のりはまだ遠い。当然、金は足りない。しかし、なんとか叔母に現在の生活を納得してもらい、当座の母の介護費用を立て替えてもらうように算段をつけた。

昨日の仕事終わりに会った際、叔母の自分を見る目が明らかに変わった気がした。

〈ようやく気づいたのね〉

棘のあった言葉が消えていた。小島は叔母の家の玄関先で何度も頭を下げ、必ず生まれ変わってみせると約束した。

生活が落ち着いてくると、不思議と以前のような苛立ちが襲ってこないことに気づいた。食器を洗い終え、小島は卓袱台の上にスマホを置いた。

生活再建のために、収支表を組む。一日いくら稼ぐことができ、どの程度蓄えに回せるか。バイヤー時代に使い慣れた表計算のアプリに、収入と支出の項目を立て、現在の収支を入力していく。

昼の仕事に加え、今後夜間のアルバイトを組み込めば、収支はさらに改善していくはずだ。伊澤という支援者は、家賃の払いは当面免除してくれると言っていたが、いつまでも甘えているわけにはいかない。

家賃の支払いと介護費用の合算はいくらになるか、他の小さな物件に引っ越すとしたら。細かいマス目の中に、想定される支出を加え始めたときだった。

軽やかなベルの音がスマホから響いた。

〈さすらいの元銀行マン〉からＤＭが着信した。フォトグラムのアカウントを開く。

〈京都のラウンジの最近の様子、見ました？〉

文末に怒りを示す絵文字が添付されている。

〈汚い手段を使って、随分繁盛しているようです〉

小島はため息を吐いた。たしかに実家で鬱屈していた頃は、理子という女性のアカウントを一日に何度も覗き、苛立っていた。今は違う。心と生活が安定してきたことで興味が薄れ始めていた。

〈私はあまり興味を抱かなくなりました〉

小島は自分の正直な心情を綴り、返信した。

〈どうしてですか？〉

元エリート銀行マンは不満らしい。自分と同じく墜ちた中年男の心中はまだざわついているのか。

〈今は人様を羨むより、自分の生活を安定させることが最優先ですから〉

〈へえ、聖人君子みたいなことを言われますね〉

元銀行マンは引き下がらない。自分と同じ境遇の中年男と歩調を合わせ、ストレス発散したいのか。

〈京都まで行く気はありませんし、金銭的な余裕もありません〉

これで諦めてくれるだろう。小島はそう念じてメッセージを返信した。メッセージは開封され、既読マークが付いた。

〈京都のラウンジにソムリエが入ったのをご存じですか？〉

元銀行マンはさらにメッセージを送ってきた。それに添付された写真を見た瞬間、危うく声が出そうになる。

五年前、小島がバイヤーとして国内外を飛び回っていたとき、近江屋本店の食料品売り場に配属された後輩の写真だ。

白井みずきは同じ私大出身で、ワイン好きが高じて食品売り場と仕入れ担当を強く希望した。新人研修では接客や仕入れの基本を小島が手取り足取り教えた。希望がかない、白井は本店一階のワイン売り場に配属され、先輩社員に倣ってソムリエの資格も取得した頑張り屋だった。

〈少し待ってください〉

短いメッセージを発したあと、小島は自分のスマホで理子のアカウントを見た。

〈新たにソムリエが芝蘭の仲間に加わりました〉

満面の笑みでポーズを決める理子、隣には近江屋時代に可愛がった白井が笑顔で立っている。

〈近江屋でワインの基礎を学び、フレンチレストランで実際にお客さまとワインを吟味した経験を活かし、今度は芝蘭の責任者になりました〉

〈京都のお客さまに喜んでいただくため、精一杯働きます〉

白井は年下の女性だ。以前はバイヤーとして目をかけてやったが、今は完全に立場が逆転してしまった。本来なら、欧州の買い付け出張に白井を同行させ、ワイナリーを訪ねていたかもしれない。実際は、いま自分は下手な手料理で腹を満たし、好きなアルコールも無理して止めている。

〈先日も大好きなお客さまたちがご来店くださり、白井のワインのチョイスを褒めてくださいました!〉

次の投稿には、歌舞伎俳優やベテラン俳優たちと理子、そしてワインボトルを持った白井が、笑顔で写っていた。

〈ソムリエで客を集めるなんて、随分とズルい手を考えましたね〉

元銀行マンが悪意に満ちたメッセージを投げてきた。

〈このソムリエは百貨店時代の後輩です〉

小島はなんとかメッセージを打ち込んだ。

〈気分はいかがですか？〉

〈複雑です。偉そうに先輩面した私が底辺で生活しているのに……〉

小島が返信すると、元銀行マンからのメッセージが途絶えた。返信には既読マークが付いている。互いに傷を晒してどうなるものでもない。アプリを閉じようとしたとき、着信のベルが鳴った。

〈私も同じようなものです〉

〈かつて帳簿の読み方を教えた後輩が外資系のコンサル会社に転職して……〉

元銀行マンが心情を明かし始めた。

〈自分もkoji.kojiさんと同じように支援を受けてなんとか生きていますが、どうにもやりきれない思いに襲われています〉

〈そうでしたか。共感できます〉

次第にメッセージに吸い込まれていくような感覚になり、無意識のうちに返信した。元銀行マンはさらにメッセージを送ってきた。

二年前に大銀行を馘首され、かつての取引先へ転職。給与は半分以下となり、家庭は崩壊した。憂さ晴らしで始めたギャンブルと酒で身を持ち崩した……。

〈今は四八歳で、正社員としての再就職は絶望的です。なんとか支援を受けて助かりました〉

新宿駅から近江屋に出勤する途中、着慣れないガードマンの制服を着た中年男性や老人を何人も目にしてきた。欧州製のスーツに身を包んでいた当時の自分は、彼らを蔑みの対象としてきた。だが、今は彼らよりも下層にいるのだ。

再度元銀行マンからメッセージが着信した。

〈こうやってメッセージをやりとりしていてもあれですから、近いうちに居酒屋でもいかがですか〉

元銀行マンの言葉を読んだ瞬間、どこか冷たい目をした伊澤の顔が浮かんだ。

〈いや、それは厳禁されていますから〉

〈わかりゃしませんよ。行きませんか?〉

元銀行マンの誘いに小島は逡巡した。

理子の京都での活躍については忘れかけていた。後輩の白井の顔を見た瞬間、気持ちが変わった。このまま後輩の活躍を見続けていたら、また心が壊れそうになるかもしれない。しかも、忘れかけていた理子の存在を再確認したことで、苛立ちが湧いてきたのは紛れもない事実だ。

〈どちらにお住まいですか?〉

小島が問いかける。すぐに答えが返ってきた。

〈私は市ヶ谷です〉

東新宿と市ヶ谷ならば、徒歩三〇分で行き来できる距離だ。

〈近いですね。では四ツ谷あたりでどうですか?〉

〈四ツ谷駅近くのチェーンの居酒屋の割引券があります。これからいかがですか?〉

夕食を食べたばかりだ。でも久々に酒を飲んで気晴らしするのも一興かもしれない。伊澤は常にスマホの位置情報をオンにしておけと告げた。ならばスマホを部屋に置いていけばいい。

〈場所を教えてください。三〇分後の待ち合わせでも?〉

〈時間了解しました。場所はすぐに送ります〉

ほんの数秒で居酒屋の地図が添付されたメッセージが届いた。四ツ谷駅近くにある古い飲み屋街で、以前なんどか行ったことのあるエリアだった。

〈スマホを置いていきます。私はブルーのTシャツを着て行きますので、声をかけてください〉

〈了解。私はグレーのポロシャツに短パンのおじさんです〉

互いにメッセージを送り終えたあと、小島はスマホをテーブルに置いた。電源を切っていけばいいが、怪しまれる。電源と位置情報をオンにして、部屋に置いていけばバレる心配はない。そもそも自分に連絡を入れてくる人間などいないのだ。

小島はお気に入りのブルーのTシャツ、細身のデニムに着替え、部屋の灯りを消した。履き慣れないシリコン製のサンダルを履き、ドアを開ける。

ようやく陽が落ち、周囲が暗くなり始めていた。デニムのポケットから鍵を取り出し、扉をロックした。

エレベーターに乗り、一階の玄関に着いた。タクシーに乗る金などない。少し早足で行けば、三〇分で目的地に着ける。デニムのポケットに一万円札が一枚あることを確認し、エントランスを出た。

「アウトだね」

突然、背後の暗がりから声が響いた。振り返ると、ゆっくりと人影が近づいてくる。目を凝らす。街灯の下に背の高い男の姿が見えた。

「スマホを置いて出ていくんだね？」

「あ、いえ……」

慌てて尻のポケットを探るふりをした。だが、背の高い男は首を振った。

「伊澤さん……」

「あなたはずっと監視されていたんですよ。もちろん、メッセージのやりとりについても」

伊澤は眉根を寄せ、手にしていたスマホをかざした。

「一発アウトですね。ルールは守らなきゃ」

伊澤が小島との距離を詰めた。小島の眼前に、先ほどまでの元銀行マンとのやりとりが表示された。

第五章　鬱積

1

「大丈夫、まだお弁当はありますから押さないでください」

新宿中央公園の通路で、ボランティアスタッフが拡声器を使って告げた。俯いていた小島はゆっくりと顔を上げ、列の先を見た。

週に二、三度、貧困対策支援のNPOが弁当を無償配布しているとネットニュースで知り、歌舞伎町の北側の大久保公園から歩いてきた。配布は午後六時から。余裕を持って三〇分前に到着したが、既に一〇〇人以上が列を作っていた。

小島のような中年のほか、ホームレスらしき男性や幼い子供を連れた母親の姿もあった。一〇年以上前、アメリカの金融機関の経営破綻を契機に世界的な大不況が起こった。日本では多くの派遣労働者が馘首され、炊き出しに並んだ。今、自分が感じたのは、大学生らしき若者や女性の数も案外多く、幅広い層の人間が困窮していることだった。

一昔前の大不況を経て、欧米やアジアの新興国は逞しく立ち直った。バイヤーとして頻繁に海外に出かけ、好況を肌で感じた。目の前の長い列は、この国だけ不況から抜け出せないでいる惨めな姿の象徴だ。列に並ぶ間、ひっきりなしに首筋や腕に蚊が集まってくる。小島のほかにも、あちこちで蚊を追い払おうと手を振る人がいる。

自分を含む多数の貧乏人が足を棒のようにして中央公園に辿り着き、蚊に血を吸われるのを我慢しながら並ぶ。

近江屋を辞めさせられ、自宅も失った。生活再建の術も一瞬で奪われた自分は、この列にふさわしい人間なのかもしれない。

「残り五〇食だね。最後尾の係員に教えてあげて」

耳にイヤホンを挿したスタッフが言った。あと一〇分程度遅かったら、この日最初の食事にありつくことはできなかった。

「ゆっくり進んでください。押さないでね」

先ほどのスタッフが作り笑顔で言った。軽く会釈しながら、小島は下唇を嚙む。

背中にはいつものバックパックがある。叔母の家を出たときと同様、最低限の着替えのほか、スマホとわずかな現金が入っているだけだ。あとはモバイルバッテリーが二台ある。

「はい、どうぞ」

ようやく自分の番が回ってきた。ポリ袋には小さな弁当が入っている。目の前には、髪をポニーテールに結った若い女性がいて、淡々と作業をこなす。左腕を見ると、小島が卒業した大学の社会学部の腕章があった。

「ありがとうございます」

俯いて袋を受け取り、小島は早足で公園の出口近くのベンチを目指した。空腹が限界に達していた。

「お茶はいかがですか?」

弁当の包みを開けた直後、突然声をかけられた。顔を上げると、先ほどの大学生と同じ蛍光色のベストを着たボランティアの青年だった。

「あっ、もしかして小島さん？」

ペットボトルを差し出した青年が名を呼んだ。近江屋本店で子供服売り場を統括する五期下の後輩だ。

慌てて弁当とお茶をポリ袋に入れ、小島は後輩の顔を見ずに立ち上がる。西新宿の高層ビル街を目指す。

就職活動を勝ち抜き、老舗百貨店の花形バイヤーになった。今は年下のボランティアから生きるための食べ物を与えられ、新人研修で百貨店のポリシーを伝授した後輩から飲料を恵んでもらっている。危うく涙がこぼれ落ちそうになった。長い列に並んでいる人々はどんな人生を辿ったのか、詳しい事情はわからない。小島は数カ月前まで肩で風を切るように新宿の中心を歩いてきたのだ。ここまで墜ちるとは想像すらしなかった。

都庁や近隣の商業ビルから勤め人が流れ出てくる。彼らは帰る家がある。通りを離れ、高層ビルの真下の小さな公園に足を向けた。

公園のベンチの空きを見つけ、周囲を見回した。こちらに注意を払っている者はいない。

中央公園から一〇〇メートル以上離れている。誰も恵んでもらった弁当だとは気づかないはずだ。

発泡スチロールの蓋を開ける。左半分に梅干しを載せた白米、右半分には小分けされた煮物と鮭の焼き物、小さな唐揚げが詰められている。

箸を割り、白米を口に運んだ瞬間、涙が頬を伝い落ちた。惨め、無念……涙が溢れ続ける。右手の甲で涙を拭うが、止まらない。

次第に新宿駅に向かう人々が自分を嘲っているように感じ始めた。恵んでもらった弁当食って悪いかよ。惨めな気持ちが次第に怒りへと転化し出した。

ボランティアの優しい眼差しは、実は蔑みだった。己の優位さを知るために、自分より低い層に落ちた人間を眺め、優越感に浸っているのがボランティアという皮を被ったエセ人道主義者たちだ。

誰かが指差して笑っているような気がした。

一口、唐揚げを食べた。濃い塩の味が舌の上に広がった。弁当にまでバカにされているような気分になる。本来ならば、高層ビルの上階でイタリアンを食べているべき人間なのだ。

「こちらの席、空いていますか？」

小島が隣のベンチに置いたバックパックを指し、若い女性が言った。近くの高層ビルで働いているのか。スーツ姿の女性は残業用の夕食でも買ってきたのだろう。高級と評判のフライドチキンのテイクアウトボックスを持っている。

「空いてねえよ！」

小島は思わず怒鳴っていた。自分はタダでもらった味の濃い唐揚げで、ずっと年下の女はワンピース七、八〇〇円するチキンだ。この差はなんだ。腹の底から怒りが湧き上がってくる。

「職場で食えばいいだろうが！」

自分でも驚くほど大きな声が出た。

「外で食べたかったので……」

若い女性へ声を張り上げた。

「ダメだよ、おまえには居場所があるだろう！」

「どうしました？」

女性の背後にグレーの制服を着た警備員が駆け寄ってきた。

「この人、いきなり怒りだしちゃって」

女性は怯えた様子だ。警備員が小島の前に進み出てくる。

「ビルの敷地内でトラブルは困ります。出ていってもらえませんか？」

腰のベルトにある特殊警棒に手をかけ、警備員が間合いを詰めてくる。

「わかったよ。出るよ、出ればいいんだろ」

小島は弁当を警備員の足元に投げつけ、バックパックを背負った。

「おい、散らかすな、拾えよ！」

警備員が強い口調で注意してきた。新宿駅方向に流れていた人々が足を止め、小島を見ている。

「見るんじゃねえよ！」

もう一度大声を上げて、小島は小走りで公園を後にした。

2

VIPルームの扉を閉めたあと、理子は越智の向かいに座った。

「ママ、先日は本当に申し訳ありませんでした」

越智が両手を膝に置き、深く頭を下げた。少し間を置き、理子は口を開く。

「なにかあったのですか？」

水商売の大ベテランがあり得ない粗相をした。客たちを放り出して電話を優先したばかりか、お詫びに入れたシャンパンを注ぐ際、グラスを二脚も割ったのだ。

「フォトグラムや匿名掲示板でママのアンチが急増していたので、万が一の事態が起きた際のことばかり頭にありました」

「ありがとうございます。でも、お仕事中は……」

そう言いかけたとき、越智が強く首を振って言葉を遮った。

「あのとき、実は警察の協力者から緊急連絡が入ったのです」

あの日、越智は客の目の前でスマホの通話ボタンを押した。

「府警本部生活安全部の巡回監視の連絡のほかに、不審者情報も」

「事情はわかりました。では他のスタッフも入れて、今日の打ち合わせを始めましょう」

理子は立ち上がり、扉を開けて待機していた黒服や他のキャストをＶＩＰルームに招き入れた。

「売り上げは安定推移しています。昨日までの一週間では、一日当たり四〇〇万円程度の売り上げが立っています」

経理担当の黒服がタブレット端末で説明を始めた。残り二人の若い黒服、出勤したばかりのキャスト四名も真剣な面持ちだ。

「今日の同伴はどんな感じかな？」

越智が胸を張ってキャストに尋ねた。

「私は精密機械メーカーの専務さんと祇園のお寿司屋さんです」

「私は大阪の広告マンと東山三条でフレンチをいただく予定です」

次々にキャストたちが報告する。にこやかに頷き、越智が言葉を継いだ。同伴すれば特別料金がかかり、店の売り上げにつながる。

「くれぐれも失礼のないようにしてくださいね。入店は午後九時をめどにお願いします。万が一遅れそうな際は連絡を忘れずに」

キャストたちが揃って返事をしたあと、一番若い黒服が手を挙げた。

「ママのフォトグラムのアカウントについて、よろしいですか？」

アンチ対策として、この黒服ともう一人のスタッフにアカウントの管理を助けてもらっている。

一日当たり五〇〇〇人から一万人近くフォロワーが増える。京都という土地柄に憧れを抱く若い女性だけでなく、高畑の会社のモデルを務めたことを契機に、理子本人に興味を持つ層がひきもきらない。半面、卑猥な言葉を投げつける者、罵詈雑言、誹謗中傷を繰り返す輩も少なくない。理子本人がコメントをチェックするのは時間的にも限界がある。若い二人のスタッフにＩＤとパスワードを共有してもらい、時間のあるときにアンチをブロックし、心無いコメントを削除するよう指示している。

「新規のフォロワーで〈名無しのオッサン〉というアカウントがありまして」

「ネガティブなコメント？　明確なアンチだったら即座にブロックしてください」

強い口調で言うと黒服が首を振った。

「一つも投稿がないんです。フォローしているのはママのアカウントだけです」

「それなら放っておけばいいわ。一々きりがないもの」

「少し気になる点がありまして。〈名無しのオッサン〉がフォローしているのはママだけ。ですが、唐木さんと高畑さんがフォローしています」

本当なのか、理子が問うと、黒服がスマホを差し出した。たしかに唐木・高畑という芝蘭のオーナーコンビがこの男性をフォローしていた。

「お二人に理由を尋ねられたらいかがでしょうか？」

理子は首を振った。

「お二人ともとても多忙な方です。こんな些細なことで手間をとらせるわけにはいかない」

「なにか不審なことがあれば、即座にブロックしますので」

「お願いします。ほかにはなにかありますか？」

「あとフォトグラムではなく、匿名掲示板がかなり荒れています」

黒服が画面をなんどかタップし、理子に向けた。

「店に石を投げるとかというのは序の口で、放火するだの、キャスト全員にガソリンを撒くだの……」

理子は越智に視線を送ってから、口を開いた。

「その手の投稿があった際は、すぐに店長に知らせてください。明らかな脅迫行為ですから、警察に連絡するよう徹底してください。店長の尽力で担当の刑事さんとは話がついていますから」

スタッフ全員が頷いた。

「それでは、今日も頑張って営業しましょう」

理子の一声で、越智以下の芝蘭メンバーが立ち上がり、それぞれの持ち場に散った。

3

〈クラウド上データの取り扱いについての留意点〉

長峰は本部の自席で捜査ファイルを開いた。

〈押収物であるスマホについては『必要な処分』……刑事訴訟法２２２条１項、１１１条……として許される捜査は、あくまでもスマホ本体内のデータに対してのものに限定される。押収したスマホからインターネット上のサーバに接続し、サーバ内のデータをダウンロードして証拠化することは許容されない〉

　長峰は長いため息を吐いた。

「どうした？　またご機嫌斜めかしら」

　森谷が隣に立ち、画面を覗き込んだ。

「斜めも斜めだね」

　長峰は画面の一点を指した。

〈サーバ内のデータをダウンロードして証拠化することは許容されない〉

「このご時世、スマホのメモリ残量を気にしないで使えるのは、クラウドがあるからだよ」

　長峰が言うと、森谷が自分のスマホを取り出し、頷いた。

「たしかに。ご飯の写真とかためていくと、あっという間に１２８ＧＢなんて埋まっちゃうもの。私もクラウドにデータを移管して保存しているわ」

「でも、この条文があるから、実際に犯人《ホシ》をパクったところで手も足もでない可能性が高い」

「具体的に誰を狙っているわけ？」

　森谷が首を傾げた。

　長峰はキーボードに指を走らせる。大型モニターに唐木と高畑の写真が大写しになった。

「奴ら、無差別殺人事件になんらかの形で関わっている公算が大だよ」

「たしかに、被疑者たちをフォローしていたのは事実だけど、それだけで引っ張れる？」

「だから、今のままだったら無理だって」

長峰はもう一度ため息を吐いた。

「彼らはインターネットを通じたサービスで会社を急成長させた。当然、社内には優秀なエンジニアがたくさんいるし、自分用のスマホに犯行の証拠を残すようなヘマはしない」

長峰は腕を組む。

東京駅、渋谷駅前で惨劇を起こした中年男たちはそれぞれにつながりがない。むしゃくしゃしてやった、誰でもよかった、死刑になりたかった──取り調べ時の供述では、この種の犯罪者特有の言葉が並んでいた。だが、一つだけ過去の例と違うのは、無名かつ生活に困窮した被疑者たちのＳＮＳのアカウントを、日本でも有数の金持ちである起業家がフォローしていた点だ。唐木と高畑に直当たりした際は、会社のマーケティング活動の一環と一蹴されたが、不自然なものは不自然なのだ。

「なにを考えているの？」

「殺人教唆《きょうさ》だけど」

森谷が周囲を見回し、隣の席に腰を下ろした。

「滅多なことを言うもんじゃないわ」

長峰は再びキーボードに指を走らせた。

〈刑法第61条1項、人を教唆して犯罪を実行させた者には、正犯の刑を科する。同2項、教唆者を教唆した者についても、前項と同様とする〉

殺人を促し、あるいは唆《そそのか》した者は、人を殺した実行犯と同様に厳しく罰せられるという意味だ。

「二人の若き実業家が冴えないおっさんたちを煽って一連の事件を起こさせたというの？」

「そう考えると、腑に落ちるんだ」

画面の条文を睨み、長峰は言った。

「二人の目的が何かはわからない。ただ、冴えないおじさんたちをフォトグラムでフォローする意味合いを考えると、自然と行き着く」

刑法の画面横に、二人の顔写真を表示する。

「大金持ちの二人は、始終遊びでつるんでいる」

キーボードに触れ、二人が恵比寿の高級ラウンジで飲んでいるフォトグラムの投稿を拡大表示した。

〈検索結果が出ました〉

突然、画面の中央にシステムからの連絡が届いた。

エンターキーを押したあと、長峰は画面を食い入るように見つめた。

「何をしたの？」

「二人の裏アカを探していたんだ」

システムにいくつかの指示を与えた。フォトグラムのハッシュタグ、出かけた先の土地や店、その他思いつくままに裏アカを特定するためのデータを抽出するよう一〇分前にセットしていた。

〈ひっでえなあ、貧乏人どもはこんな得体の知れないもの食ってんのかよ〉

セダンの後部座席の窓を開け、スマホで写したと思われる一枚の写真が表示された。

〈Higher Field〉

アカウント名は横文字だ。長峰は森谷と顔を見合わせた。

「高畑って意味じゃない？」

眉根を寄せた森谷が指摘する。

「裏アカの名前にしては捻りがないけどね、たしかにそう読める」

〈添加物まみれの練り物とアルコール度数ばかり高い酒。これじゃ命縮めるよね。どっちみち、こいつら飢え死にするからいいか　#ごみ食　#ごみ飲み　#貧乏人はいやだね〉

唾棄すべきハッシュタグとともに低価格居酒屋で行列を作るスーツ姿の男たちが写し出された。

〈Ebony Wood〉

今度は別のアカウントが表示された。

「エボニーは黒檀——唐木のことだね」

今度は相棒の裏アカだ。

〈今日は調子いいよ　あ、コインはギミックだからね〉

緑色のテーブル、プラスチック製のコインがあちこちに写っている一枚だ。

〈#ポーカー　#ブラックジャック　#ルーレット　#ギミック　#賭けていません〉

「ふざけた連中だ」

長峰が呟くと、森谷が画面に顔を寄せた。

「違法ギャンブル、どこかで裏カジノに行っているんだわ。別件で引っ張る？」

長峰は首を振る。

「写っているのはあくまで状況証拠だし、本人だという確実な証拠ではない。無理だね」

「闇カジノに詳しい人がいっぱいいるわ」

森谷は生活安全部のフロアを見回す。

「そりゃそうだけど、いくら裏アカだとしても、これだけで当人たちと断定するのは無理だ。パクったとしても公判維持できるかは未知数だね。検事にしたって、現行犯逮捕しろって言うだろうし」

長峰は二人の裏アカをチェックし続けた。京都のお茶屋らしき場所で若い白塗りの舞妓が踊る写真、その次はバーで舞妓に酒を飲ませているショットもある。

「湯水のように金を使って遊び惚けてやがる」

「あまり品の良い遊び方じゃないね」

次は大阪の北新地で、水商売の女性のドレスに札束を入れる男の手が写った。

「こいつらもお仲間か、協力者かもね」

男の後頭部とセミロングの女性の後ろ姿が写った一枚があった。京都の祇園らしき街角で何気なく写したショットらしい。

「後ろ姿だけど、似たような特徴を画像検索してみる」

長峰は二人の男女のシルエットをキャプチャーしたあと、システムにデータ抽出の処理を行うようコマンドを送った。

三〇秒後、システムが二人のフォトグラムのアカウントを抽出した。

〈Izawa〉

〈Mi-ka-ko〉

投稿の数は多くない。さらに二人の共通点を探るようシステムに指示する。

二人は二年前にアカウントを開設し、以降はリゾート地のホテルや高級レストラン、そして恵比寿周辺で飲み食いしている。唐木、高畑らとワインバーではしゃいでいる写真も見つかった。

「こいつら、協力者かも」

「おしゃれな人たちね。警察には絶対いない人種」

「唐木や高畑ら裕福な連中が新しい遊びとしてネットを使ったゲームを始めたとしたら？」

「ゲーム？」

「世の中にたくさんいる生活困窮者をフォトグラムとかのＳＮＳで煽ってさ、人殺しをさせるとか」

「まさか……」

「海外の大金持ちたちのアカウントを見ると、あながち大袈裟でもない」

成長が止まり、経済のパイが縮み続ける日本とは比べ物にならないほど、海外には金持ちがたくさん存在することをデータ分析の過程で知った。

プライベートジェットはもちろん、世界中のリゾート地に別荘を保有し、アミューズメントパークを貸し切りにする、スキー場を丸ごと買収してプライベート用にする富裕層は少なくない。

彼らの総資産は百億円単位から何兆円というレベルまで。世界の富の九割近くをこうした一握りの金持ちが独占し、残り一割のわずかな金を数十億人の貧乏人が奪い合うというリポートも読んだ。

「ある程度物欲を満たした金持ちは、より刺激の強い遊びにのめり込んでいく」

長峰はエンターキーを力一杯叩いた。アフリカの大平原で、巨大な象の背中に乗り、得意げにライフルを構える青年がモニターに映し出される。

「中国の不動産王のバカ倅が、アフリカで密猟の限りを尽くした写真だってさ。金持ちはタチが悪い。

これはすぐに削除された一枚らしいけど、しっかりスクショされて全世界で炎上した」

「気持ち悪い」

「写真こそ上がっていないけど、南米のスラム街でギャングたちを使って殺し合いのゲームに懸賞金をかけた中東の石油王もいたらしい」

「殺し合い？」

「武器を供与し、敵対するギャング同士で競わせるのさ。当然、スポンサーは友人たちを誘ってどちらが殺傷した数が多いかを賭けた」

「だから日本の新興のお金持ちも同じようなことをやるって思ったの？」

「世界中に先例があるからね。あちこちデータを抽出した結果、さっきの仮説に行き着いた」

「ならばどう証明するかが問題ね」

「今、考えているけど、なかなかアイディアが浮かばない」

長峰がそう言った直後だった。

〈監視対象、異変あり〉

目の前のモニターにシステムからの注意喚起メッセージが届いた。

「どれどれ」

長峰は画面を切り替えた。

〈底辺に逆戻り、なう〉

近江屋を馘首された小島という中年男のアカウントだ。ハッシュタグには、〈炊き出し〉〈無料弁当〉〈ホームレス同然〉といくつかのキーワードが並んでいた。

〈些細なミスで支援の網の目から落ちてしまった。マンションから追い出され、また根無し草だ〉

今度はどこかのベンチで質素な弁当を食べる様子が写っていた。

「暗い、ネガティブ……負の感情のオンパレードだ」

長峰は小島を調べる過程で発見した近江屋のバイヤー時代の写真をファイルから引っ張り出し、画像検索をかけた。

「結構、騒ぎになったみたいだな」

小島本人ではなく、新宿西口近辺で通行人が写したとみられる複数の写真が見つかった。フォトグラムだけでなく、トークライブなど他のSNSにも投稿されていた。

〈やばくね、あのおじさん。警備員と揉めたあと、大事な弁当投げちゃったよ〉〈同僚が変なおじさんに怒鳴られたけど、男は摘み出されました〉

投稿は一〇件以上あり、それぞれにデータが拡散されたことを示す数字が付いていた。

〈威張り散らした近江屋カリスマバイヤーの末路〉

新たにフォトグラムに写真がアップロードされた。投稿した主は〈長浜保〉。実名らしい。アイコンには新宿にある近江屋本店の看板が写っている。

〈社内で不祥事を起こした先輩がこんな姿になっているとは。哀れだけど同情の余地なし〉

後輩社員のコメントは辛辣だった。

「いずれ小島本人がこの投稿を目にする。危険な兆候だ。暴発するかもしれない。参事官の言うとおり、先回り捜査すべき対象だ」

キーボードの横に立てかけていたノートパソコンをバックパックに放り込むと、長峰は立ち上がった。

「小島を見つけて監視を続ける」

「私も行く。参事官への報告は？」

「事後でいいんじゃない？　だって、この状況を説明してもらえるとは思えないし」

森谷が自席へと駆け戻り、慌ただしくタブレットやノートパソコンをバッグに詰め始めた。

「絶対ヤバいよ、これ」

大型モニターには、先ほどの後輩社員の投稿が猛烈な勢いで拡散されていく様子が映し出された。

4

「タクシーはまだ来《こ》んのか？」

河原町二条、高瀬川沿いにあるバーの階段を下りながら、洞本が顔をしかめた。

「店長、どうなっていますか？」

バーの扉を押さえている越智に尋ねると、スマホを覗き込んだ。

「配車完了のマークが出ているのですが、おかしいですね」

「洞本社長、少しお店でお待ちになりますか？」

理子は階下の洞本に声をかけた。

「ちょっと酔い覚ましでここにおるわ。理子ママもおいで」

午前二時、洞本は芝蘭でシャンパンを一本空けたあと、アフターで理子と越智を馴染みのバーへと連れ出した。小腹が空いたという洞本のためにママがスモールサイズのピザトーストを出し、理子は名物のソフトクリームを食べた。

「それでは失礼します」

理子は着物姿のバーのママに礼を言ってから、階段を下りた。

「ママ、せっかくですから洞本社長とデート風に歩いてみてもらえませんか？　私が動画撮ります」

「ええアイディアや、頼むで」

越智の提案にほろ酔いの洞本が弾んだ声を発し、左の肘を突き出す。

「それでは社長、失礼します」

理子は右手を洞本の腕に回し、高瀬川の畔《ほとり》をゆっくりと歩き始めた。

「社長、絵になりますよ」

「そらそやろ。綺麗に撮ってや」

洞本が上機嫌に言ったときだ。背後から乾いた靴音が近づいてきた。次第に大きくなり、ピッチも上がる。とっさに理子は振り向いた。

「食らえ、クソビッチ！」

理子が足を止めた瞬間、走り寄ってきた黒いキャップを被った男が理子に紙袋を投げつけた。

「なにすんねん！」

洞本が理子の手を離し、男の背中に手を伸ばした。男の足は速く、三条通り方面へ駆け抜けていく。

「理子ちゃん、怪我ないか？」

洞本が踵を返し、理子に駆け寄った。

「ママ、大丈夫ですか？」

階段の上からスマホを構えていた越智も理子の隣に来た。

「大丈夫です……」

紙袋が足元にあり、左腕に粘り気を感じた。

「生卵や……」

理子の左腕から腰、足にかけて白い殻と白身と黄身がべったりと付着している。

「なんかあったん？」

二階のバーのママが顔を出した。

「ちょっと、生卵をぶつけられて」

越智がハンカチを取り出し、理子の腕を拭う。

「待ってな」

ママが店内に一度戻り、籠におしぼりを入れて階段を駆け降りてきた。

「一一〇番せな」

洞本がスマホを取り出す。

「大したことありません。服が汚れただけですから、怪我はしてないと思います」

「ほら、これで拭いて」

ママがおしぼりを取り出し、理子の腕や腰、足を拭き始めた。

「ヤバいよ……」

越智が立ち尽くしていた。

「店長、どういうこと？」

洞本が越智に詰め寄った。

「すみません、ちょっと……」

越智が洞本を促し、理子とママから離れた。

「理子ちゃん、心当たりは？」

「あると言えばあるのですが、大丈夫です」

「ウチの店にも警察の人来るから、相談するか？」

「いえ、店長がそちら方面に相談していましたので」

理子が何度も頭を下げたとき、タクシーが店の前に停車した。


「大変だったみたいね」

ミカコがため息を吐き、スマホをテーブルに置いた。越智が洞本のために撮影した動画を転送してもらった。越智は警察にデータを提供して身辺警護を要請すべきだと主張したが、理子は断った。

警察に事情聴取されれば、どこからか情報が漏れてしまうかもしれない。フォトグラムや匿名掲示板で面白おかしく騒がれるだけだ。幸い怪我がないのだから、理子は内密にすることを強く望んだ。

店に出勤する際と帰宅時は新人の黒服たちが交代で理子のボディーガードを務めることが決まった。

「店長やお客さまの前では強気を通しましたけど、怖くて足がすくみました」

理子はビールを喉に流し込んだ。河原町二条のバーから帰宅した直後、理子はミカコにダイレクトメッセージを送った。ちょうど仕事で大阪にいて、翌日の昼すぎに京都に来てくれた。

「このビアホールは観光客がいないし、ランチがおいしいからちょくちょく来るのよ」

　理子を落ち着かせようとしているのか、ミカコが明るい口調で言った。ビアホールは繁華街の四条河原町の交差点近くにあるが、細い路地の途中で周囲に観光客はいない。近所の企業のスタッフや商店主らしき人たちが思い思いに昼間のビールを楽しんでいる。

「お店、今日は定休日よね？」

「ええ、土日はお休みです。こうやって来ていただけると、本当に安心できます」

　理子はビールを飲み干し、おかわりをオーダーした。ミカコは大好物だというマカロニグラタンを食べつつ、理子の目を見つめている。

「今回は大阪にいたからすぐに来れたけど、本当に大丈夫？」

「ええ、なんとか。これがゲームですから」

　理子が答えると、ミカコがため息を吐いた。

「もう十分にお金も稼いだだろうし、降りたら？」

「嫌です」

　自分でも驚くほど大きな声が出た。

「また狙われるかもしれない。今度は生卵じゃすまないかも」

　声を潜め、ミカコが言った。

「一つ気になることがあります」

　理子はスマホを出し、フォトグラムのページを開いた。〈名無しのオッサン〉のアカウントをミカコに向ける。

　黒服が発見した新たなフォロワーで、理子のみをフォローする一方で、当該アカウントは唐木と高畑がフォローしているとミカコに説明した。

「昨夜の生卵の犯人って意味？」

「わかりません。でも不気味なのは確かです」

ミカコが突然、顔を曇らせた。

「なにかご存じですか？」

目の前のミカコが首を振った。

「私はリクルーターにすぎないって前に言ったでしょ。それに、ゲームの中身に関係するかもしれないから、軽々しいことは言えない。ごめんね」

「そうですか……でも、絶対にゲームを降りるようなことはしません」

「なぜ？　お金なら貯まったでしょ？　学生に戻って普通の暮らしをしてもいいんじゃない？」

少しだけミカコの両目が赤らんでいるように見える。

「本当に私はなにも知らないの。でも、この人はゲームチェンジャーになるかもしれない」

理子は身を乗り出した。

「ゲームの途中で私が殺されるって意味ですか？　それとも私をさらに押し上げてくれる人ですか？」

「知らないし、仮に知っていたとしても言えない」

ミカコが下を向いた。

「過去にも同じようなことがあったのですか？　以前、脱落者が出たと。その人は今どうしているんですか？」

理子の言葉を遮るように、ミカコが両手で耳を覆った。

「ダメ、いくら粘っても教えられないの。でも、身辺には十分気をつけて」

一方的に告げ、ミカコは伝票をつかんで出口に向かった。後ろ姿を見つめながら、理子は考え込む。

唐木と高畑が主宰するゲームに参加した。底辺の暮らしと高田馬場のガールズバーから恵比寿の高級ラウンジへ這い上がり、京都で店を任され、人気店に育てるまでになった。

当然、アンチの急増や昨晩のような嫌がらせを受けることも覚悟してきた。だが、実際に不意打ちを食らうと、予想以上に動揺し、自分の弱さに気づかされた。ミカコの言うとおり、ゲームを降りるか。ミカコがリクルートした脱落者は、どんな仕事を任され、なぜ挫折し、今はなにをしているのか。ゲームを続けると突っ張ったものの、不安に押し潰されそうだ。理子はむせながらビールを飲んだ。

5

唐木と高畑のフォトグラムの表と裏アカウントをチェックしていたとき、長峰の目の前にあるスピーカーから不快な機械音が響いた。目線を大型モニターに移す。警戒を示す赤いランプが灯った。

キーボードのエンターキーを押すと、フォトグラムのアカウントが表示された。今までなに一つ投稿していなかった〈名無しのオッサン〉が写真をアップしていた。

画面を凝視すると、異様な物が目に入った。窓際の小さなテーブルの上に木製の柄が付いた鉈《なた》、そして刃渡りの長いナイフが置いてある。

〈ぶっ殺してやるよ〉

「まじかよ……」

長峰が呟いた直後、森谷が駆け寄ってきた。

長峰が顎で画面を指すと、森谷の横顔が曇る。

「動き出したのね。投稿場所は？」

「わからない」

長峰はアップされた画像を拡大表示した。

日当たりの良い部屋で、画面の隅にベッドの一部が写っている。清潔なベッドカバーも見える。どこかのビジネスホテルかもしれない。窓にはレースのカーテンがあり、近隣のビルのシルエットが薄らと入り込むが、外壁や窓枠の形は特定できない。

「せめて壁面でも見えたら、画像検索で探し出すんだけどなあ」

「名無しさんのフォロワーは？」

「例の二人だ。ちゃんと行動を見ている」

「なにをさせる気？」

「危険なゲームだろうな」

「一課に連絡する？」

「取り合ってくれないし、こちらとしてもどう説明したら良いかわからない」

森谷が腕組みし、画面に顔を近づけた。どんな些細な情報も見逃さない、と勝ち気な横顔が雄弁に語っている。

「とりあえず、鉈とナイフはシステムに分析させた」

長峰はノートパソコンの画面を向けた。

「鉈は全国のホームセンターで買える三〇〇〇円のもの、ナイフも大手アウトドアメーカー製。キャンプ用品店で簡単に手に入る。それぞれ一万丁以上が売られているから、誰がどこでいつ買ったかを特定するのは難しい」

「万が一のときのために、データを残しておかないと」

「もうやったよ」

長峰が告げた直後だ。先ほど不快な機械音を響かせたスピーカーがもう一度鳴った。

〈至急、至急！　港区表参道交差点付近で無差別殺傷事件発生。近隣の各移動は直ちに現場へ急行せよ。繰り返す、至急……〉

長峰は森谷と顔を見合わせてから、ノートパソコンをバックパックに放り込み、立ち上がった。


「あの現場の後なのに、よくそんな物が食えるね」

事件発生から三時間が経過した。長峰が森谷とともに表参道に臨場すると、すでに被疑者は身柄確保された後だった。

「余計なお世話よ。ようやく夕食にありついたんだから」

森谷は庁内の食堂からミートソーススパゲッティをテイクアウトし、自席で食べ始めた。トマトの赤で染まったパスタを見ていると、犯行現場であちこちに飛び散った血痕が頭をよぎる。

凄惨な現場だった。青山通りと表参道が交差する地下鉄駅の近くだ。表参道の両側には世界的なブランドショップが立ち並び、夕方の繁華街は多くの観光客や買い物客が行き交っていた。道路沿いにパーキングメーターがあり、白いイタリア製の超高級スポーツカーが停車したときに異変が起きた。

幅の広い歩道にいた中年男性がリュックを肩から下ろし、鉈とナイフを取り出した。待ち合わせで近くにいた女子大生が悲鳴を上げると、中年男性が駆け寄り、首筋に鉈を振り下ろした。首筋から大量の血を噴き出した女子大生に驚き、水面に波紋が広がるように人波が割れた、と目撃者が語っていた。

速報性の高いSNSトークライブでは早速動画が投稿され、長峰は森谷とともに移動中のタクシー内で眉をひそめた。

被疑者の氏名は、自称派遣労働者の永島栄吾《ながしまえいご》五三歳。この男こそが〈名無しのオッサン〉の正体だ。女子大生の次に狙ったのが、ちょうどスポーツカーを停車し、路上に立った迫田光代《さこたみつよ》という四三歳の実業家だった。

迫田は青山で人気のヘアサロンを興した実業家で、全国に一〇軒の直営店を持つ。この日は現場近くの銀行の支店を訪れる予定だった。女子大生は鉈の傷で大量失血し、ほぼ即死の状態だった。迫田はナイフで顔面を傷つけられたあと、鉈で右の上腕部を切られ、失血死した。

犯行を遠巻きに見守る群衆の一人が一一〇番通報した。被疑者の永島は二人を襲ったあと、呆然とその場に立ち尽くし、駆けつけた機動捜査隊の隊員に現行犯逮捕された。

「供述の様子は？」

「生活苦から逃れるため、死刑になりたかった、誰でもよかった。もう聞き飽きた言葉ばかり」

ミートソーススパゲッティを食べながら森谷が言った。

「誰でもというのは嘘だろうな」

長峰は〈名無しのオッサン〉のアカウントを開いた。鉈とナイフの写真、そして〈ぶっ殺してやるよ〉というコメント以外に投稿はない。

「ほらね、やっぱり二人はフォローを外した。目的が達成されたからだ」

アカウントの中にあるフォロワーの欄がゼロになっていた。

「無差別殺人を装ったってこと？」

「唐木・高畑のコンビが殺人ゲームを仕掛けている」

「被害者はなぜ狙われたの？」

「どうやら、お騒がせインフルエンサーだったみたいだね」

長峰は画面を切り替えた。

被害者の迫田は美容師としてキャリアをスタートさせたあと、芸能人やスポーツ選手を常連客にし、世間の注目を集め始めた。最近活発化させていたのが、フォトグラムを使った集客だった。

迫田の見た目は実年齢より若い。著名人らと頻繁にパーティーを開き、国内外の高級ホテルを利用し、飛行機で移動する際はファーストクラス——羨望を集めた結果、フォロワーは一五万人もいる。

アンチも多く、投稿の度にコメント欄が炎上した。強気の迫田がアンチ発言をした人物を特定し、多くのネット民に晒したこともあった。騒動がネットニュースのアクセス上位となった経緯すらある。

「それじゃあ、一課に仮説を話してみる？」

夕食を食べ終えた森谷が言った。

「一課は模倣犯だとみているんでしょ？」

「あれだけ類似の事件が起きた結果の凶行で、亡くなった二人は偶然居合わせたから殺されたと判断している」

「ゲームの黒幕が主導した確固たる証拠がなければ、一課は絶対に見立てを変えないだろうね」

森谷が腕を組んで考え始めた。

「それより、なぜこの永島という男が選ばれたか？」

長峰は被疑者の氏名をネットの検索欄に入れ、エンターキーを押した。

「えっ……」

匿名掲示板にいくつもスレッドが立っていた。今まで考えもしなかったファクトが目の前にある。

「どうした？」

「意外なことが判明したよ。これも奴らの企みの一部かもしれない」

長峰は前髪を捻りながら、画面に顔を近づけた。

6

〈祇園の美人ママは殺人鬼の娘！〉〈人殺しの娘の店で酒飲むって、神経おかしくね？〉

匿名掲示板のスレッドを指したあと、長峰は森谷を見た。

「美人ママって、この人のこと？」

森谷がスマホにフォトグラムのアカウントを表示した。祇園で最年少のラウンジママとして注目を集めている高梨理子という人物だ。

長峰は頷いてから連続無差別殺人事件の過程で作成したファイルを開いた。

「このママは、絵に描いたような這い上がりで成功した」

大型モニターに着物姿の写真が映った。京都八坂神社前、そして祇園の花見小路で写したものだ。

「高田馬場で冴えないガールズバーのキャストだった大学生。スカウトされて恵比寿の高級ラウンジに行き、人気が出た。その後は祇園のママへと転身した現代のシンデレラだ」

「ネットニュースで話題になっていたから、知っていた。まさかその父親が？」

「だから、一連の事件は唐木と高畑コンビに仕組まれた可能性があると思うんだよ」

キーボードに指を走らせ、長峰は画面を切り替えた。

「二人のお金持ちが頻繁に通っている恵比寿のラウンジは、この高梨さんが勤めていた店。そして祇園のラウンジは、彼らが資金を拠出して作った店なんじゃないのかな」

ファイルに残した唐木と高畑の行動履歴をチェックする。森谷と直当たりした恵比寿だけでなく、京都にも明確な痕跡がある。

「高梨さんをサポートしていたのに、なぜ父親を殺人鬼にするわけ？」

「だからさ、金持ちは根性がねじ曲がっているんだ。サポートしていると見せかけ、実は裏では墜ちるのを楽しんでいる。金持ちは次々に新しい遊びを見つける、いや、作るんだ。自分たちが作ったシナリオで、多くの人間が踊る。最終的には殺される過程をネット経由で見て、手を叩いて喜ぶ」

「それをどうやって証明するの？」

「わからない。だけど、この高梨さんを救う手立てはあるはずだ」

長峰はキーボードから指を離し、前髪を捻った。

「もう少し調べてみよう」

長峰は提案する。森谷がキーボードに両手を添えた。

「なにから始める？」

「まずは表参道事件の被疑者、永島という男が本当に彼女の父親かどうか」

「了解」

森谷が忙しなくキーボードを叩く。

「この掲示板が詳しそうね……」

匿名掲示板をあちこち分析しながら、森谷が言った。

〈祇園の美人ママは殺人鬼の娘！〉

多数のスレッドが並ぶ中、コメント数が多い項目を森谷がクリックした。

〈永島栄吾は建設会社の元役員〉

〈談合事件で逮捕起訴され、その後は生活が破綻し、ホームレスに〉

コメントの横に、恰幅の良い背広姿の男の写真があった。長峰は襟元のバッジに注目し、画像をキャプチャーした上で検索にかけた。

「へえ、本物だ」

東証上場の中堅建設会社だ。会社名で検索をかけると、たしかに談合事件が起こり、担当役員だった永島が逮捕起訴され、その後会社を去ったとある。要するに詰め腹を切らされたのだ。

「会社で威張っていた人に限って、墜ちると競争力がないからなあ」

長峰は部下とともに胸を張る写真を見て言った。

〈西成で解体作業に従事していた殺人鬼〉

新たな投稿が入った。白いヘルメットを被り、作業服姿で一輪車を押す永島の姿がある。投稿の最後の部分には、永島が自暴自棄となり、今までのモラハラやＤＶの果てに離婚したと触れていた。

〈東京で派遣社員として倉庫の荷分け作業等に従事したものの、酒とギャンブルにハマり、借金を踏

み倒して大阪へ〉

　グレーの作業服を着て、清掃業務に従事する永島の写真だ。

「なんかおかしくないか？　会社をクビになったおじさんだよ。誰も注目していないはずなのに、どうして作業着姿のこんな写真を集められたのかな？」

　長峰は疑問を口にした。

「たまたま？」

「そうかもしれない。でもさ、今回、永島が凶行に走ることを予期していた、あるいはそうするように仕向けた奴がいたとしたら、話は違ってくると思わないか」

「そうか、あの二人が最初から目をつけていて……」

「高梨さんが有名になるように仕向けて、最後に特大のネガティブ材料をぶつけたとしたら？」

「そこまで意地の悪いことをする？」

「奴らならやる」

　長峰はキーボードを手元に引き寄せ、今度は理子のフォトグラムのアカウントを開いた。

〈親父が殺した人たち、無念だったろうに〉〈人殺しの娘なのに、ニコニコしながらお客にお酌するのか？〉〈よく平気で生きていられるな〉〈店を畳んで遺族に賠償しろ！〉

「ちょっと、これってやりすぎじゃない？　だって、永島は離婚して、今は家族とはいえない」

「コメントを投稿した連中は全員が匿名だ。自分は安全なところにいて、弱った人、困っている人に平気で石を投げ続ける最低最悪の連中だ」

「そうか、あの事件を担当したから……」

森谷が口籠もった。

長峰が民間から警視庁に転職した直後、見習いの時期だ。都内で連続殺人が発生し、捜査本部付で刑事研修を行った。鑑《かん》が全くつながらない複数の人物が殺され、犯人は同一人物で、凶器も一緒だった。一課のベテラン刑事と捜査を進め、犯行の動機を探るうちに、被害者に対するネット上の心無い投稿が多く存在することを知った。

「あの事件以降、ネットを悪用する事件、面白おかしく人を叩く奴らを絶対に許せなくなった」

長峰はため息を吐いた。今回もネットを悪用している気配が濃厚だ。理子という女性を追い詰めるために、日本中の悪意や憎悪がネット回線を通じて集約されつつある。

「永島と高梨さんは別人格だけど、世間はそう受け取っていない。這い上がった人間が墜ちるように願う、嫉妬や羨望の塊が彼女に襲いかかっている」

目の前の大型モニターには、見るに堪えない罵詈雑言が投稿され続けている。

〈これは注目すべき話題ですね〉

突然、スレッドに異質なコメントが現れた。

「本格的にまずいよ。炎上ハブの常連のご登場だ」

「本当?」

長峰はゆっくりと頷いた。

ネット上を徘徊し、多くのユーザーの関心を集めそうなネタを拾い、自らのSNSアカウントやブログに誘導する輩が永島と理子に関心を寄せ始めた。

「DQN《どきゅん》信者というタチの悪い奴。ハイエナみたいなユーザーで、こいつが入ってくると厄介だ」

長峰は低い声で告げた。炎上ハブは、一部の情報拡散力の高いユーザーが起点となり、悪意が倍々ゲームで拡散される状態を指す。

宗教や人種問題、あるいは性的指向など議論が沸騰しやすい情報に目を光らせ、読解力に乏しいユーザーや、正義感に凝り固まった向きを煽る。警察発表や報道機関の速報を自分のサイトやＳＮＳのアカウントに誘導し、ＰＶ《ページビュー》を上昇させ、広告収入を得る輩すらいる。

「史上最年少で祇園のママに這い上がった美女、父親が凶悪な殺人犯――炎上するテーマが嫌というほど揃っている。かなりまずいことになると思うよ」

長峰が言った直後だった。モニター脇のスピーカーから不快な機械音が響いた。

〈殺人鬼の娘、クソビッチを退治しなきゃな〉

モニターに物騒な言葉が表示された。投稿主は〈koji.koji〉こと近江屋の元バイヤー、小島だった。

「ヤバい。こいつもなにをするかわからない」

「京都府警に連絡しよう」

眉根を寄せ、森谷が言った。

「どう説明する？」

長峰は冷静に返した。

「ネットの掲示板の話をして、警護してもらうのよ」

「取り合ってくれるかな？」

「やってもらわなきゃ。だって、これだけ人が殺されているんだから」

長峰は前髪を捻った。森谷の言うことは正論だ。ただ、身内である警視庁捜査一課にしても、未だネットで誘導された殺人事件が立て続けに起きたとは理解していない。同じ事象を他所の警察本部が本気で信じてくれるだろうか。

「彼女自身にアクセスできないかな。店でもいいから」

「わかった。それで連絡がついたら？」

「俺たちが行って、犯罪を未然に防ぐしかない」

森谷が呆れたように肩をすくめた。

「あなたは警護経験なし、犯人《ホシ》と対峙したこともない」

「そんなの自分が一番よくわかってるよ。府警なり、警視庁のＳＰなりが動くまでの間、彼女を守る」

長峰の言葉に、森谷が息を吐いた。

「案外頑固だよね。わかった、参事官に出張申請する。ダメって言われても行くから」

森谷がノートパソコンを小脇に抱え、席を後にした。

石頭の参事官がどこまで事態の切迫度を理解できるかは不明だ。それでも実際に事態は悪い方向に動き始めた。それも急な坂道を大きな石が転がり落ちようとしているのだ。

長峰も自分のノートパソコンをバックパックに放り込んだ。

「メシ食う暇もないかもな」

そう呟くと、デスクの引き出しから栄養補助食品をつかみ、無造作にバックパックへと放り込んだ。

7

「理子ちゃん、こっち」

祇園の商業ビルの一階裏で通用口のドアを開け、オーナーの佐奈江ママが手招きした。酒屋の配員と同じ作業着で野球帽を目深に被り、大きめのマスクを着けた理子は早足で酒屋の車の後部の荷台から入り口に向かった。

「ここはビルの一部の人間しか知らんから、落ち着くまで使ってや」

周囲を見回したあと、佐奈江ママがドアを閉めた。

「ありがとうございます。本来なら店を休まなければならないのに……」

理子が小声で告げると、佐奈江ママが強い力で理子の肩をつかんだ。

「あかん、絶対に休んだらあかん。そんなことしたら、世間の野次馬どもの思う壺や」

強い眼差しが野球帽を脱いだ理子を射貫いた。

「長いこと会ってなかった男、しかも金を送ってこんような奴は父親とちがう。あんたは悪うない」

佐奈江ママが低い声で告げた。厳しいと評判のママの優しい言葉に、涙がこぼれ落ちた。

「泣くのもあかん。あんたはあんたや。ここが正念場やで。しっかり稼いでな」

佐奈江ママは何度も理子の肩を叩いた。

「頑張らせていただきます。本当に助かります」

「早く店を開ける準備しい」

理子はエレベーターとは別にある裏口に近い階段から三階へ向かった。管理人室と裏口、階段の周辺にある小部屋は佐奈江ママが着物やドレス、靴やバッグなどを保管する専用スペースとなっている。

普段はママしか使わない。騒動を聞いたママがわざわざ利用するよう申し出てくれた。それだけでなく、出入りの酒卸業者に依頼して、密かに理子を送り届ける手筈まで整えてくれた。

昨日、父が東京で凶行に走った。一報を知ったのは、芝蘭に早出して帳簿のチェックをしていたときだ。大阪梅田にレア物のチョコレートとブランデーを仕入れに出ていた越智が戻り、スマホを見せてくれた。

東京で物騒な事件がまた起きた。ミカコにスカウトされ、頻繁に同伴で食事に行った表参道だった。京都入りする際、新幹線で隣り合わせた老女が心配していたように、無差別殺人事件が確実に増えている。自分も高瀬川沿いで生卵を投げつけられたばかりだ。しかも、店の繁盛と歩調を合わせるかのようにアンチが増えたタイミングだった。

本当の驚きはその後だった。越智が通信社の速報記事を向けたとき、理子は思わず声をあげた。

〈事件現場で現行犯逮捕されたのは、自称派遣社員の永島栄吾、五三歳……〉

頭からつま先へと一気に大量の血が抜けるような感覚に襲われ、理子はソファにへたり込んだ。理子は正直に父だと明かした。

驚いたのは越智も同様だった。水商売は評判が命だ。理子と父の関係は途絶えていたが、客の間に動揺が広がる恐れがあり、様子をみるために二、三日は休業した方が良いと越智は主張した。

理子は少し時間が欲しいとキャスト用のメイク室に籠もった。

鏡台の前でスマホを取り出し、母の携帯を鳴らす。ずっと話し中でつながらない。ショートメッセージを送ったが、一向に既読マークが付かない。警察の事情聴取を受けているのか。マスコミが父の個人情報を調べ上げ、早速取材しているのかもしれない。

　ここ数週間、自分の名前でネット検索することを避けてきた。アンチの急増で打たれ強くなった自負はあるが、中には殺すだの死ねだのと平気で書き連ねる輩も少なくない。アンチ対策はスタッフに任せ、自分は店の営業に専念してきた。思い切ってネットの検索エンジンに自分の名を入れてみる。

〈祇園の美人ママは殺人鬼の娘！〉

　真っ先に目に飛び込んできたのは、匿名掲示板のスレッドだった。

〈人殺しの娘なのに、ニコニコしながらお客にお酌するのか？〉〈よく平気で生きていられるな〉〈店を畳んで遺族に賠償しろ！〉

　罵詈雑言のオンパレードだった。スマホのキーボードの上に自然と指が動いた。

〈母が離婚して、もう縁が切れた人なのに〉

　無意識のうちに言葉を綴っていたがエンターキーを押す直前、我に返った。耳の奥で、公衆電話から掠れ声で話しかけてきた父の声が響く。

〈覚えていてくれたか〉

　父からの送金が途絶えて以降、惨めな思いをしてばかりだった。コンビニで安売りのシールがついたサンドイッチとおにぎりを買い、公共料金の支払いに怯える日々。母と自分に迷惑をかけ続けた父が、よりによって無差別殺人を犯してしまった。

　理子は力一杯首を振り、父の残像と声を振り切った。だが、依然として父の声が耳殻の奥で響く。

　母が離婚を決意するまで、父はモラハラとDVの限りを尽くした。母が夕食を用意して帰宅を待っていると、わざと出前を取るように強要した。

　口答えすれば、容赦無く母の腹を殴った。母の実家や親戚から果物や新米が届くと、貧乏人とバカにするのかとキレた。クラブのママのマンションに転がり込み、数カ月家に戻らない時期もあった。

〈表参道無差別殺人、凶行再び　犠牲者は著名美容家と女子大生〉

匿名掲示板に一般紙の記事がアップされた。

「なんてことしてくれたの……」

スマホの画面を睨みながら、理子は呟いた。どれだけ母と自分に迷惑をかければ気が済むのか。

〈もう十分にお金も稼いだだろうし、降りたら？〉

突然、後頭部でミカコの声が響いた。開店当初に出資した一〇〇〇万円分は早々に回収し、数百万円の蓄えもできた。ゲームを降り、復学してひっそりと地味な会社に就職すれば目立たない。

〈こんな平和そうな一家が悲惨な末路だな〉

スマホの画面に新たな投稿が加わった。目を凝らすと、かつて親子三人で練馬の遊園地に出かけたときの写真が掲載されていた。たしか、小学校の卒業文集に載せた思い出の一枚だ。同級生の誰かが面白半分にアップロードしたのか。

〈親父は殺人鬼で娘は水商売のビッチ〉

投稿に対するコメントに息を吞む。ゲームを降りて人目を忍んで暮らしても、ネットが生活の隅々にまで行き渡っている以上、絶対に逃れられない。理子は鏡の中の自分を睨んだ。降りるという選択肢はない。非難されようが、常連の何割が消えようが、自分はこの世界で生きていくしかない。

鏡台の前に座り直し、両手で頰を張った。越智を呼び、気持ちを伝えた。越智は無理しないようにと休養を強く勧めてくれたが、理子は譲らない。

元々厳密な会員制で営んでいる。物見遊山で訪れる客は最初から入店できない。縁を切ったも同然の父のことを好ましくないと思う常連が離れれば、引き留めない。もとより、自分にはもう戻る場所がないのだと告げると、越智がようやく首を縦に振った。

「ママ、出勤の姿を見られませんでしたか？」

理子が作業ジャンパーを脱いでカウンター席の背にかけたとき、出勤してきた越智が言った。

「佐奈江ママのおかげで、裏口から入れました。さすがにあの場所はマスコミが張っていませんでした。表はどうでしたか？」

理子が尋ねると、越智が首を振った。

「週刊誌か新聞かはわかりませんが、記者らしいのが二名、それにカメラマンが四名いました」

「そうですか……。それで今日のご予約は？」

「三組キャンセルが出ました。大阪と東京からの出張組です」

越智が声を落としたとき、カウンターの奥にある固定電話が鳴った。越智は動かない。

「面白半分に店に電話をかけてくる連中が多数います。番号を公開していないのに。二、三回出ましたが、人殺しだの店を畳めとか……。常連さんたちには私個人の番号をお送りしています。携帯かショートメッセージをいただければ予約可能な旨をお伝えしてあります」

「ありがとうございます。それで、スタッフやキャストは？」

「予約状況をみて対応します。入りが悪ければ、最悪、私とママの二人で営業ということになります。ママが腹を決めた以上、私は必死にサポートします」

越智が拳を握り締めた。強張った両肩と真剣な顔を見た瞬間、涙が出た。

「本当に感謝しています」

「店長の仕事ですから。夜になって野次馬連中が来るようなことがあればガードマンが来るよう、佐奈江ママが警備会社の手配をしてくださいました」

「これだけサポートしていただけるんですから、必死に仕事しないと」

理子が右手を差し出すと、越智が力を込めて握り返してきた。

「本日は洞本社長、それにお友達の方が計三名ご来店のほかは、まだどうなるか。人の噂も、とか言うじゃないですか。少しの間我慢しましょう」

越智がそう告げた直後だった。カウンターの奥にあるインターホンの呼び出し音が鳴った。

「またいたずらか」

怒気を込めた声で越智がインターホンの前に進み出た。

「いたずら？」

小さなモニターの中に、女性の顔が映っているのが理子の方向から確認できた。

「正義を振りかざす連中に男女の別はないですからね」

肩をすくめたあと、越智が通話のボタンを押した。

「御用はなんですか？」

苛立ちを抑えながら、越智が言った。

〈突然すみません。東京から来ました。警視庁生活安全部の森谷と申します〉

「警視庁？」

越智がモニターから目線を外し、理子を見た。越智が常々相談していたのは京都府警の刑事だが、頼みの綱の協力者にしても、今回の父の一件で腰が引けているのだと聞かされていた。

「いたずらや嫌がらせが多いのです。恐れ入りますが、身分証の提示をお願いできますか？」

〈わかりました〉

モニターの画面には気の強そうな女性、前髪の長い伏目がちな青年の姿が映っている。二人はそれぞれ身分証を取り出し、カメラの前に向けた。

〈警視庁生活安全部サイバー犯罪対策課機動サイバー班〉

目を凝らす。確かに制服姿の二人の写真があり、モニターの顔と一致する。

「入ってもらってください」

越智が解錠のボタンを押した。

8

「こちらへどうぞ」

エレベーターで三階に来た刑事二人を越智が迎え入れた。理子はカウンターの前で深く頭を下げたあと、二人をＶＩＰルームに案内した。

モニター越しに見た気の強そうな女性は森谷、隣で視線を逸らしていた男性は長峰と名乗った。階級は二人とも巡査部長だ。

「お茶でよろしいですか？」

理子が尋ねると、おかまいなくと森谷が首を振った。

理子は越智に目配せした。越智は酒が弱い客用に用意している特製烏龍茶を取りに向かった。

「東京からお越しになったのは、どういったご用件でしょうか？」

理子は早速切り出した。

「単刀直入にお話しさせていただきます」

森谷が長峰を見て言った。森谷はグレーのスーツと革のトートバッグ、普通のオフィスにいる仕事のできる感じの女性で、コミュニケーション力が高そうだ。長峰は全く毛色が違う。ソファ席に座ってから一度も目を合わさず、手元にあるタブレットの画面をなんどもタップしている。積極的に話そうという気配が一切ない。刑事のイメージとはかけ離れている。

「失礼します」

越智が森谷、長峰の順に特製烏龍茶のグラスを置き、理子の横に座った。森谷が切り出す。

「永島栄吾さんは高梨さんのお父さんに間違いないですね？」

「はい。今回は大変なことになって……。被害者のお二人、ご遺族にはどうお詫びしていいのか」

嘘偽りのない本心を告げた。

「理子さんにはなに一つ落ち度はありません」

理子は密かに安堵の息を吐いた。警察は自分を咎めに来たわけではない。それでも、わざわざ東京から来た意味がわからない。父が起こした事件にはまだ公表されていない事柄があり、そのことによってこの店を辞めろとでもいうのか。あるいは、なにか警告でもあるのか。

理子が黙り込んでいると、向かいの二人がじっと見ているのがわかった。先ほどまで同情めいた表情だった森谷の目つきが変わり、鋭い視線だ。刑事ドラマで見た、相手を疑ってかかる目かもしれない。長峰という刑事はタブレットと理子を交互に見比べている。

「これ、見てもらえますか？」

突然、長峰が口を開いた。長い前髪をなんども手で除けている。

「この人を知っていますか？」

タブレットを向けられた。画面には、髪をツーブロックに整え、高級そうなストライプのスーツを着た男性が映っていた。背後にはフランスの国旗が見える。ファッション関係の仕事をしているのか、見た目に全く隙がない。恵比寿のヴィラ時代、店に居合わせた客か。常連客の中にこの顔はない。東京の街角で顔を合わせた可能性はゼロではないが、覚えていない。

「知らない人です。この人がなにか？」

「多分、あなたを狙っています」

長峰が淡々と言った。

「狙うとはどういう意味でしょうか？」

「心当たりはありませんか？」

森谷が間合いを詰めてきた。理子は越智と顔を見合わせた。

「些細な嫌がらせだと思って通報しませんでしたが、少しだけ」

森谷の眦《まなじり》が上がった。あまり感情を表さない長峰も顔を上げ、理子を見つめている。理子は河原町二条のバーを出た直後に、生卵をぶつけられた経緯を話した。

「それだけ？」

唐突に長峰が言った。

「それだけです」

「他になにか隠してない？」

ぶっきらぼうな調子で長峰が言った。森谷のように視線がきつくない分だけ、長峰の据わった目つきが気になる。この二人はなにを知っているというのだ。

「あなたは命を狙われているかもしれないの」

森谷が語気を強めた。唐突に発せられた言葉が胸に突き刺さった。

「命ですか？」

「そうだよ」

長い前髪越しに見える長峰の両目が異様に醒めていた。

「まだ私たちに言っていないことがあるんじゃない？」

森谷がさらに身を乗り出した。理子との距離が極端に詰まる。

「あの、あります……ただ、私はゲームに参加しただけですから」

理子が告げた直後、長峰と森谷が驚いたように顔を見合わせた。

「説明するね」

長峰がタブレットをもう一度理子に向けた。先ほどと同じく、身なりの清潔な男性が映っている。

「この人は小島っていうおじさん。今、あなたの命を狙っている公算が高いと我々は睨んでいる。高梨さん自身がゲームと言ったので、我々の予想が確信に変わったんだ」

長峰は細い指でなんどか画面をタップした。

「この人たちのことを知ってる？」

画面には、二人のフォトグラムのアカウントが表示されていた。一人は派手な化粧をした女性、もう一人は水着でポーズを決める女性だ。

「たしか、東京駅と渋谷駅前で連続無差別殺人事件に巻き込まれた人たちですよね」

「そう。そして、もう一人加わった」

長峰が画面をスワイプすると、長い髪を綺麗にカールした女性の顔が現れた。こちらもフォトグラムのアカウントだ。

「この人は昨日表参道であなたのお父さんに殺されたうちの一人」

お父さんという言葉を聞き、理子は肩を強張らせた。

「高梨さんを責めているわけじゃないから、安心して」

長峰のぶっきらぼうな言いぶりに気を遣ってか、森谷がフォローした。彼女はしかめ面を長峰に向けたが、本人は一向に気にした様子はない。

「これはあくまで仮説だけど、フォトグラムを悪用して殺人ゲームが行われている」

「だからゲームという言葉に反応されたんですか？　でも私が参加したゲームは、底辺の生活から這い上がっていく過程をフォトグラムに投稿することで、どこまで辿り着けるかが勝負なので」

理子が答えると、長峰が強く首を振った。

「違う。これは裕福な実業家が仕組んだ極めて危険で、彼らにはとてつもなく楽しいゲームなんだ」

長峰の声にはほとんど抑揚がない。

「補足するわね。東京駅と渋谷駅前の惨劇、そして表参道の一件では、不平不満を抱えた中年男性によって、彼らとはまったく面識のない四名の女性が無慈悲かつ残虐に殺されたの」

森谷がゆっくりと告げた。理子はネットのニュース記事で読んだ事柄を頭の中に浮かべる。表参道で二人を殺めた父が典型的な転落人生を歩んでいたのと同様、他の二件の事件でも生活に困窮した中年男性が見ず知らずの人を巻き込んで事件を起こした。

死刑になりたい、刑務所に入れれば衣食住に困らない等々、理解し難い犯行動機が記事に載っていた。

「東京駅と渋谷駅前の事件について、被害者二人のアカウント、それに加害者男性たちの投稿履歴を辿ると、演出されたような気配がありました」

森谷が傍らの革製バッグからファイルを取り出し、テーブルに載せた。プリントアウトされた資料には、二つの事件の被害者と犯人、そしてそれぞれのフォトグラムのアカウントがあり、事件の当事者たちが矢印で結ばれていた。

東京駅で殺害された女性は、高級ブランドのバッグやドレスを大量に購入し、欧州製のセダンでハイクラスなホテルに宿泊するなど、きらびやかな生活を世間に積極的に発信していた。

渋谷駅前で焼死した女性も華やかな芸能活動の様子を投稿し、注目を集めていた。

「そして表参道の事件の被害者の一人は、著名な美容家で、最近はフォトグラムを通じてインフルエンサーになっていた人物です」

森谷が新たに一枚、紙を加えた。巻き髪の女性の顔写真と対をなすのは、真っ黒な枠だけのアカウント、そして名前は〈名無しのオッサン〉、すなわち理子の父親だった。

「不況が長期化して、仕事にあぶれる中年男性が増加している。彼らの多くは不満をフォトグラムやトークライブにぶつけた。そこは憎悪と嫉妬を増幅させる世界だ」

長峰が早口で言った。

「憎悪と嫉妬ですか？」

「高梨さんのアカウントにも数え切れないくらいのアンチが酷いコメントをつけていたはずだ」

長峰が低い声で言った。

「お店が繁盛する度に、中年男性中心に罵詈雑言や誹謗中傷のコメントが多数つきましたので、スタッフと共同でブロックしていました」

「だから、あなたもゲームに悪用された」

悪用という長峰の言葉が理子の耳を強く刺激した。

「もう一度、尋ねます。あなたが参加したゲームの具体的な中身はなに？」

タブレットを置き、長峰が前髪越しに理子を睨んだ。

「貧困から這い上がり、水商売のステップを次々に上がってきたこと、その過程で優良な客に恵まれ、店が繁盛した――このこと自体がゲームだと思ってきました」

理子が告げると、長峰が再びタブレットを手に取り、画面をタップした。

「そのゲームを持ちかけたのが、この二人ですね？」

理子に向けられた画面には、唐木と高畑の顔写真があった。

「そうです……」

目の前の刑事二人が顔を見合わせ、頷き合った。

「実際に二人に当たったよ。本人たちはマーケティング活動の一環だって言っていたけど」

長峰の声のトーンが下がった。両目はさらに冷たい光を発している。

「高梨さんが参加したゲームとやらは、ネット上で嫉妬、憎悪を煽り、他人が他人を殺す過程を楽しむものだった。次のターゲットはおそらくあなただ」

ゲームは殺人――長峰の話を聞いてもにわかには信じられない。だが、冷静に分析したデータを提示された上に、自らの周囲で起こったことを考えれば、あながち嘘ではないとも思える。

「この二人の実業家が新たにフォローしたのが、〈名無しのオッサン〉と小島だ。〈名無しのオッサン〉はあなたの父親であり、凄惨な事件を引き起こした。次は小島がなにか行動を起こす、そんな見立てでわざわざ京都まで来た」

長峰が淡々と告げた。

「表参道の一件で、高梨さんへの誹謗中傷が沸点に達し、許せないとあなたを狙う中年男たちが京都に集まり始めている、そう懸念しています」

追い討ちをかけるように森谷が言った。

「たしかに事件の前から怪しい人が周囲をうろつくようになりました」

「やっぱりね」

森谷が眉根を寄せた。

「実は警視庁から京都府警に対し、高梨さんへの警護を要請する手筈を整えました。今後はお店やご自宅の近くを重点的に警察官が回ります」

理子は驚きつつも、頭を下げた。

「ありがとうございます。でも、店のスタッフが既に……」

「もう四人の方がゲームで亡くなっているの。警察の威信をかけて、高梨さんを守るから。もちろん、事態が落ち着くまで我々も京都に残る」

「わかりました。よろしくお願いいたします」

「特にこの小島という男は必ずあなたを狙う。唐木と高畑のコンビが未だにフォローしているからね」

長峰がタブレットに触れ、画面を理子に向けた。

〈殺人鬼の娘、クソビッチを退治しなきゃな〉

憎悪に満ちたコメントを読んだ瞬間、理子の両手が粟立った。

9

「またのご利用をお願いします」

「おおきに。気ぃつけてや」

小島はキャップを脱いで頭を下げ、マンションのエントランスから出た。京都の地理には明るくないが、スマホの地図アプリさえあればどこでも働くことができる。

スマホを見ると、四条大橋近くの中華料理屋から河原町三条への配達要請が入っていたが、オファーを断った。配達員の仕事であれば東京でも可能だ。あくまでも京都で派手に理子を退治することが目的だ。地理を把握することのほか、最低限の稼ぎを確保すればよい。最終目的を達成するためには、意識を集中させねばならない。

二日前、深夜バスで新宿駅南口のターミナルを発ち、京都に来た。午前中は京都駅近くのファストフード店でコーヒー一杯を買い、テーブルに突っ伏して仮眠した。その後、家電量販店近くのレンタサイクル置き場に行き、一日四〇〇円で自転車を借り、フードデリバリーの配達員登録を済ませた。

東京を離れる直前、リサイクルショップで配達員用のリュックを格安で仕入れてきた。これで京都に着いた瞬間から日銭稼ぎと下見ができる。

鴨川沿いの川端通りのベンチに腰掛け、小島はコンビニで買った三割引きのおにぎりを口に入れた。

〈殺人鬼の娘、クソビッチを退治しなきゃな〉

東京にいるとき、匿名掲示板にある理子についてのスレッドにコメントを投稿した。すると、〈koji.koji〉のハンドルネームに反応した複数の読者がフォトグラムのアカウントを探し出し、激励のDMを送ってきた。

〈人殺しは確実に遺伝する不治の病です。娘を退治して世の中を掃除しよう！〉〈みんなでアイディアを出し合って、排除のスキームを作ろう〉

深夜バスの車中、コメントとフォロワーが続々と増え、小島を勇気づけた。

〈京都の地理が分からんかったら、いつでもDMを〉

小島のアカウントをフォローした男性ユーザーからも支援の申し出があった。

〈この際、誰が一番早くクソビッチを退治するか、競争しようよ〉〈そのアイディアいいね！　参加者は何人くらいいるかな？〉

同じような境遇にいるのだろう。DM欄にいくつものメッセージが届いた。小島ほど切羽詰まった生活をしているのかどうかは不明だが、ストレスを溜め込み、自分だけが華やかな生活を送っている小娘を憎んでいる人間は少なくない。だが、獲物は他人には渡さない。絶対に自分の手で始末する。

〈ありがたい。みんなの善意無駄にしません〉

最後に書き込むと、スマホを取り出し、バスの車中でチェックした理子の生活圏の主要な位置を地図アプリに記録し始めた。

フォトグラムでは、理子は京都で頻繁に行く飲食店や和装小物の店、呉服店やドレスを買うショップを投稿していた。

松原橋近くの立ち食い蕎麦、四条河原町の裏通りにあるビアホール、祇園の町中華……。自宅マンションに関する情報も分析した。理子は出勤途中でなんどか周囲の風景を撮影し、アップロードした。画像検索アプリで抽出した場所を地図アプリに落とし込み、出入りするスポットを重ね合わせることで、おおよその行動範囲や、基点となっている住居近辺の情報も得られた。

ベンチ脇に置いたリュックから、在阪球団のキャップを取り出し、薄手のウインドブレーカーを羽織る。不織布のマスクを着ければ、簡単に人相はわからない。キャップも数種類用意し、ウインドブレーカーの他にデニムのジャケットもある。最近、全国的にフードデリバリーの配達員が増えたため、京都でも怪しまれることはない。

〈昨晩もありがとうございました。常連のお客さまの愛を感じます〉

スマホに理子の最新投稿の通知が届いた。画面をタップすると、メッセージとともにワインとシャンパンを開ける理子、近江屋時代の後輩の白井が現れた。

〈なにがあっても理子ママを応援しています！　頑張って〉〈いつも綺麗！　お花をお店に送るにはどうしたらいいですか？〉

新規投稿に対し、フォロワーからのポジティブなコメントばかりが上がっていく。

「どうせアンチは徹底的にブロックしているんだろ」

舌打ちしながら、小島はコメントを読み続けた。

〈理子ママの体が心配。無理しないでね〉〈今度、レアなワインの入手ルートを紹介するね〉

理子に憧れる女性フォロワーだけでなく、常連客とみられる男性からのコメントも増え始めた。

「せいぜい傷を舐め合ってろ」

小島はウインドブレーカーのポケットにスマホをしまい、リュックを背負い自転車を漕ぎ始めた。

今度は理子の店の周辺を念入りに調べる。四条大橋から八坂神社方向へ自転車を走らせた。通りの両側には多くの観光客がいる。ここであのビッチを排除すれば、大きく報道されることは間違いない。

もはや失うものはない。近江屋のバイヤーに戻ることも、倹しい生活を取り戻すことも不可能だ。ならば小島だけでなく、多くの男性から疎ましく思われている目立つ女を殺せば、一生刑務所で衣食住に困ることなく余生を送れる。ついでにもう二、三人殺せば、一発で死刑が確定する。能力があっても働けない。一度堕ちてしまえば、再起すら許されない社会に対して一切未練はない。そもそも、あの小娘は歌舞伎町の片隅で体を売ろうとしていたような低俗な女なのだ。それがいつの間にか成功の切符を手に入れ、トントン拍子に生活水準を向上させ、世間で注目されるようになったのだ。

ペダルを漕ぐ足に力を込めながら、小島は自然と口元が緩んでいくのを感じた。

第六章　炸 裂

1

ここ数日、アフターをしていないため、理子は午前八時前に目を覚ましている。トーストとサラダで簡単な朝食を済ませたあと、理子は母に電話をかけた。

「どう、少しは落ち着いた？」

〈ようやくマンション前からマスコミがいなくなったから、ホテルから部屋に戻ったの〉

「他にはなにかあった？」

〈お父さんの弟や親戚からは一切連絡なしよ。理子はどうなの？〉

「大丈夫。店長や地元のみなさんが支えてくださっているから。体に気をつけてね」

電話を切った。父が凶行に走って以降、芝蘭の売り上げは通常の三分の一以下に落ち込んだ。洞本や坂東など常連客は足繁く通ってくれるが、出張組や大阪からの遠征客は途絶え気味だ。店の蓄えは十分にあり、焦ることはないと越智に言われているものの、打開策はあるのか。

東京の刑事がわざわざ出向いてきて、理子の命が狙われているとも告げた。怖くないと言ったら嘘になる。実際に東京で無差別殺人が三件も起き、そのうちの一件は父が加害者だ。このまま店の売り上げが低迷すれば、オーナーの唐木と高畑から強制的に閉店を命じられるかもしれない。青白い顔の長峰という刑事はそのオーナー二人が一連の事件の首謀者だと言った。

なにが正しく、なにが間違っているのか。理子は混乱した。手にしたままのスマホをタップし、ミカコの番号に電話をかけたが、呼び出し音が続くのみで応答はない。理子はショートメッセージで伝言を残した。

〈昨日、東京から警視庁の人が来ました〉〈私が参加したゲームは連続無差別殺人を展開する内容だと伝えられました〉〈本当にそうですか?〉〈刑事さんたちは、殺人ゲームの主宰者が唐木さんと高畑さんだと。彼らは私を殺そうとしている?〉

いつものミカコなら、電話に出られないとき必ず短時間でメッセージに既読がつく。自分は見捨てられたのではないか。不安が頭をよぎる。

〈もう十分にお金も稼いだだろうし、降りたら?〉〈また狙われるかもしれない。今度は生卵じゃすまないかも〉

先日、ビアホールでミカコが発した警告がよみがえる。具体的なことを教えてくれなかったのは、ゲームの終着点に殺人ショーが絡んでいるからかもしれない。もう一度スマホを見るが、依然として既読マークはつかない。

一瞬、脳裡に高瀬川沿いの光景がフラッシュバックし、両腕が粟立った。聞こえるはずはないが、耳の奥であの時の乾いた靴音が響き出す。理子は両手を耳に当て、懸命に首を振った。

大きく息を吐き出し、窓を開ける。いつもと変わらぬ京都の風景が広がっている。

底辺の生活から脱出し、京都まで来た。芝蘭の経営が軌道に乗り、母に仕送りをし、自分の口座にも着実に金が貯まった。これが本当に殺人ゲームの代償だとしたら。他の事件で犠牲になった人たちも自分と同じように誰かに監視され、ゲームだと意識して生活を送ってきたのか。

越智やスタッフたちの前では気丈に振る舞っても、所詮二一歳の小娘であることに変わりはない。理子は己の気持ちの弱さを呪った。ミカコの言う通り、命があるうちにゲームを降りた方がよいのではないか。いや、ゲームを降りるにはどうすればよいのか。肝心のミカコは電話に出ず、メッセージを読んだ気配もない。このまま殺されるのを待つだけなのか。それともフォトグラムで唐木や高畑に伝わるよう、ギブアップする旨を投稿すればよいのか。理子が髪をかき乱したとき、スマホが震えた。

ミカコが反応してくれたと思って画面を見ると、昨夜登録したばかりの新しい番号と名前が表示されていた。咳払いをしたあと、理子は通話ボタンを押した。

〈警視庁の森谷です。異状はないかしら？〉

気の強そうな容貌とは裏腹に森谷の声音は優しい。その分、事態が切迫しているともとれる。

「大丈夫です」

〈よかった。出かけるときは必ず私に電話して。京都府警の人もかなり警戒している〉

「わかりました」

改めて礼を言い、理子は電話を切った。

わざわざ東京から来た刑事が嘘を言うだろうか。ゲームの主宰者であり、芝蘭のオーナーでもある唐木と高畑が理子に告げた言葉が後頭部で響いた。

〈ゲームに参加すること自体がハイリスクなんだ〉〈君は普段通りの生活をしていれば、どんどん稼げるようになってくる〉

ミカコがゲームの中身を絶対に教えられないと言ったのは、刑事が言った通り、自分が殺人ゲームに参加しているから——三つの事件のように自分も無差別殺人を装った形で殺されてしまうのか。

小刻みに震える手でスマホの画面を見つめた。画面をタップし、父が犯した事件の記事を睨む。

〈逮捕された永島容疑者は警察の取り調べに対し、『誰でもよかった』『死刑にしてもらうためにやった』などと供述しており……〉

たしかに父は自堕落で勝手な人だった。だが、いくら生活に困窮していたとはいえ、そこまで思い詰めるものなのか。もし父が唐木と高畑に誘導されていたなら、なぜあの女性を狙ったのか。理子は意を決し、スマホのメッセージ画面を呼び出してテキストを打ち込んだ。

〈警視庁の刑事さんたちが京都に来られました〉〈私が狙われているそうです〉〈今回のゲームは、私を殺すための遊びなのですか？〉

唐木と高畑にそれぞれメッセージを発した。だが既読マークはつかない。このまま自分は釣り針についた生き餌のように、大きな魚に食べられるのか。理子は画面を睨み続けた。

2

八坂神社近くにある小さな建築事務所にランチ用のカツ丼を届けたあと、小島はゆったりとペダルを漕ぎ、鴨川沿いのベンチに辿り着いた。

内外から多くの観光客が京都を訪れ、祇園の花見小路や八坂神社周辺は混み合っていた。所々、自転車通行禁止のエリアもある。小島はわざと裏道を走り、自転車を押したりしながら周囲を見回した。

デリバリー用リュックを背負い、自転車を漕ぐ姿は京都でも珍しくない。小島は薄手のパーカーを着て、キャップを目深に被るよう心がけた。

街を走る間、至るところに防犯カメラが設置されていることに気づいた。国際的な観光都市で犯罪が起こるのを未然に防ぐため、警察や行政が設置したのは間違いない。

芝蘭がある一帯は、常に制服の警官が二人一組で行き来していた。スマホの画面に注意を払うふりをしながら観察すると、一時間に三、四回は店の周囲を行き来し、なんどか交代する徹底ぶりだった。

リュックを足元に置き、スマホを手に取る。芝蘭が入居するビルがある、祇園でも有数の盛り場の様子をなんども写真や動画として記録した。

フードデリバリーが当たり前となった今、警察も小島の姿を見て不審者だと思わない。試しに道を尋ねてみたが、若い巡査は丁寧に道順を教えてくれた。この作戦はきっとうまくいく。

フォトグラムのアカウントを開く。何通かメッセージが着信している。

〈いつ決行する？〉〈できるだけ派手にやって〉〈ビッチの頭が割れ、飛び散っていく血が見たい〉

数人の男性と思しきアカウントからだ。男たちはいずれも理子のアカウントをフォローしており、決定的な瞬間を心待ちにしている。フォトグラムを閉じ、今度は匿名掲示板に目を凝らした。

〈整形美人おばさん、売り出し中の女優、女子大生、派手な美容家の次は誰だ？〉

連続無差別殺人に関連するスレッドが立っていた。

〈祇園の美人ママが適任〉〈誰か早く殺せ〉

様々なコメントが付き、それぞれに賛意を示すサムズアップのマークがずらりと並んでいた。世間の注目度は確実に上がっている。絶対にチャンスを逃さない。画面を見ながら拳に力がこもる。

「今度はどこを回る？」

「清水寺か建仁寺がいいな」

川端通りの歩道を若いカップルがガイドブックを手に通り過ぎた。一目で安物とわかるファストフアッションに身を包んだ二人だ。

近い将来、おまえらも京都で特大のショーを見物できるかもしれない。二人の後ろ姿を見ながら、自然と口元が緩んでいく。

この高揚感は近江屋のモード館が世間の注目を集めたときと同じだ。モード館の立ち上げを主導したとき、社内や仕入れ先から問い合わせが相次いだ。世間にその存在が知れ渡ったあと、両手が震えるほどの喜びを感じた。タレントや俳優が人前に出てそれぞれの個性や能力を高めていくように、近江屋モード館は多くの客を呼び、世間での認知度が上がるにつれ建物自体がブランド化していった。

今、京都で大きなリュックを背負って走り回る男の存在は、誰にも知られていない。あとわずかな期間で、己は防犯カメラの映像や犯行現場で他人が写した動画で世間の注目を集めることになるのだ。

スマホをパーカーに戻したとき、信号待ちをする軽バンが目に入った。芝蘭周辺を撮影したときに写り込んだ車両で横の面に屋号が塗装されている。小島はすぐにリュックを背負い、自転車に跨《また》がった。

軽バンを追って再び祇園の中心部に戻ってから、小島はリュックを背負い、なんども細い小路や表通りを行き来した。軽バンは芝蘭や他の店にミネラルウォーターや生ビールの樽を配達したあと、立ち去った。

小島は運転してきた青年の作業ジャンパーに着目し、密かにスマホのカメラで撮影を続けた。軽バンが定期的に店に納品する時間帯にビル前に到着したらどうか。古着屋で同じような色の作業服を買い、荷物を運び込む青年とともに店に乗り込む。悪くないアイディアだ。実際、京都に来てから一度も警察の職務質問を受けていない。ドリンクの配送係になりきれば、周囲に溶け込むことができる。

ましてや軽バンは昨日も同じ時間帯に来店していた。人間は慣れに弱い。その点を突けば、芝蘭の店に突入することも可能なはずだ。

小島は撮影したデータにテキストでメモを書き加えた。こうしていくつものオプションを探り、あの小娘に近づいていく。

スマホから顔を上げた。白い調理服の男性が佐奈江ビルのインターホンを押しているのに気づいた。通行人を装い、男の近くまで歩み寄る。

〈はい、芝蘭です〉

インターホンからくぐもった声が響いたあと、男が店の名を告げた。イタリアンバルのようだ。

「新しいデリバリー用のメニューができたのでお持ちしました」

〈ご苦労様です。ポストに投函してもらえますか〉

男はエントランスに入り、銀色のポストに紙を入れた。小島はスマホで今聞いた店名を検索した。

〈東山区末吉町……〉

住所を見た途端、小島は拳を握りしめた。

3

「大丈夫かな、彼女」

祇園花見小路に近い喫茶店でノートパソコンの画面を睨んでいると、対面に座った森谷が言った。

長峰は画面に視線を固定させたまま答える。

「今のところ、差し迫った危険はなさそうだね。彼女の周囲には東山署の人たちがいるんだよね」

「万が一ってことがあるし。それに私たち警護のプロじゃないから」

「そんなこと言ったら、俺なんて全然警官らしいことしてないよ」

「心配なものは心配なの」

「お願いだから、少し黙ってもらえる？」

「他に言い方ないわけ？」

長峰はキーボードに指を走らせた。今、東京の本部にあるシステムに指示を出している。

膨大なアクティブユーザー数を誇るフォトグラム、匿名掲示板を中心に〈koji.koji〉こと小島の新規投稿や、他に理子を狙う者がいないか、抽出させているのだ。

「ごめん、やっとコマンドを送ったから、相手になる」

「私が寂しい人みたいじゃない」

「突っかかるのはやめてくれよ。それで東山署との話し合いは？」

長峰がコーヒーショップでデータ分析を行っていた間、森谷は東山署へ出向いて理子の警護について話を詰めていた。

「自宅マンションやお店周辺は二人一組で一時間に三、四回の割合で巡回する。その他、彼女がどこかに行く際に東山署の担当者に連絡すれば、私服の警官が出動することも決めてきたわ」

「それって、かなり厳重なの？」

東京を発つ直前、生活安全部の参事官に森谷が直談判した。理子というネット社会で注目を集める若い女性に万が一のことがあれば、警視庁だけでなく、京都府警、ひいては警察全体の問題になると。

当初参事官は渋ったが、連続する無差別殺人に絡み、理子という若い女性が狙われている公算が極めて高いのだと主張すると、ようやく折れた。

参事官は警視庁捜査共助課を通じて府警に連携を求め、最終的に森谷が東山署に出向き、警護の要請を行った。キャリア参事官がかつて府警に勤務していたことも奏功し、連携はうまくいったのだと森谷は得意げに言った。

「ご苦労様でした」

長峰が言うと、森谷がスマホを取り出した。

「高梨さんとも連絡先を交換しているから、備えは万全。あと何日かすれば、小島の行方をつかめるだろうし。ただ、今朝電話したとき、東山署には以前から色々と相談していたって言っていた」

森谷が首を傾げて続けた。

「彼女によれば、たしか、店長が相談してたって……」

「まさか、そんな相談を東山署は受けていないってこと？」

「そうなの。よほど重大なことでもない限り、個別の要請には慎重な姿勢を貫いていたらしい。それに誰も越智っていう店長を知らないって」

森谷によれば、以前同署で夜の店と過度に癒着した刑事が数人存在し、府警本部で問題になったことがあったという。巡回強化など警護に関する要請があった際は、全署ベースで情報共有する決まりになったと聞かされたようだ。

森谷の話を聞き、長峰はフォトグラムの理子のアカウントをノートパソコンの画面に表示した。たくさんの投稿の中から、客や理子、そして笑顔を振りまく店長の写真を見つけた。顔写真をキャプチャーし、画像検索ソフトに落とし込む。

「この店長、どういう経緯で京都に来たか知らないけど、唐木や高畑が送り込んだ人物だとしたら、彼女は一番の身内に見張られ、狙われているのかも」

森谷が顔をしかめた。

「第一、店の実質的なオーナーは唐木と高畑だ。いくら彼女が優秀だからって、いきなり店長をスカウトできる？　都内で遊び倒した二人の金持ちが連れてきたと考えるのは妥当だ」

長峰の眼前に検索結果が現れた。

〈六本木アラジン　黒服一同勢揃い〉

スーツを着た青年たちが五人、花輪の前に立っている。店の名を再度検索すると、現在も営業している、六本木でも相当高い料金を取るラウンジのようだ。

「この人、やっぱり臭い」

森谷が画面を覗き込み、言った。

「六本木アラジンの越智という黒服が……」

森谷が自分のスマホを取り出し、掌で口元を覆いながら話し始めた。

「……ええ、そうそう、アラジンの越智です」

次第に森谷の顔が険しくなっていく。周囲に気を配りながら、森谷がしばらく小声で話したあと、礼を言って電話を切った。

「越智の経歴がわかった。やっぱり訳ありの人物。中田警部補《しゅにん》が教えてくれたの。彼は以前麻布署にいたから、夜の住人には精通している」

いつも長峰を飲みに誘う角刈りの男の名を森谷が口にした。体を壊してサイバー犯罪対策課に在籍し、リハビリのような生活を送っているが、いざというときには役に立つ。

「ギャンブルで身を持ち崩した人らしい。競輪、競艇、賭け麻雀に闇カジノで雪だるま式に借金が膨らみ、半グレ系の高利貸しに頼ったみたい。その返済に充てるため、店のボトルを操作したらしい」

「操作って？」

長峰は酒への執着がない。夜の街に繰り出す時間があれば、自室にこもってゲームに興じる。

「高いボトルと安いボトルの中身を入れ替えるとか、架空の伝票を切って酔った客に高額請求する。それで麻布署に相談が何件もあったらしいわ」

「悪質だな」

「水商売の信用を失う典型例らしいわ。それで、中田さんが面白いことを言っていた。店のオーナーがマル暴に相談して、越智からきつい取り立てをやろうとしたんだって、でも……」

「取り立てしなかったの？」

「立て替えてくれた人がいたらしいの」

「それが唐木か高畑ってこと？」

「そこまでは知らないって言っていたけど、若い実業家らしいとは聞いたことがあるみたい」

長峰は腕組みした。小島のほかに、越智という獅子身中の虫がいて、理子の危険度が増している。

「危険な賭けかもしれないけど」

キーボードを叩き、長峰は画面を凝視した。

「なにを企んでいるの？」

「これ見てよ」

長峰は画面を森谷に向けた。

「西京極競技場で……」

画面にあるホームページを見た瞬間、森谷が呟いた。

「そうだよ」

「ちょっと意味わかんない」

「もう一度言うけど、危険な賭けだ」

周囲を見回し、長峰は声を潜めた。

「こんな大規模イベントがあったら、周辺の所轄署は忙しくなるよね」

「当たり前よ。警備に動員されて……。あ、まさか」

「そのまさかだ。だから俺たちも体を張らなきゃならない」

長峰が言うと、森谷が眉根を寄せ、頷いた。

4

午後七時を過ぎ、理子はスマホを手にため息を吐いた。画面には既読マークのつかない唐木、高畑とのメッセージ欄がある。未だ電話もつながらない。

本来なら祇園や市内各地にあるレストランや割烹に出向き、常連客と夕食を摂っている時間帯だ。安全を考えて当面は控えた方が良いと店長の越智に強く釘を刺された。東京から来た森谷という女性刑事にも自重を促された。

唐木と高畑に連絡がつかないと越智に伝えると、二人はお忍びで海外に出かけ、投資家向けの説明会に出席している可能性があるという。二人は日本での成功者だが、世界にはもっと裕福な投資家が存在する。唐木と高畑はそれぞれのビジネスを拡大させることが目標のため、頻繁に海外投資家と会っている。たしかに恵比寿のヴィラ時代も若い実業家が海外の富裕層を連れてきたことがあった。越智から以前も同じような極秘の渡航があったと聞かされ、理子は無理やり自分を納得させた。

突然殺されるかもしれない。漠然とした不安が胸の中に広がる。父の事件も含め、東京で三件連続して無差別殺人事件が発生した。自分は新たな殺人ゲームの犠牲者になるのか。警視庁から来た二人の刑事は、唐木、高畑が主宰した殺人ゲームなのだと説明した。当然納得などできない。

窓辺に立ち、明かりが灯り始めた京都の街並みをぼんやり眺めていると、スマホが鈍い音を立てて振動した。越智からのメッセージを着信している。

〈あと五、六分でお迎えにあがります。少しだけお待ちください〉

了解したと理子は返信した。

三時間ほど前、越智から電話で連絡が入った。理子が考えてもみなかった事態が起き、緊急を要するという。

西京極競技場で人気アイドルを招いた大規模なライブイベントが開催される。東京で無差別殺人が多発し、京都でも同様の事件が発生する懸念があるために多数の警官が警備に動員され、理子の警護が手薄になるというのだ。

そこで越智がレンタカーを調達し、若い黒服とともに自宅マンションまで来て、そのまま店まで送り届けることになった。

これまでは越智や黒服が自宅まで来て、徒歩で店に向かっていた。昨日、制服警官のコンビがさりげなく周囲にいて、安心感があった。大規模イベントならば、民間の警備員だけでなく、交通整理や観客の誘導で警察官が動員されるのは当然だ。

もし第四の犯行を狙う小島という男性がその隙を狙うとしたら。だが、越智は絶対に守ると確約してくれた上に、万が一のときは盾になるとまで言った。

〈マンション前に到着しました。黒のミニバンです〉

窓から外を見る。たしかに黒光りする車両がハザードランプを灯し、停車していた。すぐ向かうと返信し、理子は部屋を出た。

駐輪場の脇にあるスペースにミニバンが停車し、ドアの前には、鋭い視線で周囲を見回す越智がいた。運転席には若い黒服がいる。

越智がスライドドアのボタンを押し、理子が乗り込もうとしたときだった。

「ママ、早く乗ってください」

越智が声を荒らげた。角を曲がってきた自転車が猛スピードで近づいてきた。理子は背中を押され、放り込まれるように車内へ飛び乗った。

越智が通せんぼのようにドアの前に立った直後、自転車は勢いよくミニバンの脇を通り過ぎた。後部座席からフロントガラス越しに見ると、フードデリバリーのロゴがプリントされた大きなリュックを背負った男が遠ざかっていく。

「脅かすなよ」

越智が額に浮き出た汗をハンカチで拭い、乗り込んできた。理子は胸を撫で下ろした。

「今日も安全面を考えて同伴、アフターはなしです」

黒服に発進を促したあと、越智が言った。理子は頷いてから、口を開く。

「ビルの裏口から入りましょう。業者さん用の通用口へお願いします」

理子はようやくシートに身を任せた。グレーの薄手のパーカーで出てきた。そして念入りにキャップとマスクも着用している。

「あと何日、こんなことをしなければ……」

「我慢しましょう」

ミニバンが走り出してからも、越智が周囲に目線を向けているのがわかった。車は四条通りにさしかかり、混雑し始めた祇園へと吸い込まれた。


午後八時、開店の時間になった。いつもならば同伴に出て、店に戻る時間を気にしている頃だ。今はがらんとした店にいて、客は一人もいない。理子のほかには店長、ソムリエの白井、黒服一名、キャストが二名だ。キャストも万が一のことを考え、同伴とアフターは自粛している。

店を開く意味があるのか。理子がそう考えていたとき、越智が口を開いた。

「ご予約のお客さまは九時です。少しばかりお腹を満たしませんか。うどんならすぐに来ます」

「いいですね！」

沈んだ雰囲気を明るくしようとしたのか、若いキャストが甲高い声を上げた。

「接客前なので、満腹はダメですよ」

理子が告げると、全員が頷いた。祇園には出前対応してくれるうどん屋がいくつかある。黒服が素早くメニューを取り出し、電話を入れた。

「食事が届くまで、ちょっといいですか？」

真面目な顔で越智が切り出し、VIPルームを見た。理子は頷き、越智に続く。

「ここ一、二カ月は客足が落ちるでしょうが、蓄えも十分ありますし、大丈夫ですよ」

ソファに腰を下ろすなり、越智が言った。

「今まで丁寧に接客してきました。お客さまはちゃんとわかっておられます。徐々に戻ってこられますので、今は我慢のときです」

理子は安堵の息を吐く。

「キャストや黒服、スタッフ、ソムリエへの支払い、家賃はどうですか？」

「資金繰りに全く心配はありません。この状態が一年続くとさすがに苦しいですけど」

「経理も店長にお任せして、本当に申し訳ありません。ところで……」

理子は唐木、高畑の二人と未だ連絡がつかない旨を話した。

「前にも申し上げましたが、そこまで徹底していると確実に海外で投資家向けのプレゼンですよ。実際、私も連絡がつきませんから。私が六本木にいたときも、毎晩のように顔を見せられたお二人が一〇日程度来られませんでした。投資家と会っていること自体内緒にされたかったとかで」

自分の会社に金を出してくれる投資家と会うとなれば、趣味の一環として経営する京都の店よりも重要度は高いのだろう。

〈高梨さんが参加したゲームとやらは、ネット上で嫉妬、憎悪を煽り、他人が他人を殺す過程を楽しむものだった。次のターゲットはおそらくあなただ〉

突然、耳の奥で長峰という風変わりな刑事の言葉が響いた。

「ママ、まだなにか心配ごとでも？」

越智の声で我に返った。

「いえ、なんでもありません」

ＶＩＰルームをノックする音が響いた。

「出前が届きました」

黒服が扉を開けた。理子は越智とカウンター席に向かう。薄手のパーカー、キャップを目深に被り、マスクをした男性が大きなリュックからプラスチックの器を取り出し、カウンターに並べていた。

「あれ、いつものお兄さんは？」

理子が尋ねると、男性がマスク越しに答えた。

「人手不足なので、臨時のバイトです」

男性が探るような目つきで理子を見た。

「そうですか」

「ママ、せっかくのうどんが伸びてしまいますよ。さあ、早く」

器にかかった包装を解き、越智が割り箸を置いた。

理子は器を手に取り、口元に近づけた。芳醇な出汁の香りが久々に食欲を刺激した。

5

「違ったわね」

大きなデリバリー用リュックを背負った男の後ろ姿を見ながら森谷が言った。

「あの格好で小島に来られたら、正直わからないよ」

祇園の佐奈江ビルの隣の歩道で、長峰と森谷は警戒を続けた。理子が店に入ってから一時間後、ビルの前に自転車が急停車した。キャップを目深に被り、マスクを着用したリュックの男がスマホの画面とビルを見比べたあと、インターホンを押した。森谷が店のスタッフに確認した。うどんの出前を取ったということだった。

「料理のデリバリーは想定していなかったわ。気をつけなきゃ」

「どこにでも配達員がいるから見分けがつかない。しかも、自転車や原チャリに乗っているので移動が速い。リュックに凶器を入れられたらアウトだ。一人一人職務質問するわけにもいかないし」

午後九時前、周囲の飲食店の明かりが次々に灯り、多くの客たちが店へと吸い込まれていく。東京の繁華街に比べれば規模は小さいが、行き交う人は皆着飾っている。長峰は前髪越しに周囲を注意し続けた。先ほどとは別に、リュックを背負った配達員が四、五人通りを行き交った。あの速さで店のエントランスに突入されたら、体力に自信のない長峰は太刀打ちできない。

「ネットはどう？」

「アラートが鳴らないから、平穏だ」

通りの人々から視線を外し、長峰はスマホを凝視した。

小島が新規投稿する、あるいは匿名掲示板や他のＳＮＳで騒ぎが起きそうな気配があれば、システムがアラートを送る仕組みを構築した。

システムからの通知はない。小島にも動きがない。それでも確実に危機が迫っているのだと長峰は自分に言い聞かせた。果たして、小島はどんな手段を取ってくるのか。先ほどのフードデリバリーのように、見逃しがないか。長峰は前髪を捻りながら考えた。

「イベントは混乱なく終わりそう」

森谷がスマホの画面を見ている。

「観客数はどう？」

「二万人だって」

「こちらが手薄になるのも当たり前か」

裏の通用口から理子が入店して以降、祇園の中心部で制服警官の巡回を見たのは一度だけだ。小島を誘《おび》き出すという危険な作戦を考え出したものの、実際に事が起きれば、地元警察の応援が遅れるのは目に見えている。森谷と二人でどこまで対応できるか。

「本当に小島が来たらどうする？」

長峰が言うと、森谷が腰に手を当てて眉根を寄せた。

「特殊警棒で頑張る」

森谷がジャケットをめくった。腰には黒い伸縮性の棒がある。

「拳銃の携帯許可とか、東山署に依頼できるのかな」

「無理に決まっているでしょ。東京を出るとき、まさかこんな事態になるとは思わなかったからね。店が密集しているところで万が一にも発砲したら、警官人生は終わり」

拳銃使用の複雑さは長峰の理解の範囲を超えている。そもそも自分が撃てるとも思えない。現場の警察官としてのスキルは森谷が数段上であり、屁理屈をこねても絶対にかなわない。

「危険だけど賭けるって言ったのはあなたじゃない」

「そうだけど」

西京極競技場で人気アイドルたちのライブイベントが開催され、多数の警官が動員されることを森谷はあえて店長の越智に伝えた。実際に府警本部は警備に大量の人員を割かねばならず、東山署のメンバーも三〇名が動員され、巡回は確実に減った。

「店長が唐木と高畑の犬ならば、絶対にこのチャンスを逃さない」

長峰はもう一度、スマホに目線を落とした。システムに反応はない。

「ちょっと、あれ」

森谷が小声で言った。先ほど配達員が立っていたビルのエントランス前に、二人の男性がいる。一人がスマホを取り出し、上のフロアを眺めながら通話を始めた。時刻は午後九時になっている。

「洞本やけど、開けて」

男が短く告げ、電話を切った。

「常連のお客さんみたいね」

森谷が小声で言った。エントランスのガラス戸の向こう側に背広姿の青年の姿が見えた。以前店を訪れたとき、カウンターの内側にいた若いスタッフだ。

長峰はため息を吐いた。危険な誘導作戦は始まったばかりだ。机上での捜査ばかりで、現場で張り込みしたことなど皆無なだけに心理的な圧迫感からは逃れられない。

「ちょっと邪魔や」

舌打ちしながら、大きなデリバリーリュックを背負った自転車の男が目の前を走っていった。

直後、背の高い女性が長峰の前をゆっくりと通り過ぎた。女はなんどかビルの上に視線を向ける。

長峰は女の背中を目で追う。

「どうしたの？」

森谷が顔を覗き込んできた。

「あの人、どこかで会ったような気がするんだよね」

「綺麗な人だった。女性には縁がなかったんじゃない？」

「そうだけど、でも、どこかで」

ゆっくりと遠ざかる後ろ姿を長峰は睨み続けた。

6

「いらっしゃいませ。お待ちしておりました」

ドレスに着替えた理子は、洞本と高校の同級生だという男性の二人をＶＩＰルームに案内した。

「お飲み物はどうなさいますか？」

二人におしぼりを渡しながら、尋ねた。洞本は同伴時はいつも、和食店では日本酒を、イタリアンやフレンチではワインを飲んでからこの部屋に入る。ソファに座った途端、洞本はシャンパンをオーダーしてくれるが、今日は勝手が違う。

「ついさっきまで事務所で打ち合わせしてたんや。だからメシもまだ。腹減ったなあ」

連れの男が言った。

「それではイタリアンのテイクアウトはどうですか？」

理子は黒服を呼び、新しいメニューが追加されたチラシを洞本に手渡した。

「どれもうまそうやな」

「ワインなら、ソムリエの白井が完璧な組み合わせをご提案させていただきます」

「そやった、ここにはプロがおるんや」

嬉しそうに言い、洞本が白井を呼んだ。

「お食事はたくさん召し上がれそうですか？」

ソファ席の前に膝をつき、合流した白井が言った。

「ペコペコやねん」

「こちらのお店は生ハム、チーズ、サラダが美味しいです。いきなり重いものからではなく、まずは軽く白ワインと合わせる形でいかがでしょう？」

白井がスラスラと提案した。

「お先に前菜を出前してもらい、その後、熱々の料理をという手筈はどうですか？」

ワイングラスをテーブルに並べながら、越智が言った。

「生ハムとチーズの盛り合わせにシェフのお任せサラダ、それにフォカッチャとグリッシーニやな」

洞本がメニューを指し、越智がメモしていく。

「その次は、頃合い見計らってラムチョップにゴルゴンゾーラのピザ、アラビアータをお願い」

本当に空腹と見えて、洞本は次々とオーダーした。話を聞きながら、白井が自分のメモ帳にペンを走らせる。越智はカウンター席に戻り、電話をかけ小声でオーダーし始めた。きびきび動く二人を見ていると、騒動前の日常に戻ったのではないかと錯覚する。

水商売はずぶの素人だったが、恵比寿で様々な客に接してスキルを磨き、京都でママになった。顧客に対して懸命に心遣いを施し、常連も増えた。筆頭格が洞本だ。多忙な中、今日は友人を伴って来店してくれた。不意に涙がこぼれ落ちそうになった。理子は顎を引き、必死で堪えた。

「それでは、まずは白のスパークリング、プロセッコの逸品から始めさせていただきます」

いつの間にか白井がカウンターとVIPルームを行き来し、少し太めのボトルを運び込んだ。

「センスええなあ」

洞本が機嫌よく笑ったあと、理子に顔を向けた。理子は洞本と連れの男性の対面にある一人がけのソファに腰を下ろした。

「そや、このプロセッコのボトル、写真をフォトグラムに上げとこ」

洞本がスマホのカメラで撮影を始めた。おどけた口調だが、表情は真剣だ。なんどか画面をタップしたあと、満足げに頷いた。

「上げといた。もちろん、ハッシュタグで芝蘭、理子ママも入れておいたで」

「ありがとうございます」

洞本が投稿したばかりの写真を見せてくれた。スマホのライトを巧みに使い、ボトルやエチケットのシルエットが綺麗に写っている。

〈芝蘭のサービス最高やで〉〈常駐ソムリエのチョイスもナイス！〉

画面を見ていると、たちまち一〇〇個以上のサムズアップのマークが付いた。

「影響力のある社長のコメント、本当に助かります」

理子は改めて頭を下げた。

「こんな時期にお店のことを投稿したら……」

「かまへん。アンチは元々おるさかいな、気にしてたら商売できへん」

アンチ理子の数が数万単位に上る中、父が加害者となった凶悪事件が発生した。洞本は事件前から芝蘭について積極的に投稿を繰り返し、これが集客の一助となったのは確かだ。

「俺は自他共に認める理子ちゃんの応援団長や。今が辛抱する大事な時期やで」

「はい、ありがとうございます」

理子は深く頭を下げた。

洞本が理子を応援するあまり、アンチのネットユーザーが彼を誹謗中傷したこともある。それでも店と自分を応援してくれる貴重な顧客であり、個人的にも尊敬できる。

「資金繰りとか大変やないのか？」

「店長によれば当面その心配はありません」

「あれだけ京都の人間が来てたのになあ」

空きがあるカウンター席の方向を見やり、洞本が顔をしかめた。

「俺みたいな根強い理子ファンもおれば、例の件で離れていく奴もおる」

理子の頭の中に数人の客たちの顔が浮かんだ。父の一件以降、店に出入りすることで自分の評判に傷がつくことを恐れた人は少なくない。お詫びのメールや手紙を出したが、返信さえない客もいる。

「厳しいことは重々承知しています」

「とにかく、俺たちは応援する」

洞本の言葉が乾き切った胸の中に沁み入ってくる。

「準備が整いました」

白井が細いグラスに発泡ワインを注ぎ終えた。

「Ｖ字回復を願って乾杯や」

洞本の音頭とともに理子はグラスを重ねた。

「ママ、あと少しで前菜が届くそうです」

越智がＶＩＰルームの入り口で告げた。

「それにしても、前菜とメインを分けて届けてくれるなんて、えらい気を遣わせたみたいやな」

「とんでもない。大切なお客さまにはこれくらいさせていただかないと」

理子が答えた直後、カウンターの奥の方から、インターホンの呼び出し音が聞こえた。

7

「彼は大丈夫よね？」

佐奈江ビルの前に、髪をヘアクリームで綺麗に整えた青年が立った。白いコックコートを着て、手に四角い保温バッグを持っている。

「トラットリア・ジュリアです。オードブルをお届けにあがりました」

インターホンのマイクに向け、青年が言った。声のトーンが高い。

「小島じゃない。若すぎるよ」

斜向《はすむ》かいのビル前にいる青年との距離は、道路を挟んで二〇メートルほどだ。長峰は前髪をかき上げて目を凝らした。

白い清潔な調理服の青年はマスクを着けているが、容姿は明らかに二〇代前半か半ばくらいだ。青年の後ろ姿がビルの中に消えた。隣にいる森谷は掌で口元を覆い、通話している。

「近所のイタリアンからお客さん用に出前を取ったそうよ」

電話を切り、森谷が安堵の息を吐いた。

「もう一度、別に温かい料理の配達が来るから、そちらも全然気にしなくて大丈夫だって」

「小島が来るとしたら、閉店後か」

「営業前、それに店が始まっても現れないのなら、その公算が高い。客が帰って人数が少なくなれば狙いやすいって考えているのかも」

「そこまで冷静に考えているかな」

未だに小島の動きが予測できない。スマホにシステムからの警告は一切ない。

「今夜、そして明日いっぱいまで張ってみよう」

森谷が言った。

「明日までを期限にするって意味?」

「そう。小島が怖気付いたのかもしれない。もちろん警戒は続けるけど、その間に府警と連携して徹底的に小島を探すの」

森谷の言い分は理解できる。

他の三件の事件の加害者たちと違い、小島が殺人の意欲を失っている可能性はゼロではない。ただ、東京で起きた事件は、唐突に犯人たちが行動を起こすと宣言し、あっという間に犯行が実行された。手放しで賛同はできない。その点を指摘すると、森谷が頷いた。

「油断しているわけじゃないわよ。でもね、現場は流動的なの。私たち警官が思いもつかないことが必ず起こるから」

「先輩のご意見には従います」

先ほどレストランの青年が立っていた場所に、今度は背の高い女性がいる。

「さっきの美人さんだ」

長峰が言うと、森谷が目を凝らし始めた。現れた女性はビルの上階をじっと見つめ、動かない。

「店の関係者ではなさそうだし、求人を見て別の店に面接に来たのかな……でも、水商売特有のオーラがないし。なんだろう？」

生安歴の長い森谷が首を傾げた。女はエントランスの前を離れ、通りを東の方向へと歩き出した。どこかで見た顔だと先ほどから思っていた長峰はスマホを取り出し、画面をタップした。

一連の事件に関してファイルを作っておいた。その一つを開いたとき、長峰は閃いた。

「わかった。例の美人さんだ」

長峰は女が歩いて行った方向に目をやったが、先ほどまで見えていた細い体のシルエットは既に人込みの中に消えていた。

8

人二人がようやくすれ違える細い小路の奥で、小島は待ち続けた。

祇園末吉町の表通りは、飲食店に向かう客で混み始めたが、路地の奥にはほとんど人影がない。電灯の陰になる町家の壁に背をつけ、小島はスマホを片手に立っていた。

〈段取り順調。指示を待て〉

ダイレクトメッセージを読み終えて顔を上げると、目の前を白いコックコートの青年が通り過ぎた。目線で青年を追うと、さらに奥にある小さなイタリアンバル、ジュリアの扉を開けた。

「戻りました」

「あと少しで次の皿ができるから、もう一度頼むわ」

閑静な町家が連なる一角で、シェフと思しき太い声と青年の声がはっきり聞こえた。

〈もう一度頼むわ〉

シェフの声が耳の奥で反響した。小島はなんども読み返したダイレクトメッセージを遡った。

〈入れ替われ〉

短い指示だった。小島は足元を見た。大きなリュックの中には、京都の街角で出会った身なりの良い男から渡された白いコックコートがある。白いカッターシャツに黒のパンツが体の線にフィットしていた。髪もポマードで整えたバーテンダーかレストランのマネージャーのような風体だった。

周囲を見回したあと、素早く着替え、白い前掛けも着けた。パーカーを放り込んだリュックの中を手で探る。タオルで包んだ定規状の物を取り上げ、足元に置いた。

実家が全焼して以降、ずっと相棒だったバックパックはこれで用無しだ。町家と隣家の隙間に投げた。

「あの、小島さんですか？」

いつの間にか、四角の保温バッグを持った先ほどの青年が目の前に立ち、甲高い声で言った。

頷くと、青年が怪訝な顔で小島を見つめてくる。

「話はついているから」

小島はデニムの尻ポケットから封筒を取り出し、青年に渡した。

「お礼の二万円が入っている。メシでも食べてくれ」

「配達を代行していただくのに、逆にお金をもらうのは……」

青年は戸惑っているが、本当の目的を話せば、たちまち警察に通報するだろう。

「事情があるんだ。芝蘭のお客さんの知り合いでね。今日はサプライズで誕生日パーティーなんだ。黙っていてくれればそれでいい」

青年の表情が少し緩んだ。

「ジュリアでも同じようなことがあるだろう？」

青年は頷き、保温バッグを小島に手渡した。重みはある。

「それじゃあ一五分ほど、その辺で缶コーヒー飲んでいます」

「ケースは、あとで芝蘭のスタッフがジュリアに戻しておくから」

封筒をコックコートのポケットに入れ、青年は表通りの方に走り去った。かきいれどきの夜、営業中に少しでも息抜きできる嬉しさは、接客業で長く勤めた小島にも理解できる。

足元に置いたタオルを巻いたステンレスの塊を保温バッグの隅に挿し入れる。気分が高揚していく。小島は尻のポケットからバンダナとマスクを取り出し、装着した。

バッグを持ち上げ、小路をゆっくりと歩き出した。喜びが体の芯を突き抜ける。両手の先から血液が逆流するような感覚もあった。

あと少しで、人生で最高の達成感を得られる。あの小娘を刺し、近江屋の後輩の白井も殺す。二人を殺めれば、確実に死刑になる。

末吉町の表通りの灯りが見え始めたとき、数日前の新宿中央公園での出来事が頭をよぎった。公園の隅にあるベンチに座った直後だった。ボランティアを務めていた近江屋の後輩がお茶を差し出した。小島だと気づいた際、憐れみの視線をよこした。あの目つきは一生忘れられない。

その後、高層ビル下の公園で、若い女性社員とベンチを巡り言い争いになった。汚い犬を見るような女の目線、力ずくで追い出そうとした警備員の顔――落ちぶれた小島への蔑みの視線が交錯した。

料理が入ったバッグを持ち、表通りに出た。先ほどとは打って変わり、周囲が明るい。また表舞台に戻れる。近江屋のバイヤー時代以上に、世間の注目を集める。表通りを数十メートル歩けば、目的のビルだ。インターホンを押しても怪しまれることはない。

ビルの三階に上がり、料理を並べる。そして、タイミングを見てタオルをほどき、包丁をあの小娘と白井にかざしてやるのだ。

数分後の未来だ。これをやり遂げれば、一生楽になれる。自分だけが良い思いをするのではない、不当に社会から引きずり下ろされ、惨めな思いを抱き続ける男たちに勇気を与えてやるのだ。

小島は歩幅を広げ、表通りを西方向へ歩いた。

9

「本当にお腹が減っていらしたんですね」

「そうや、ずっと打ち合わせやったんや。頭使うと腹減る。まだ次の皿は来んか？」

発泡の白ワインを一本空け、サラダやフォカッチャを次々に平らげた洞本が快活に笑う。カウンター席にも三名の客が入り、黒服やキャストが接客中だ。店の活気は確実に戻りつつある。

理子は空いたオードブルの皿を片付け、カウンターの内側にあるシンクに運んだ。この間、ソムリエの白井が次のワインの相談をしている。第二陣はジューシーなラムやブルーチーズがふんだんに盛られたピザ、アラビアータが届く手筈だ。おそらく白井は、濃い目の赤を提案しているだろう。

「ママ、鳴りましたよ。ご予約かも」

シンクに空いたトレイを置いたとき、黒服がカウンターに置いた理子のスマホに目を向けた。

スマホを取り上げた。ダイレクトメッセージ欄に新着を告げる星印が点滅していた。

差出人の名を見て、理子はすぐにメッセージを開いた。

〈今、お店のすぐ近くにいるんだけど、顔を出してもいいかしら？〉

〈もちろんです。道順はわかりますか？〉

〈わかるわよ。すぐ行くわ〉

「嬉しい！」

理子は思わず口にする。黒服が首を傾げた。

「恩人が来てくださるの。カウンター席を一つ用意してください」

「了解です」

黒服がカウンターの隅の席を丁寧に拭き、コースターを置いた。理子が唇の前で二本の指を立てると、黒服はすぐに丸い灰皿を取り出した。

「女性なので、キャストは付けなくて結構です。私がお相手しますから」

黒服が頷いたとき、店のドアが開いた。

「ミカコさん、ご無沙汰です。どうぞ、入ってください」

ミカコが笑みを浮かべ、ゆっくりとカウンター席に歩み寄った。リネンのシャツ、バギーパンツ。長身で細身の体型はいつ見ても隙がない。

「随分早かったですね。近くにいらしたんですか」

「花見小路で打ち合わせがあったの。それに、メディアが張っていたら嫌なので裏から入っちゃった」

「通用口から？」

「そう。あなたが京都に来る前から、この街には随分来ている。昔、このビルに雰囲気の良いバーがあって、なんども裏口からお邪魔したから」

「そうですか。とりあえず座ってください」

理子がカウンターのスツールを指すと、ミカコが腰を下ろした。すかさず黒服がおしぼりを広げ、ミカコに手渡す。

「随分教育が行き届いているのね」

ミカコがおしぼりを鼻に近づけた。提供する直前、黒服がミントのスプレーをわずかにかける。夏場は制汗効果があり、客にも好評だ。

「おかげさまで。いつものようにビールにしますか？　新鮮な生樽がキンキンに冷えています」

理子はおどけて言い、黒服に目を向けた。黒服は冷蔵庫の取手に手をかけた。ビアタンブラーがいくつも冷やしてある。

「さっき随分いただいたから、ワインがいいわ」

理子は黒服に顔を近づけ、白井を呼ぶように指示した。

「ソムリエのアドバイスはいい。適当に発泡の白をください」

黒服が恭しく頭を下げ、ワインクーラーの扉を開けた。

「ほんの数日なのに、随分お会いしていない気がします」

理子はカウンターの内側、ミカコの真正面の位置に立った。

「そうね。仕事でバタバタしていたから」

「お元気そうでよかったです」

理子が笑みを浮かべた直後、ミカコの眉根が寄った。

「理子ママ、そろそろお客さまのところに戻って。私はイレギュラーなゲスト。他のお客さまはこういう時期に来てくださる貴重な方々。どちらが大事か、すぐに判断できるでしょ？」

頭を下げた。黒服がスパークリングワインをミカコ、そして新たに置いた理子用のグラスに注ぐ。

「ちょっとだけ乾杯」

いたずらっぽい笑みを浮かべ、ミカコがグラスを持ち上げる。理子もグラスを上げ、乾杯した。

「いってらっしゃい」

ミカコが言った。口元は笑っているが、両目は醒めていた。

「もしお腹が空いておられるようでしたら、イタリアンのデリバリーが可能です。うどんとかも
……」

理子が言うと、ミカコが首を振った。

「それでは、お客さまのところへ行ってきます」

「ええ、頑張って」

突然、ミカコの口元から笑みが消えた。

「生き残るのよ」

ミカコはぶっきらぼうに言うと、理子から目を離してスパークリングワインを一気に飲み干した。

常連客を懸命に接待して苦境を乗り越えろ。ミカコはそう言ったのか。あるいは、ゲームのリクルーターとして、理子が殺されることを予期しているから告げたのか。クールな横顔を見つめるが、答えは出なかった。

10

佐奈江ビルの斜向かいの小路脇に座り込み、長峰はノートパソコンの画面を凝視した。

「一向にアラートが鳴らないから、バグがあるのかと思ってチェックしているんだ」

目の前には、アルファベットと数字が複雑に入り組んだコードが並んでいる。素早く視線を動かし、SNS監視用システムに問題がないかチェックを続ける。

「小島にしても、匿名掲示板にしても問題はなし。本当に諦めたのかな」

「もう少し我慢して。これが現場の張り込みなんだから」

森谷の口調がきつい。既に一時間以上立ちっぱなしだ。男性でも辛い仕事を森谷は愚痴一つこぼさず続けている。普段はデスクの前に十時間以上座り続けても苦にならないが、屋外は長峰には応える。

「そっちは異状ない？」

「ないわよ……あ、二回目の出前が来たわ」

「大丈夫だよね？」

「先ほどとは違うスタッフだけど……」

「だから、お店に確認してよ」

画面を睨んだまま言うと、森谷がスマホで電話をかけ始めた。

「もしもし……ええ、そうですよね」

森谷が安堵の息を吐き、言葉を継いだ。

「大丈夫よ。今度はラムチョップやピザ、それにパスタだって」

「いいなあ、腹減ったよ」

傍らに置いたリュックに手を突っ込み、中をまさぐった。いつも側面のポケットに栄養補助ビスケットを入れているのだが、指先に目的の物がない。

「こういうときに限って、エネルギー源を食い尽くしているよ。コンビニ行ってもいい？」

「ダメ。少しくらい我慢しなさいよ。だから喫茶店でサンドイッチかホットドッグでも食べておけばよかったじゃない」

森谷が注意してきたとき、インターホン前の声が薄らと漏れ聞こえた。

「トラットリア・ジュリアです。出前をお持ちしました」

今度は低い声だ。長峰は一瞬だけビル前に目を向けた。バンダナを被り、白いコックコートを着た男の後ろ姿が見える。異変は感じ取れない。再び視線をパソコンに戻す。

「高梨さんが無事に家に帰ったら、どこか居酒屋でごはん食べよう」

「午前一時すぎね」

「そうね、店の後始末もあるだろうから二時くらいかも。でもね、現場での張り込みはこんなの当たり前なんだから」

「わかりましたよ。あっ……」

「どうしたの？　なにが起きたの？」

森谷が顔をしかめた。長峰は首を振ったあと、眼前のノートパソコンに見入った。突然、画面に表示されていたコードが消えた。慌ててパソコンの底部に触る。周囲の空気よりもパソコンがはるかに熱い。

「熱暴走かもしれない。パソコンが異様に熱を持ってしまって、壊れかけている」

長峰はディスプレーの背面に手を当てた。案の定、こちらも熱を持っている。キーボードも同じように熱い。

「出張用に小型軽量モデルを持ってきたのが仇になった」

普段、警視庁本部で使っているノートパソコンの一台は、高性能かつ熱への耐性が強いモデルだ。様々な処理を同時に行うと、多数の部品が組み合わさったノートパソコンは熱を持ち、最悪の場合壊れてしまう。

炎天下のグラウンドで持久走と短距離走に加え、筋トレを行えば熱中症になって倒れるのと同じだ。小さなパソコンは耐性で劣る。利便性を最優先させた結果、肝心なときに熱暴走が起こりかけている。

長峰はパソコンを置いて台代わりにしていたバックパックのファスナーを開けた。蒸し暑い京都対策のために、小型のハンディファンをどこかに入れていたはずだ。

「ねえ、どうすんのよ？」

「だから、今やってるから！」

バックパックの中に手を入れ、中身を探る。着替えやコードの類いが指先に当たるが、肝心のファンはない。

バッグの一番奥に丸い物があった。さらに手を伸ばし、ようやく目的のハンディファンを取り出す。

「これで冷やす」

電源を入れる。ファンのバッテリー残量を示す目盛りは、満タンの五ではなく、最後の一つだ。心細い緑色が光る。

長峰はファンのオンボタンに手をかけると同時に、空いた左手でノートパソコンを持ち上げ、背面から底面へと満遍なく風を送り込んだ。

「ちょっと、キーボードのエスケープキー押してみて」

両手が塞がっているため、長峰は森谷に頼んだ。

「押せば立ち上がるの？」

「わからない。でも、やるしかない」

森谷が人差し指を伸ばし、キーボードの左端にあるキーを押した。だが、画面は立ち上がらない。

「ダメじゃない……」

森谷がため息を吐いた。

「もう一度」

ノートパソコンに風を当て続け、長峰は祈るような気持ちで言った。万が一、この間に小島が動き出したとしたら。京都まで来て、大切な人命を守ることができなくなってしまう。過信、慢心……自分を責める言葉が目まぐるしく頭の奥で点滅した。

「おっ……」

今まで唸りを上げていたキーボード下の小型内蔵ファンの音が止んだ。もう少しだ。ハンディファンの風をパソコン全体に行き渡らせる。

だが、グリップ部分にあるバッテリー残量の目盛りが緑から赤に変わった。

「ヤバい……」

ハンディファンのバッテリーが尽きるのが先か、それともノートパソコンが再起動するのが早いのか。祈るような気持ちで長峰はファンを握り、風を送り続けた。

「もう一度、エスケープキーを」

内蔵ファンの音が完全に止んだ。同時にボディーの熱量も減った気がする。キーボードの下にあるメモリが微かに駆動し始めたような気がした。

「押すよ！」

森谷が力一杯、エスケープキーを押した。直後、暗転していた画面が薄らと明るくなった。

「落ちるなよ……」

長峰は念じながら液晶を見つめた。クックッ……内蔵メモリがゆっくりと反応した。

「来い！」

長峰が唸るように言った直後だった。パソコンメーカーのロゴが画面に浮かび上がり、〈再起動しました〉とメッセージが表示された。

「よし！」

画面が目まぐるしく切り替わり、先ほどまで表示していたコードが目の前に現れた。

「やった！」

長峰が叫んだ瞬間、パソコンとスマホから同時に不快な機械音のアラートが鳴った。

〈いよいよだ。ぶっ殺してやるよ〉

コード画面が瞬時に切り替わり、長峰が警戒を指示していたSNSのメッセージを映し出した。

「ちょっとどういうこと？」

森谷が眉根を寄せ、長峰を睨んだ。

「小島が動きだした」

長峰は視線を佐奈江ビルに向けた。森谷は長峰とビルを交互に見た。

「二人目の配達員が小島だったとしたら？」

長峰が叫ぶと同時に、森谷がスマホで店に電話をかけ始めた。眉間に深いしわが刻まれる。依然として耳にスマホを当てているが、先方が電話に出る気配はない。

「出ないわ」

森谷は腰のホルダーから特殊警棒を取り出した。

「どうするの？」

「突入するしかないじゃない！」

森谷が猛然とダッシュし、佐奈江ビルのエントランスに向かった。森谷はこの間もスマホを耳に当てている。

「至急、至急。祇園末吉町の佐奈江ビル三階に応援お願いします」

森谷は東山署に連絡を入れていた。

長峰はバックパックにパソコンを押し込み、後を追った。ビルのエントランスに辿り着くと、森谷がインターホンの前で立ち尽くしている。

「応答しない！」

「ヤバっ、どうするの？　暗証番号は？」

「教えてもらっていない……まさかこんなことになるなんて。応援が来るまで五分くらいはかかるだろうし」

「どうすんだよ！」

「こうするしかない！」

特殊警棒を両手で持ち、森谷が柄の端でガラスを叩き始めた。鈍い軋みが響いたあと、巨大なガラスが崩れ落ちた。

長峰は震え始めた左手を右手で懸命に押さえながら、森谷の後に続いた。

11

「失礼いたします。トラットリア・ジュリアです」

男性のくぐもった声が響き、理子は顔を上げた。配達員が芝蘭のドアを開け、店の中に足を踏み入れたのがわかった。

理子はＶＩＰルームのソファから立ち上がり、カウンター席へ向かった。

ネイビーブルーのバンダナを頭に巻き、マスクをした俯き気味の男が料理を入れた保温バッグを携え、入り口脇に立っていた。

「大変お待たせいたしました」

バンダナの男は深く頭を下げたあと、視線を上げた。今までなんどもジュリアの店舗に赴き、出前も頼んでいるが、今まで理子が見たことのないスタッフだった。

「ご苦労様でした。こちらに運んでいただけますか？」

理子がＶＩＰルームを指すと、男が頷き、ゆっくり歩み寄ってきた。

「おお、待ってたで」

洞本が大袈裟に手を叩いた。

「せっかくなんで美味しい料理を動画撮影しよか。あとでウチのスタッフに自慢するねん」

洞本がスマホを横向きに構え、画面をタッチした。薄暗いＶＩＰルームの照明に対応するため、洞本はスマホのライトまで点灯させる念の入れようだ。

「ええ匂いがするわ」

スマホを構えながら、洞本が息を吸い込んだ。ジュリアのスタッフはゆっくりした動作でアルミホイルに包まれた皿をテーブルに並べ始めた。

理子は男に違和感を覚えた。ホイルを皿から外す動作が不器用だ。他のラウンジやスナックにもジュリアは出前対応しているはずで、スタッフは皆慣れている。先ほどオードブルを運んできた若いスタッフはてきぱきと皿を並べた。

「最近入られた方ですか？」

理子は努めて柔らかい声音で尋ねた。バンダナの男はゆっくりと頷いたが、言葉を発しない。

「白井さん、お手伝いをお願いします。それに取り皿も何枚か持ってきてください」

理子が告げると、白井がカウンターの奥にある戸棚を開け、皿やフォークを選び始めた。

「すみません」

マスク越しにバンダナの男が頭を下げた。

「すぐにうちのスタッフがお手伝いしますから」

「お待たせです。取り皿はこちら、フォークとナイフはこちら……」

バンダナの男とは対照的に白井がきびきびと動き始めた直後だった。今まで屈んでいた男が突然立ち上がり、バンダナとマスクを剝ぎ取った。唐突な動きに白井が反応し、顔を男に向けた。

白井が手で口元を覆った。男は薄ら笑いを浮かべ、口元を歪めた。

「久しぶりだな、白井。どうだ、キラキラの京都生活は？」

「小島先輩……」

白井が発した小島という名前を聞き、理子は体全体がガチガチに硬直していくのを感じた。懸命に振り返る。ＶＩＰルームの入り口近くにいた越智は、なぜか笑顔だった。

理子は越智の斜め後ろにいる黒服に目を向け、なんとか口を開いた。

「すぐに一一〇番して！　この人、私を狙っている人です！」

黒服が踵を返し、カウンターの奥にある固定電話の受話器を取り上げた。

「ああ、残念」

黒服に体を向け、越智が言った。

「さっき、躓《つまず》いた拍子にコードが切れちゃったんだよね」

「えっ？」

「だからさ、電話は繫がらないわけ」

越智がおどけた調子で言い、理子に向き合う。普段の低姿勢な越智ではなく、裏通りにたむろするチンピラのような目つきと言いぶりだ。

「早く、スマホで一一〇番を！」

理子はありったけの声で叫んだ。慌てたのか、黒服がスマホをカウンターに落とした拍子に、スピーカーフォンが繫がった。

〈事件ですか、事故ですか？〉

警察の男性オペレーターの低い声が店内に響き渡った。

「事件です。祇園末吉町のラウンジ、芝蘭で……」

黒服が早口でまくしたてた。

「もう間に合わねえよ」

小島が口元を歪めた。料理を入れていたバッグからタオルを取り出す。

「ようやく会えたな、クソビッチ」

不敵に笑い、タオルを剝いだ。文化包丁の冷たい刃がシーリングライトに照らされた。

小島が一歩、また一歩と間合いを詰めてくる。ついに小島と出会ってしまった。しかも、密閉された店の中だ。今まで助けてくれていた越智の態度が豹変したのはなぜなのか。

今は弱い者いじめを楽しむような目つきで理子を見ている。

刺されて死ぬのか。少しだけ、ヒールを履いた両足が後ろ側に動いたとき、小島と目が合った。

「おまえみたいなチャラチャラした女は大嫌いなんだよ」

右手で包丁の柄を持っていた小島が、握りを変えた。刃を真下に向けている。

「洞本社長、助けて！」

後ろは見えないが、洞本なら助けてくれる。

「理子ママ、抵抗したらあかんで」

いつも温かく接してくれる洞本の口調ががらりと変わった。

「せっかくの動画や、しっかり記録したいさかいな」

異常事態の中で洞本が笑っている。

「理子ママ、ワシも死にとうない。だから動けへんのや」

越智、そして最大の支援者である洞本の態度が急変したのはなぜか。突然、耳の奥でミカコの言葉が鈍く反響した。

〈もう十分にお金も稼いだだろうし、降りたら？〉〈また狙われるかもしれない。今度は生卵じゃすまないかも〉〈生き残るのよ〉

身近な二人が裏切った。理子がそう直感した瞬間、全てのシナリオがつながった。ミカコがスカウトしてくれたゲームは、自分の這い上がりを世間に知らせる内容ではなかった。三件の無差別殺人事件と同様、生身の人間が殺される様をインターネットで全世界に公開する非道な中身なのだ。

「理子ママは素直やからな。俺たちの本性を見抜けんかった」

洞本が口元を歪め、笑った。

「どういうことですか？」

理子が尋ねると、今度は越智が口を開いた。

「我々も一発逆転のゲームにベットしたんだ。ママが派手に死んでくれたら、賭金が膨らんで返ってくる」

「賭金？」

理子が叫ぶと、洞本が言った。

「俺も越智店長も色々と仕事や金繰りに困ってたんや。そこにゲームに課金せえへんかってお誘いがあってな」

「協力者のふりしてゲームに参加したんだ。俺は金を借りて一〇〇万円も張った。洞本社長は五〇〇万円だ」

「私が死ぬといくらになるんですか？」

越智と洞本が視線を交わし、口元を歪めて笑った。

「教えられるわけないじゃん」

越智が薄気味悪い笑みを返した。完全に嵌められた。ミカコがゲームを降りるようなんども促した背景には、殺人ゲームという要素が埋め込まれていたのだ。今、目の前には刃物を振りかざした小島がいる。

先に殺された四人と同様、自分は殺され、その一部始終がネットを通じて配信されるのだ。

「ママ、通報したから、もうすぐ警察が来ます！」

ＶＩＰルームの入り口脇にいた白井が叫んだ。その直後だ。理子を睨んでいた小島が向きを変え、白井に目をやった。

「うるせえんだよ」

小島はぶっきらぼうに言い、無表情のまま白井の首の左側に右腕を振り下ろした。

目の前の光景がそのまま理子の網膜に焼きついた。振り下ろした包丁の切先が細い白井の首に食い込む様が、スローモーションのように見えた。

これは現実ではない。店に出勤する前のわずかな時間、昼寝中に悪い夢を見ているのだ。頭の中で懸命に言い聞かせた。

だが、目の前の光景は現実だった。小島の荒い息がはっきりと耳に届いた。ゆっくりと小島が腕を動かした瞬間、理子の顔半分に液体が降りかかった。小島の顔、白いコックコートにも液体が付着する様が見えた。包丁を抜き取った際、大量の血が白井の首から噴き出したのだ。

空気の抜けた人形のように、白井がその場に崩れ落ちた。理子の両足は、自分でも驚くほど震え、一歩も動けない。辛うじて上半身は動く。恐る恐る左手で頬を触る。なにか滑《ぬめ》りのある物が顔に付着している。ゆっくりと手を離す。左の掌全体にべったりと白井の血が付着している。

「ギャーッ!」

信じられないほどの大声が出た。腰が抜け、その場にへたり込む。

「助けて!」

懸命に声を振り絞る。背後にいる洞本、その友人が動く気配はない。

「理子ママ、いいよ。すごい視聴者数が伸びている。爆発的だよ!」

洞本の弾んだ声が耳を刺激した。騙されたと悔やんでも、もはやどうにもならない。これがゲームの正体だった。

「クソビッチ逃げるなよ。どこがいい。首か? それとも胸か? 頭のてっぺんでもいいぜ」

小島がゆっくりと歩み寄ってくる。

「助けて！」

理子がまた叫ぶと、先ほど通報した黒服が小島の背後に回った。気配を察した小島が、包丁を振り回す。

「邪魔すんじゃねえ」

振り回した包丁が当たり、黒服が右手を切った。

「みんな逃げて！」

理子は声を振り絞った。弾かれたようにカウンター席にいたキャスト、三名の客たちが一斉に出口に向けて走った。

「ママ、もっと怖がってよ」

洞本が言ったあと、今度はスマホの鋭い連写音が響いた。

「派手に死んでくれへんと困る」

今まで聞いたことのない洞本の気味の悪い声がＶＩＰルームに響き渡る。

「助けてください！」

小島の背後でニヤついている越智に言った。

「ゲームのラストは盛大にやらないと」

越智も黒いベストのポケットからスマホを取り出し、カメラの連写を始めた。

「トークライブに投稿したから、すげー盛り上がってるよ」

越智が笑いながら言った。

洞本、越智が笑い転げる中、小島が一歩一歩間合いを詰めてきた。小島は先ほどから一切瞬きをしない。青白い顔、痩《こ》けた頬はホラー映画で見たゾンビのようだ。理子は毛先の長いカーペットを握りしめた。

12

「飛び込むわよ。付いてきて！」

エレベーターの階数表示が〈3〉に変わった瞬間、森谷が叫んだ。

「俺はどうすればいいの？」

「自分の身は自分で守る。それで一人でも多く救い出す」

森谷がまくしたてた。

そんなことはわかっている。生活安全部の仕事を通じ、森谷はなんども夜の街での逮捕劇を経験したベテランだ。凶悪事件を起こそうとしている小島を前にしても、一切ひるまないだろう。

自分は違う。民間から転職したエンジニアであり、警視庁の仕事もほぼ一〇〇%デスクでこなしている。危険な殺人ゲームは炙り出したが、まさか現場に足を踏み入れることになるとは思わなかった。

「開くよ」

エレベーターが動きを止めた。森谷が〈開〉のボタンを連打すると、ゆっくりとドアが開いた。

「逃げろ！」

薄暗いエレベーターから光が漏れた瞬間、背の高い黒服の男が目に入った。

「警察です！」

鋭い声で森谷が叫ぶ。狭いエレベーターホールにいた複数の男女が一斉に森谷、長峰を見た。

「犯人はどこ？」

間髪を容れず森谷が言うと、スーツを着た若い男性が店の奥の方向を指した。

「店には今何人いるの？」

「包丁を持った男が一人、そしてお客さまが三名、あとは……」

「あなたは従業員？」

「そうです。一人、うちの女性スタッフが刺されました」

長峰は森谷と顔を見合わせた。遅かったか。森谷は他の客と女性スタッフらをエレベーターに押し込み、扉を閉めさせた。

「すぐに下に行ってもらうから、あと少しだけ教えて。女性スタッフとは誰？」

「ソムリエの白井です。首を包丁で刺され、出血しています」

「救急車をすぐ呼んで。あとは？」

「男性客が二名、店長、ママ、それに女性のお客さまが一名取り残されています」

「わかりました。応援が来るまでに、なんとか新たな怪我人を出さないようにします。あなたは下に行って、駆けつけた警察官に事情を説明して」

そう言うと森谷が黒服の肩を叩き、もう一度昇ってきたエレベーターに押し込んだ。

「あと五人もいるのか……」

長峰は店のドアを見て呟いた。

「聞いていたわよね？　白井さんという人をまずは真っ先に救急車に収容する。その後は一人でも多く無傷で救い出す。私も突入に関しては素人だけど、やれることはやる」

「俺はどうすれば？」

「最低限、私の邪魔をしないこと。それに死なないこと。いいわね？」

〈助けて！〉〈やめて！〉――ドア越しに鋭い叫び声が聞こえた。理子ママだ。森谷が即座に駆け出した。

なるようになる――長峰は自分に言い聞かせ、森谷の背中を追った。

「警察です！」

ドアを開けるなり、森谷が怒鳴った。背後から、長峰は店内をうかがう。一〇メートルほど先、曇りガラスのドアの前に白いシャツの女性が大量出血し、倒れている。黒服が言った白井というソムリエだろう。越智という店長は、白井から少し離れた場所でスマホを構えている。その先に、白いコックコートを着た男が包丁を逆手に構え、立っていた。

返り血を浴び、上半身が真っ赤に染まったコックコートを着た男、その横顔を見た瞬間、両肩が硬直した。なんども画面越しに見た小島だ。

数分前、森谷と長峰の前を通った出前のスタッフは、小島だったのだ。あのとき強引にでも止めておけば。それにパソコンが熱暴走などしなかったら、こんな惨事が起きることはなかった。

「包丁を捨てなさい！」

森谷の声に反応して、小島が振り返る。青白い顔に無精髭がうっすらと生え、頬がげっそりと痩けている。両目が異様に吊り上がり、息が荒い。今まで三件の連続殺人の犯行現場を画面越しに見てきた。今は言い様のない恐怖を感じる。たった数分だったかもしれないが、密閉された空間で常軌を逸した小島と対峙してきた理子は、大きなショックを受けているようだ。

「警察だろうがなんだろうが、もう止められない！」

小島の口の端に唾の泡が付着していた。心拍数が上がり、極度の興奮状態にある。

小島の奥には理子と二人の男性客が座っている。二人は越智と同様、スマホを小島に向けていた。

「あなた方も救い出します。もう少し待って」

森谷が低い声で言ったが、二人の男性客は薄ら笑いを浮かべるだけだ。

「こっちに一人いる」

長峰は横を向いた。カウンター席の隅で長身の女性が肩を強張らせていた。唐木と高畑という今回の殺人ゲームの主宰者たちと頻繁につるんでいた〈Mi-ka-ko〉だった。

「怖い……」

小声だが、はっきりとミカコの声が聞こえた。

「すぐに救い出します」

肩を震わせるミカコに対し、長峰は告げた。どうしていいのかわからないが、森谷のひるまない姿勢を見ているうちに自然と口に出た。

「カウンターの内側に行って伏せて」

森谷がミカコに指示しつつ、小島との距離を詰めていく。長峰はカウンターの上にあった丸いステンレス製の盆を手に取った。

相手は包丁だが、なにもないよりはましだ。

「今すぐ、包丁を足元に置きなさい」

「うるせえよ！　ガタガタ言ってると、クソビッチを盾にして立て籠もるぞ」

小島が唸った。

転職直後に行った捜査研修を思い出した。凶悪事件の現場で、犯人をさらに興奮させるのは極めて危険な行為だ。東山署からの応援がどのくらいで到着するかはわからないが、立て籠もり事件に発展すれば警視庁が批判の矢面に立たされる。

当然、森谷もそんなことは考えているはずだ。長峰は森谷の後ろ姿を見る。動じている様子はない。

「警察は下がれ、さもないと今すぐクソビッチを刺し殺す」

先ほどとは小島の声のトーンが変わった。興奮の度合いが上がっているのか、声が上ずっている。

「待って。白井さんだけでも救急車に乗せたいの」

「もう死んでるよ」

長峰は床に横たわる白井を見た。胸元が一切動かない。呼吸が止まっているのかもしれない。

森谷が素早く屈み、白井の首元に手を当てた。白井は血にまみれ、目を見開いたままでいる。映画やゲームの中ではなんども同じようなシーンにでくわしたが、リアルな場面はもちろん初めてだ。危うく吐きそうになる。白井に手を当てていた森谷が首を振った。

「もうこれ以上、罪を重ねないで」

「うるせえ。俺は死刑になるためにここに来た」

長峰は注意深く理子の後ろを見た。二人の男性客がライトを灯しながらスマホで撮影している。やはり連続無差別殺人事件は危険すぎるゲームなのか。

男性客らのスマホを通じ、ゲームは世界中にリアルタイムで配信されているのだろう。理子ママの生死に賭けている連中がたくさんいる。絶対に許せない。

森谷が無言のまま小島との間合いを詰め始めた。右手に持った特殊警棒の先がわずかに震えている。

「包丁を捨てなさい」

「近寄るな！」

長峰はステンレスの盆の縁を握りしめた。なんとか注意を逸らすことができないか。小島が理子ににじり寄る。同時に、森谷も間合いをさらに詰める。

「それ以上近づいたら、刺す！」

「やめなさい」

森谷も退かない。長峰は身を思い切り屈め、匍匐《ほふく》前進に近い状態でＶＩＰルームに近づき、思い切り盆をドアに叩きつけた。直後、鈍い金属音が響いた。

一瞬、虚を衝かれた小島が目を見開いた。ほぼ同時に森谷が特殊警棒を振りかぶる。

「来るな！」

小島が一瞬早く反応し、理子めがけて逆手持ちの包丁を振り下ろした。

目を瞑れ――長峰は自分の意識に強く指示した。だが、両目には小島の持つ包丁が徐々に理子の首元に近づいていくのが見える。

「危ない！」

森谷が鋭く叫んだ。長峰の傍らをなにかが通り過ぎる気配があった。

「あっ！」

小島が素っ頓狂な声を上げた。カウンター席で肩を震わせていたミカコが理子の上に覆い被さり、二人が重なり合って倒れていた。

目を凝らすとミカコの背中に包丁が刺さっている。

小島が動揺した瞬間、森谷の特殊警棒が顎を打ち抜いた。

13

午前九時すぎ、理子は自宅マンション近くの東山署に森谷とともに入った。昨夜は森谷が目の前で小島を殴り倒したあと、殺人の疑いで身柄を確保した。

理子は駆けつけた東山署員と市内の病院に移り、身体に異状がないかをチェックした上で、院内で一泊した。

ベッドでは一睡もできなかった。小島が白井とミカコを刺した場面がなんども脳内で再生され、その度に吐いた。

医師はもう少し安静にと院内にいるよう勧めたが、事件の当事者の一人であることには違いなく、事情を全て警察に話すと決めた。病院に駆けつけた森谷も休養を勧めてくれたが、強く固辞した。

見慣れた三角屋根の警察署だが、足を踏み入れるのは初めてだ。森谷とともに二階の会議室に通された。

「本当に大丈夫なの？」

会議机の正面には森谷が座り、隣には長峰もいる。

「怪我はありませんから」

「そうじゃなくて、精神的にダメージがあるはずだから」

森谷の言葉に理子は強く首を振った。

病院に運ばれたあと、院内でシャワーを浴び、血を洗い流した。その後、白井が大量失血し、ほぼ即死だったことを知らされた。強く請うて入店してもらった白井が亡くなった。年上にも拘わらず、理子をたて、客たちの評判もよかった白井は、自分の身代わりになって死んだ。ショックがないと言ったら嘘になる。それでも白井の死を無駄にしないためにも事件の全容を伝えなければならない。

「そんな服しか用意できなくて、ごめんね」

森谷が頭を下げた。理子を気遣い、森谷が二四時間営業の量販店で買ってきてくれた、下着と薄手のパーカーにスウェットパンツだ。

「いえ、助かりました」

森谷と長峰が顔を見合わせ、頷いた。

「それでは、色々とお話を聞かせてもらうわね」

森谷の言葉に理子は頷いた。

「その前に、ミカコさんは？」

理子が尋ねると、森谷が顔をしかめ、長峰が下を向いた。

「京都市内の大学病院で緊急手術をしたわ」

「容態は？」

「出血が相当酷かったの。それに、心臓のすぐ近くまで包丁が達していたみたい。手術が成功しても予断を許さない状況が続くらしいわ」

森谷が苦しげに言った。やはりミカコは最後の最後で自分を救ってくれた。自分は白井を助けることができなかった。ゲームに参加するリスクとは、こんなことだったのか。両目の視界が急激に霞んだ。理子はこぼれ落ちた涙を手で拭った。

「今、越智店長と洞本社長、その友人からも別の捜査員が事情聴取しています」

「彼らはどうなるんですか？」

「追及してみないとわからない。彼らも危険なゲームの一員だったから、許すつもりはないわ」

森谷が強い口調で言った。

「彼らは、私の死に数百万円賭けていたそうです。あんなに世話してくれたのも、ゲームで勝ってたくさんのお金を手にするためだったんです」

優しげな眼差しを向けてくれていた洞本と越智だったが、その背後には金と強欲が潜んでいた。人の死に様を賭けの対象とするなど、理子には考えることすらできなかった。

「もちろん、ゲームの主宰者である唐木と高畑の両氏についても徹底的に追及するよ。まずは銀行口座を洗って、資金の流れを詳細に調べる。当然、違法賭博の罪に問われるし、高梨さんの味方をしつつ犯罪に加担したわけだから、殺人未遂での立件も視野に入ってくる」

今まで黙っていた長峰が言い、森谷と顔を見合わせた。

「ともかく、あなたの事情を話してもらうわ」

「私は唐木さん、高畑さんに誘われ、ゲームに参加しました。ミカコさん、そしてもう一人の男性が高田馬場のガールズバーでスカウトしてきました」

理子が切り出すと、ノートパソコンを開いた長峰が猛烈な勢いでキーボードを叩き始めた。

「今にして思えば、トントン拍子すぎました」

理子は恵比寿のヴィラで様々な客に接するうち、常連客の唐木と高畑に会ったこと、ポスターやネット広告のモデルを経て、京都祇園へ出店した経緯を明かした。

「その間、あなたはどん底から這い上がる過程をネット上で見せること、そして成功することがゲームだと思っていた」

理子は頷いた。

「でも、最近は急に雲行きが変わってきて……高瀬川沿いで深夜に生卵を投げつけられました。あれもゲーム上の演出だったのかもしれません」

長峰がこくりと頷いたあと、キーボードを打つ。

「やっぱり私が参加したゲームは……」

「東京駅、渋谷駅前、表参道の件とも合わせ、殺人ゲームだった公算が極めて高いわね」

「私は殺される運命にあったんだ」

「店長の越智、そして常連客の洞本が最後に裏切ったことを考えれば、ゲームを都合の良い方向に誘導するため、全員がグルだった可能性が高い」

「もちろん、関係者全員を事情聴取するし、容疑が固まり次第逮捕するわ」

二人の口調が強くなった。

「私もゲームの一味として逮捕されるんですか？」

森谷が強く首を振った。

「あなたは被害者。ところで、なぜミカコさんがあなたを庇ったのか。理由はなに？」

「わかりません。ただ、彼女は私をスカウトして以降も常に心配してくれました。最近では、もうゲームから降りた方が良いともアドバイスしてくれました」

理子が答えると、長峰がタブレットを手に歩み寄ってきた。

「ミカコ、伊澤のアカウントだ。高梨さんを高田馬場でスカウトしたのは、この人たちだね？」

「間違いありません。ただ、ミカコさんはゲームの中身を知っていて、常に罪悪感と闘っていたと思います。だから最後はああやって私の身代わりになってくれたのかも」

理子は懸命に涙を堪えた。ゲームの脱落者とは、東京駅や渋谷駅前、そして表参道の事件の被害者を指していた。脱落イコール死だ。降りろと言ったのには、確かな理由があったのだ。

「私、これからどうなるんでしょうか？」

白井の死、そして重体のミカコ。もし、ミカコまで命を落とすようなことになったら。刺したのは小島という縁もゆかりもない、勝手に憎悪をたぎらせた男だ。それでも白井もミカコも、理子がいなければこんな目には遭わずにすんだ。

「君が罪に問われることはないよ。でも、ネットだけでなく、これだけ社会を騒がしてしまった以上、お店を続けることは難しいんじゃないかな」

タブレットを回収した長峰が言った。

「芝蘭の開店と運営資金は唐木さんと高畑さんが出しました。私の命を狙った人たちの店で、これ以上働くつもりはありません」

「そうなるよね」

ため息を吐きながら長峰が言った。

「大学に復学するにしても世間の目があります。それに就職しようにも誰も雇ってくれないでしょう」

理子は本音を明かした。

「さしでがましいかもしれないけど」

森谷が書類入れからパンフレットを取り出し、理子に渡した。

「なんですか？」

「大学の同級生が山梨の山村でNPOを主宰しているの。すごく優しい男性で周囲の人たちも素晴らしい方ばかりよ」

理子はパンフレットを手に取った。

〈甲斐・天空の村〉

過疎化が進行する山梨県東部の山間地にある村で、起業家や小規模なメーカー、あるいは芸術家が集い、空き家になった住宅で生活し、村興しや移住促進のサポートをしていると記されていた。

「人目も気にならないし、その気になれば東京まで二時間半くらいで帰れるわ。もし行く気になったら、いつでも相談して」

森谷が優しい口調で言った。

「私は何度も行った。静かで村人もNPOのスタッフも親切。気晴らしで行くのもいいかもね。友人のシステムエンジニアもたまにその村の空き家を改装したゲストハウスでリモートワークしているみたいだ。暮らしやすいって言っていたよ」

前髪を捻りながら、長峰が告げた。

「私なんかの心配をしてくださって、本当に感謝しています」

理子が深く頭を下げたときだ。会議机の上に置いたスマホが振動した。

「見てもいいですか？」

森谷が右手を差し出し、スマホを取るよう促した。

「母からダイレクトメッセージが入りました。失礼します」

父が凶行に走ってから、母とはなんどか電話でやりとりした。

昨夜の一件以降は、着信履歴こそあれ、互いに連絡を取っていなかった。京都祇園で起きた惨劇は、すでにテレビや新聞、そしてネット上で大きな反響を呼び、注目を集めている。父が起こした事件に続き、理子まで巻き込まれたとあらば、母が心配しないはずはない。理子は画面をタップした。

〈無事だと警察の方から聞き、ホッとしています。すぐにでも東京に帰ってきて〉

そうするつもりだ。メッセージを返信しようと指を動かしかけたとき、新たなメッセージが届いた。

理子は母が綴った文言を凝視した。

14

長峰は自席に散らばった領収書を集め、クリップで留めた。生活安全部の庶務係から経費精算を済ますよう何度も催促されるが、表計算ソフトに数字を打ち込むのが億劫だった。大型モニターとノートパソコンの隙間から反対側の席に座る森谷の様子をうかがうと、逞しい相棒も浮かぬ顔をしている。

祇園芝蘭で事件が発生してから一週間経った。昨日の昼に東京の警視庁本部に戻ったが、機動サイバー班の主要メンバーは互いに言葉少なだった。

長峰の目の前の大型モニターには、在京紙のネット版記事がある。

〈京都地検、小島容疑者を殺人罪で起訴〉

祇園の事件は東京で起きた三件と同じく、無差別殺人として報じられている。他の新聞やテレビ、週刊誌のネット記事もチェックしたが、今後も模倣犯が続出することを懸念するばかりで、事件の真相に踏み込んだ記事はない。

画面の記事を監視のモニターに切り替え、長峰はため息を吐いた。メディアは警察の公式発表、あるいは担当捜査員たちへの直接取材を通じて記事を書いている。捜査関係者の大半は、インターネットのSNSを悪用した殺人ゲームが展開されたことを知らない。警視庁生活安全部の参事官、京都府警本部、東山署のごくごく一部の関係者のみが長峰らの動きを把握している。

長峰はキーボードに指を走らせ、画面表示を切り替えた。東山署では、府警の捜査一課担当者立ち会いの下、〈koji.koji〉こと被疑者・小島のスマホからデータを抽出した。

SNSのフォトグラムのほか、匿名掲示板経由で小島は多種多様なネットユーザーたちとメッセージを交わしていた。

長峰はフォトグラムの中にあったダイレクトメッセージに着目した。発信者は匿名だったが、芝蘭への誘導情報が目についた。小島は誰でもよかったと府警の調べに供述しているが、このメッセージを見る限り、周到に準備された殺人ゲームだったことは確実だ。おそらく、メッセージを小島に発信したのは、店長の越智だ。しかし、越智が発したという確証を得るには至らなかった。

再度画面を切り替える。一連の事件を追う中で、長峰が一番関心を寄せた法律だ。

〈押収物であるスマホについては『必要な処分』……刑事訴訟法222条1項、111条……として許される捜査は、あくまでもスマホ本体内のデータに対してのものに限定される〉〈刑法第61条1項、

人を教唆して犯罪を実行させた者には、正犯の刑を科する。同2項、教唆者を教唆した者についても、前項と同様とする〉

小島のスマホから得た状況証拠、実際に芝蘭で起きた事柄を自分の目で確認し、一連の事件がネットを悪用した殺人ゲームだという確信を持った。

だが被疑者の動機を〈無差別〉から〈理子〉を狙った真実に結びつけるのが法律的に困難なのだ。モニターとノートパソコンの隙間から、もう一度森谷を覗き見た。森谷はさっさと経費精算を済ませ、参事官への報告書をまとめた。だが、結果は散々だった。おそらく今は、不貞腐れながら溜まっていた過去の事件に関する書類整理をしているはずだ。

昨日、東京駅から本部に戻ると、その足で森谷とともに参事官を訪ねた。

長峰と森谷は、必死に説明した。東京駅で始まった一連の事件は、単純な無差別殺人ではない。長峰が端緒を発見し、危険なゲームが起きていると見立てた通りだった。生活に困窮した中年男性たちがネット上で誘導され、過去に例を見ない悪質な事件が起きたのだと訴えた。

その上で、ゲームの主宰者であり、金を持て余した新興企業の社長である唐木・高畑を逮捕しなければ事件の終結にはならないと力説した。だが参事官は難色を示し続けた。

〈京都の小島をはじめ、一連の事件は、被疑者たちの供述も全て取れているし、すでに送検済みで起訴もされている。全部ひっくり返す気か?〉〈供述が嘘だという明確な証拠はあるのか?〉〈警視庁だけでなく、京都府警も相手にするんだぞ〉〈明確な証拠がない以上、生安として捜査一課の見立てに異を唱えることは不可能だ〉

眉根を寄せた参事官がまくしたてた。棘のある言葉の数々が耳の奥で鈍く反響する。

日頃から相性の悪い参事官だが、言い分は組織運営上の正論であり、長峰は司法警察職員の一人として抗弁できなかった。

「なにか出た？　唐木と高畑のスマホよ」

いつの間にか長峰の横に立った森谷が不機嫌な口調で聞き、顎で大型のモニターを指した。

この日の午前九時過ぎ、唐木と高畑を警視庁に呼び出し、事情聴取した。唐木は長峰が、高畑は森谷がそれぞれ担当し、個別に事情を聴いた。二人はこの前の日に海外から帰国したばかりで、疲れているので早めに聴取を終わらせてほしいと強弁した。

おそらく口裏を合わせたのだろう。一連の事件について尋ねると、二人はともに状況証拠ばかりであり、妄想だと切って捨てた。普段使っているというスマホを任意で提出もした。

〈もし警察が望んでいるようなデータが発見されれば、大人しくお縄になりますよ〉

唐木が長峰を挑発するような言葉を吐いた。

「予想通り、出ないよ。刑法を調べた上で、ヤバいデータはクラウドに上げているはずだ。そもそもそんなヘマをするような連中じゃない」

長峰は唾棄するように告げた。画面の左隅には、二人のスマホから吸い上げたデータをチェック中だとシステムから表示が出ていた。

事件につながりそうなキーワードを一〇〇〇個程度ピックアップし、その他に似た文言にも反応するよう指示しているが、未だ反応はない。おそらく、二人は別のスマホかタブレットに闇で仕入れたSIMカードを挿し、証拠が残らないように慎重に運用してきたはずだ。二人の裏アカウントについても手がかりを探させているが、こちらもシステムが反応する気配はない。

「高梨さんのお金の件は？」

ぶっきらぼうに森谷が言った。

東山署で理子への事情聴取を行った際、ダイレクトメッセージが入った。理子の母からで、宅配物の中に大量の現金が含まれていたというものだった。凶行を起こす直前、理子の父親は元妻のもとに日付指定の宅配便で荷物を送っていた。

理子の母親が段ボール箱を開けると、ファストファッションの肌着や靴下の下に使い古された現金が紙袋に詰められていたという。金額は一〇〇〇万円。

〈今まですまなかった〉

ファミリーレストランの紙ナプキンには、父親の文字で短い詫びの言葉が綴られていた。昨夕、森谷が東京拘置所で面会した際、現金を送った事実があるか確認すると、父親は頷いたという。ただし、金の出所については固く口を閉ざした。誰が提供したのかは子供でもわかる。

「未払いだったお金にプラスして、自分のことで迷惑をかけるという意味で五〇〇万円を上乗せした……これが殺人ショーのギャラだとしたら辻褄は合うわね」

森谷が小声で言った。

「振り込み履歴はない。現金という点が出所を秘匿する意図のあらわれだよ」

長峰は低い声で応じた。

「奴らは周到に準備し、ゲームを終わらせた。洞本や越智のほかに、どんなメンバーがゲームに賭け、いくら金が動いたかは未知のままだ。それに、最悪の主宰者どもをパクれない」

「諦めるわけにはいかないわ。他の手段を考えてみようよ」

森谷が応じたとき、ノートパソコンの横にあった警電が鳴った。

「はい、機動サイバー班です」

素早く森谷が受話器を取り上げた。

「代表電話のオペレーターからだけど、なんでも京都の病院からだって。ミゾグチミカコという女性が、我々と話したいそうよ」

「スピーカーフォンに切り替えて」

長峰が言った直後、森谷がボタンを押した。

「機動サイバー班の森谷です。ミカコさんなの？」

〈そうです。実は、お二人にお話ししたいことがあります。近いうちに京都に来てもらえませんか？〉

小さなスピーカーから、掠れ気味の声が響いた直後、長峰は森谷と顔を見合わせた。

15

午前九時過ぎ、徹夜で行った荷造りを一段落させた。理子は冷蔵庫に残っていた最後のミネラルウォーターのボトルを取り出し、喉に流し込んだ。

自分の周囲には段ボール箱が一〇個ほどある。ベッドや簡易テーブルやクッションの類いはこのまま置いていき、あとで大家が格安で買い取りに出してくれるという。

スマホを手にすると、画面には最新のニュース記事の見出しが映っていた。

〈警察庁、警備の厳重強化へ　相次ぐ無差別殺人事件受け〉

短期間で東京と京都で無差別殺人事件が連続したため、警察庁長官が全国の警察署に対し普段以上に警ら活動を強化するよう指示したと記事に書かれていた。

記事を読みながら、理子は強く首を振った。東京駅と渋谷駅前の二件は知らないが、表参道では父が加害者となり、京都では自分が被害者の一人になった。この二件に関しては、無差別ではなく、明確に特定の個人を狙っていた。父がどういう経緯で著名な美容家を狙ったのかは知り得ないが、小島という男性と同様に唐木や高畑が仕掛けた事件に違いない。

世間では全く違う受け止め方をしているのだ。自分には社会に対して真相を明かす権利などない。高田馬場のガールズバーから恵比寿を経て京都まで来た。この間、たくさんの富裕な男性と出会い、接客業の厳しさと面白さを知った。そう思ってきたが、結局はゲームの中の演出にすぎなかった。

テーブルには、名刺を収める厚手のホルダーがある。表紙をめくり、客たちの名前を眺めた。京都に来てからのページのトップには洞本の名刺がある。結局、洞本もあの二人とつるみ、理子を賭けの対象にしていたのだ。

他のページに目をやると、五〇人以上の名刺が並んでいる。一つ一つの名刺には、理子が手書きでメモを加えた。紹介者の名前のほか、好みの酒やつまみ、趣味や性格――たしかにゲームのようだったが、これらの客は自分で開拓し、常連になってもらったという自負がある。

今後どんな仕事をして収入を得ていくのかはわからないが、接客業で得たスキルは必ずどこかで活かせるはずだ。そんなことを考えていると、スマホにメッセージ着信を告げるランプが点った。

〈芝蘭清算について〉

唐木からだ。高畑と協議し、凶悪事件が起きた店の再起は不可能と判断したため、清算するという旨が書かれていた。

理子が出資した一〇〇〇万円については、内装を全面的に変えて佐奈江ママに戻すための資金に充てられるため、返金はできない。未払いだった給与一八〇万円を既に振り込んだことも綴られていた。

理子は画面をネットバンキングのアプリに切り替えた。残高照会のボタンを押すと、たしかに一八〇万円が振り込まれていた。

〈振り込み確認しました〉

すぐに返信をすると、エラーメッセージが表示された。

〈このアカウントは削除されました〉

画面には、無機質な文字が並んでいる。ゲームが終わったことで、理子は完全に用無しになったと言っているのだ。これ以上、京都に自分の居場所はない。再度メッセージの着信を知らせるランプが点る。

一刻も早い帰京を促す母親かと思いスマホを取り上げると、意外な人物からのメッセージだった。

メッセージ着信から一時間後、理子は鴨川を挟んで京都御所の反対側にある国立大学の附属病院に向かった。広大な敷地を歩き、入院病棟の受付で面会の許可を得て、病室へと辿り着いた。

「理子です」

個室のドアをノックする。奥からどうぞと声が聞こえた。白いドアを開け、六畳ほどの部屋に入る。

「随分心配かけたみたいね。もう大丈夫」

「よかった。思ったより元気そうですね」

ベッドに横たわるミカコに告げた。

「かなりよくなったけど、まだ限られた人間しか面会の許可が出ないの。お医者様に理子ちゃんは特別だからって無理を言ったわ」

「直接お会いして、お礼を言いたかったんです」

ベッド脇に歩みよると、理子は深く頭を下げた。

「命を救ってくださって、本当にありがとうございました」

「いいのよ。それより、椅子があるから座って。面会は一五分だけだから」

ミカコが理子の左手にある小さな腕時計を見た。

「これからどうするの？」

「ひとまず東京に帰ります。その後のことはまだなにも決めていません」

「そう。お金はあるわよね？」

「当座は生活に困るようなことはありません」

「ならよかった。お父さんから大金が届いたんじゃなかったっけ？」

表情を変えぬまま、ミカコが言った。

「なぜご存じなんですか？」

「私は内部の人間だった。だから、本当にあなたにはすまないことをしたと思ってる」

ミカコの両目が薄らと赤みを帯び始めた。

「いいえ、ゲームに参加したのは自己責任です。ミカコさんが謝ることなんて一つもありません。むしろ、私の命を救ってくださった恩人なんですよ」

一瞬だけミカコが理子から目を離し、ため息を吐いた。どこか達観したような表情だ。理子は事件以来ずっと気になっていたことをミカコに尋ねた。

「警察の二人が突入する直前、なぜ他のお客さまと一緒に逃げなかったんですか？」

あのとき、理子の背後には洞本と友人、目の前には包丁を逆手持ちする小島が立ち、その傍らには倒れた白井がいた。その奥には越智が立ち、ミカコは離れたカウンター席の隅にいた。

カウンター席の客や黒服、他のキャストたちは一目散に店の扉を開け、エレベーターホールへと向かった。

「怖くて腰が抜けたの」

くすりと笑い、ミカコが言った。口元こそ笑っているが、両目は醒めたままだ。

「ゲームだから」

この言葉をなんどミカコから聞いただろうか。

「あの……」

「違うのよ」

「でも小島は逮捕されました。警視庁の二人にはいずれ必ず唐木さん、高畑さんも追及すると言われました。もうゲームは終わったんですよ」

理子の言葉に両目を閉じたミカコがかすかに首を振った。

「実は、私が本当のゲームチェンジャーなのよ」

声量は小さいが、両目を見開いて、ミカコが言った。

「意味がわかりません」

「理子ちゃんがゲームに参加していたように、私もプレイヤーの一人だったの」

理子は首を傾げた。高田馬場のガールズバーで理子をスカウトしたのはミカコだ。あくまでもリクルーターという立場ではなかったのか。だからこそ、死が迫る直前までゲームの詳細を明かさず、最後の最後で理子を救ってくれたのではないか。

「つい最近、唐木、高畑コンビと全く連絡がつかないことはなかった?」

唐突にミカコが話を変えた。

「たしかにありました。東京から刑事さんたちが来て、私が狙われているって警告された翌日です」

疑心暗鬼に陥った理子は、痺れを切らして二人と連絡をとろうとした。だが、ダイレクトメッセージのほか、二人の電話にかけても一切連絡はつかなかった。

「二人は海外にいたの。香港やシンガポール、そして中東とニューヨークよ。彼らは日本でも成長著しい新興企業の創業者であり、これから株式を東証に上場する直前の段階だった」

「その話は以前も聞きました」

「あの二人はね、その先も見据えていたの。海外の有力な富裕層から新規の資金を調達し、さらにビジネスを拡大しようと試みていた」

たしかに、あの二人は海外からの客を恵比寿のヴィラに連れてきたことがあった。高級な外国製のリムジンで乗り付け、愛想笑いを海外の人間に振りまいていた。あの外国人たちが投資家だったのか。

「でもね、投資の世界は冷徹で残酷なの。彼らに資金を投入しようと計画していた海外の超がつく富裕な人たちが、日本の市場の今後がどうなのか、ゲームを通して世情や経済環境を調べていたの」

「ちょっと、スケールが大きすぎて、理解できません」

「そうよね。一つだけ言えるのは、個人の資産が一〇兆円とか二〇兆円レベルの金持ちは日本以外に相当数存在する」

「兆円って、国の予算の何分の一とかですよね」

理子の言葉にミカコが頷いた。

「日本はもう成長しない、いや縮んでいくだけだと世界的に見られている中で、資金を運用する投資家たちはあの二人に金を回すのを渋っていた。そうなると、資金の調達先は先ほど言ったような超がいくつもつくような個人のお金持ちに限られてくる。彼らのうち数人が、ゲームに勝ったら投資しても良い、そんな条件を出したの」

「まさか、それが今回の？」

「そう、サドンデスという名の刺激の強い、極めて違法性の高いゲーム」

ミカコがため息を吐いた。

「あの二人は頭の切れる人たちよ。日本経済が縮み、仮に自分たちの会社が上場企業になっても、先は知れている。当然、そう考え、海外市場に出ていくために新たな資金がどうしても必要だった」

「それで、我がままなお金持ちが提案したゲームに賭けたわけですか？」

「そう。海外の人たちも観戦できるように、インターネット、特にSNSを利用したの」

理子はミカコの両目を見つめた。嘘を言っている気配は微塵もない。ミカコによれば、唐木と高畑への投資を検討していた海外の金持ちたちは、過激なゲームを展開させ、そこに小遣い程度の金を出していたという。

「小遣いと言っても、一人当たり何億円単位だけどね。彼らにとっては喫茶店でコーヒーを飲むような感覚」

ミカコの話はにわかには信じ難いが、実際、理子は小島に狙われ、そして目の前にいるミカコは命の危機を味わったのだ。唐木と高畑が主導し、海外の富裕層が遊んだゲームは、殺人の全世界同時中継だった。

唐木や高畑は理子には想像もできないほどの金持ちだ。だが、あの二人がさらに金を必要として、世界でも有数の富裕層にアクセスしていた。さらなる金を引っ張り出させるために、過激なゲームを考え、実行に移した。

ドラマや映画ならそんな破天荒なゲームがあるかもしれない。今までの理子ならそう考えたはずだ。しかし、実際に自分は命を危機に晒した。

「貧乏なおじさんたち、それに這いあがろうとした女の子、成功した女性たち。ネットの動画や彼らが発したコメントを海外の金持ちは日本の実情を知るために精緻に分析していたの」

「だから、目立つ人、それに私のように急激に世間の注目を集め始めた人間をターゲットにしたわけですね？」

「その通りよ」

「私を殺すのに失敗したから、ゲームはあの二人の負けが確定したんですね？」

「それは違うわ。最初の二人が亡くなった時点で海外の金持ち投資家は唐木・高畑コンビが貪欲で、どんな手段を使ってでも自分の意志を通すことを確認した。だから、負けではないの」

二人とは、東京駅で刺された医師夫人、そして渋谷駅前で火を放たれた女優のことだ。

「二人は、それぞれの会社の株式を東証に公開する。その際、成長著しい東南アジア市場の同業他社を買収し、振興国市場のマーケットも手中に収めようと画策していたの。だから、新たなスポンサーが必要で、彼らを惹きつけるために危険なゲームを考えた」

「本当なんですか？」

「嘘を言っても始まらないわ。海外のお金持ちから好感触を得た唐木・高畑コンビは、もう一段、資金を引っ張れると考え、さらにゲームを続行しようと彼らに提案したの」

「それで、注目され始めた私、それに父が駆り出された？」

「そうよ。だからギャラを払ってまでゲームに引っ張り込んだ。彼らはそれくらい必死だった。そして、彼らは、当初から目をつけていた理子ちゃんを最後のターゲットに据えた」

ターゲットという言葉を聞き、両腕が一気に粟立った。

「そんなことのために白井さんが殺されるなんて……」

「だから最初から危険なゲームだって言ったでしょう。何回も降りるよう警告したのはそのため。だって、こんな素直な子を死なせるわけにはいかないから」

ミカコが口元を手で押さえた。両目が真っ赤に充血し、瞳が理子に懸命に詫びていた。

「今回の京都の一件で二人はどうなるのですか？」

「一応、もう一段の金を引っ張るプランは成功しかけている。まだ勝負はついていないから」

ミカコの眼差しが変わった。先ほどの慈愛に満ちた目つきではなく、冷徹に相手の手札を読もうとするギャンブラーのようだ。

「どういう意味ですか？」

「だから、先ほど言った通り、私はゲームチェンジャーなのよ」

ミカコの真意がわからない。理子は首を傾げた。

「私は彼に雇われたリクルーターを演じていたの」

「演じる？」

「平たく言えば、私は海外の金持ちから二人を監視するよう命じられたスパイだったの」

監視、スパイ……理子の理解の範囲を超える言葉が次々と飛び出した。

「彼らに投資しようとしていた複数の投資家のうち、誰かがゲームを変えろと言い出した」

ミカコの声のトーンが一段低くなった。

「だからミカコさんがチェンジャーなんですか？」

「日本の若手実業家っていっても、アメリカや中国、インドの新興企業経営者よりずっと能力が低い、いえ、伸び代がないと言ってきた人がいたの」

「つまり、ゲームを通じて新規投資をしない、二人にはお金が渡らないようにするって意味ですか？」

「その通り」

「でも、一応、合格という判断がくだされたんじゃないんですか？」

ミカコが首を振る。

「合格したとしても、不合格にする手段はあるわ」

ミカコがサイドテーブルに目をやった。

「スマホを取ってくれないかしら」

スマホを手渡す。ミカコがなんどか画面をタップした。

〈約束の二人だけじゃなく、三人目もちゃんと死んだぜ〉

〈でもさ、ギャラ払って殺させたってバレないかな〉

ミカコがもう一度タップし、音声が止まった。

「唐木さんと高畑さんの声ですよね」

「彼らはネット上で絶対に証拠を残していないと言った。実際、社内の優秀なエンジニアたちにボーナスを払ってチェックさせていた」

「こんな音声が残っていたら、一連の事件が無差別ではなく、ゲームのための凶悪犯罪だってバレてしまいます」

「それが狙い。私をスパイだと疑わず、目の前でゲームの話を続けていたわ。だから一件目からずっと音声データを録っていたわけ」

ミカコが言い切った。

「あと三分で東京から刑事たちが来るわ。唐木と高畑を警察に売る」

ミカコが売るという言葉に力を込めた。

「二人が逮捕されれば、新規投資どころの話じゃないわ。会社は船頭を失って沈没、つまり確実に倒産する。だから、理子ちゃん、あなたに死んでもらったら困るの。一か八か、私は体を張って阻止した」

「その見返りは？」

「金額は言えないけど、一生働かなくとも良いお金をもらった。もちろん、日本になんていたくないから、どこか南の島に行って家を買う」

ミカコの目が醒め切っていた。

「私はあなた以上にリスクを取り、そしてゲームに勝った。これくらいしないと、この国では逆転できないの」

理子は言葉を失った。

「理子ちゃんよりましな時代に生まれたけど、このまま安泰というわけにはいかない。フリーの仕事は不安定で、わずかな蓄えを増やすことだけを考え、あの二人のようないけすかない連中にも頭を下げてきたわ」

ミカコの言葉に熱が籠もってきた。

「惨めな人生はうんざり、そう思っていたとき、リクルーターが現れたの」

「ミカコさんのような？」

ミカコが頷く。彼女が理子を庇った理由は、親切、慈愛、そんな言葉とは一切無縁だった。

「私を恨むなら恨むといい。この話を週刊誌に売ってもいいわ。ただし、一つだけ言えるのは縮むだけの国で必要なのは、自分で身の振り方を考え、確実に金をつかむこと。それだけよ」

「これからの私も？」

「あなたは自分でこれからの生き方をどうするか、必死に考えなさい」

「でも……」

「私がこんな体になってまでも言っているの。目を覚ますのよ」

エピローグ

長峰は警視庁本部の自席で目の前の大型スクリーンに目をやった。

〈新興企業の若手経営者二名を殺人教唆容疑で逮捕〉〈ＳＮＳ悪用、無差別殺人装う卑劣な犯行の詳細が判明〉

京都の大学病院にミカコを訪ね、音声データを受け取って東京にとんぼ返りした。科学捜査研究所に飛び込み、唐木と高畑の音声データをネット上から探し、小さなＵＳＢに入ったデータを声紋鑑定にかけた。

分析作業を開始してから二時間後、ミカコが隠し録りしていた音声データが唐木、高畑両人のものに間違いないとの結果が得られた。

長峰と森谷は二人を警視庁に呼び、事情聴取した。以前と同じでたかを括っていた二人だったが、録音データを聞かせると態度が一変した。ゲームを展開し、人が死ぬ姿をネット上で視聴可能な状態にしていたこと、そして自らの投資の金を呼び込む手段として一連の殺人ゲームを企画した旨の上申書を書かせた上で、二人の身柄を捜査一課に引き渡した。

突然のことで一課の担当管理官は飛び上がって喜んだ。単純な無差別殺人がネットを悪用した卑劣な事件だったことに、警視庁上層部は衝撃を受け、すぐに京都府警との連携も決まった。

長峰はデータ分析のプロとして一課に協力することになり、二人の取り調べに何度も立ち会った。

二人の供述を聞いていると、長峰の予想が当たっていたことが判明した。二人は自らの企業の成長とともに夜の街で遊ぶ回数が増え、その都度刺激の強い娯楽へと傾倒していった。そんな中で浮かんだのが、海外の一部の富裕層が手を染めた殺人ゲームだったのだ。法外な賭金を払い、ネット上でゲームを監視し、その過程で人が死ぬことに強い中毒性を見出していた。

東京駅、渋谷駅前の惨劇を経て、ゲームを一旦終了するつもりだったが、仲間内で賭金を倍増させるメンバーが増えると、さらに過激な仕組みを作り、ゲームを続行した。それが理子の父親が起こした事件であり、最後は理子本人を狙わせることでゲームは最高潮に達したのだ。自ら見出した理子という存在を使い、彼女が這い上がる過程を見せ、最後には悲劇のヒロインとして死ぬことで、ゲームは最高の幕切れになるはずだった……唐木と高畑はそれぞれ事件の真相を供述したのだ。

海外の超が付く富裕層、投資家たちを楽しませた見返りとして、二人の起業家は巨額の新規資金を得て、東南アジアのマーケットを獲得するためにそれぞれの会社の自己資本の増強を企てていた。

取り調べに立ち会う間、なんども怒りで両手が粟立った。ノートパソコンを閉じ、二人の頬を力一杯張りたい衝動に駆られた。

「まだ不機嫌なわけ？　天敵に褒められたのに」

ぼんやりと二人の逮捕劇の記事を眺めていると、森谷が傍らに立っていた。つい数分前、生活安全部の参事官に呼び出され、近く警視総監賞が授与される旨を伝えられた。また、参事官は一課に大きな貸しができたと本音を漏らした。

「ミカコさん、なぜ素直にデータを提供してくれたのかな」

病院の個室でミカコと会った。大手術を経た女性は、気丈に対応してくれた。

「良心の呵責に決まっているじゃない」

「本当にそうかな」

「理子さんを捨て身で助けたのよ。ゲームに加担したことへの心理的な負い目があったからだって」

森谷が断定口調で言った直後だった。目の前のスクリーンに通信社の速報が流れた。

〈大型M＆A成立へ〉

「まじか……」

記事のリードを読んだ直後、長峰は唸った。

成長著しい東南アジアの投資ファンドが、唐木と高畑の会社を買収するとの情報だった。

長峰は森谷と顔を見合わせた。

「もしかして、あの二人が危険なゲームで遊んでいることを、この海外の投資家たちが知っていたら？」

「だからどうなるっていうの？」

「あの二人が犯罪に手を染めていて、これがバレた。もしそのことを事前に知っていたら、どうなる？　企業価値が下がった、いや、あの創業者たちがいなければ倒産してしまう、そんなタイミングで買収を仕掛けたら、最小のコストで著名な企業二つを手に入れることができる」

「その尖兵がミカコさんだったって言いたいの？」

「証拠はない。けれど、理屈は合う」

「まさか」

森谷が顔をしかめた。長峰は新興企業の上場銘柄一覧のチャートを画面に呼び出した。

人材派遣、健康食品。二人の容疑者が手がけた事業と似たサービスを提供する企業の株価が急騰していた。

◇

「少し揺れますが、我慢してください」

中年男性がハンドルを握る軽トラックの助手席で、理子は頷いた。

「よろしくお願いします」

理子が答えると、背の高い目つきの鋭い男が小さく頷いた。男はなんどもギアを変え、勾配のきつい峠道を巧みに走り抜ける。

三〇分前、山梨県の上野原駅にキャリーバッグを手に降り立った。駅前のロータリーには、軽トラックと中年男性が待ち受け、荷台にキャリーバッグを載せるとすぐに走り出した。

駅前に小さな商店街があったが、軽トラはすぐにカーブのきつい山道へと向かった。京都のマンションを引き払い、理子は東京に戻った。ネット上では、理子と唐木、高畑の関係を面白おかしく書き立てる投稿が拡散され、なんどか週刊誌記者に自宅マンション近くで直撃された。

全ての取材を断り、二、三日自宅に籠もった。この間、スマホの電源を落とし、テレビを見ることもなかった。母は心労からやつれていたが、理子の顔を見ると安心したのか、きちんと心療内科に通い、心の病の回復は早そうだった。

母とともに荷物の整理をする間、京都の警察署で森谷が渡してくれたパンフレットを見つけた。

山梨県東部の山村にあるＮＰＯが作った小冊子だった。

パンフレットには、綺麗な山並みとともに、村民たちの素朴な暮らしぶりが綴られていた。都会の喧騒を嫌った陶芸家のページ、清涼な水を求めて移転してきたビールの醸造所、また、荒れた山林を再生させるために移住してきた林業志望の若者たちの様子が掲載されていた。

山村に定住するかどうかは、現地に行ってから決める。ＮＰＯの窓口にはそう説明し、中央本線に乗って上野原まで来た。

「あの……」

ずっと無言の男性に思い切って声をかけてみた。道は依然として勾配のきつい峠道だ。

「なんでしょう？」

フロントガラスから前方を見据えたまま、男が言った。目つきこそきついが、声音は柔らかだ。

わずかな期間だったが、接客業を経たのでわかる。異様に醒めた目つきから察するに、過去に様々なことを経験してきたのではないか。

「以前はどちらにいらしたのですか？」

「東京の江戸川橋の近くに長年住んでいました」

「私は下落合です。目白通りの近く」

「そうですか、意外と近かったですね」

短く言ったあと、男が口を閉じた。

「あの、お仕事はなにを？」

「金融全般のなんでも屋でした。今は引退して、村のために生きています」

口調は穏やかなままだが、これ以上は聞き出せない雰囲気を感じた。

「私は、ネットで散々叩かれ、その挙句に……」

相手のことを聞くには、自分のことを話さねばならない。そう考えた理子が言いかけると、男が首を振った。

「過去は過去。起こったことの塗り替えはできません。ただし、新しい人生はいくらでも上書きできます。私も他の新しい住民と同様、村に来て救われました」

そう言うと、男が路側帯に軽トラックを停車させた。

「私は古賀と言います。あなたの過去には興味ありません」

強い口調だった。

「村のネット環境は良好とは言えません。これだけ山々が連なっているので、電波の入りが良くないらしい」

古賀が低い声で言った。

「あなたがネットで傷ついていることは他のスタッフから聞いています。私はその分野の素人ですが、ネットがなくとも不自由は感じません」

「でも……」

古賀が首を振った。

「誹謗中傷やヘイト、そんなことをする人たちがネット上にたくさん集まっていると聞いています。自分に耳触りの良い情報だけを得て、共感する人たちと共有する。そんなものはギャンブルと同じで、ひどい依存症ですよ。この村にはそんなものは存在しません。ゆっくり、好きなだけいればいい」

そう言うと、古賀が運転席のドアを開け、降車した。理子も後に続いた。

「この景色はどうですか？」

乗り心地がよいとは言えない軽トラ、そして九十九折《つづらお》りの峠道で周囲を見回す余裕がなかった。

今、理子の眼前にはパンフレットで見た雄大な景色が広がっている。軽トラが停まったのは、山村を一望できる場所だった。

理子の足元数十メートル下のところには薄い霧がかかり、ところどころに赤やシルバーのトタン屋根が見える。

「天空の村という譬《たと》えは大袈裟ではありません」

「そうですね……」

都会で生まれ育った理子には、初めて見る光景だ。言葉がなかなか出てこない。

「必要な食料を自分たちで生産し、顔見知りの村人や、新しく来たあなたのような人と助け合う。贅沢なことはなにもできないけれど、人間らしい生活は心を満たしてくれるはずです」

どこかぶっきらぼうだが、古賀という男の言葉が傷だらけの心に染み込んでいくような気がした。

「こんなに空気が綺麗なのは初めてです」

理子は両手を思い切り広げ、胸いっぱいに空気を吸い込んだ。

参考文献

飯島裕子『ルポ　コロナ禍で追いつめられる女性たち』（光文社新書）
飯島裕子『ルポ　貧困女子』（岩波新書）
磯部涼『令和元年のテロリズム』（新潮社）
インベカヲリ★『家族不適応殺』（KADOKAWA）
インベカヲリ★『「死刑になりたくて、他人を殺しました」無差別殺傷犯の論理』（イースト・プレス）
加谷珪一『国民の底意地の悪さが、日本経済低迷の元凶』（幻冬舎新書）
坂爪真吾『性風俗シングルマザー』（集英社新書）
鈴木大介『最貧困女子』（幻冬舎新書）
中村淳彦『証言　貧困女子　助けて！と言えない39人の悲しき理由』（宝島社新書）
中村淳彦『新型コロナと貧困女子』（宝島社新書）
中村淳彦『東京貧困女子。彼女たちはなぜ躓いたのか』（東洋経済新報社）
中村淳彦『パパ活女子』（幻冬舎新書）
中村淳彦　藤井達夫『日本が壊れる前に「貧困」の現場から見えるネオリベの構造』（亜紀書房）
村上薫　川澄恵子『大阪ミナミの貧困女子』（宝島社新書）

本書は「小説幻冬」の連載（VOL．71〜76）を加筆・修正したものです。

この作品はフィクションであり、登場する人物、団体は架空のものです。

〈著者紹介〉
相場 英雄（あいば ひでお） 1967年、新潟県生まれ。専門学校卒業後、時事通信社へ。経済部記者を務める。2005年、『デフォルト 債務不履行』で第2回ダイヤモンド経済小説大賞受賞。『震える牛』がベストセラーに。『血の轍』『ガラパゴス（上・下）』『不発弾』『トップリーグ』他、映像化作品多数。主な著書に『双子の悪魔』『御用船帰還せず』『キッド』『血の雫』『共震』『アンダークラス』『Exit イグジット』『レッドネック』『マンモスの抜け殻』『覇王の轍』『心眼』がある。

サドンデス
2023年9月15日　第1刷発行

GENTOSHA

著　者　相場英雄
発行人　見城 徹
編集人　森下康樹
編集者　長濱 良

発行所　株式会社 幻冬舎
〒151-0051 東京都渋谷区千駄ヶ谷4-9-7
電話：03（5411）6211（編集）
03（5411）6222（営業）
公式HP：https://www.gentosha.co.jp/

印刷・製本所　中央精版印刷株式会社

検印廃止

ISBN978-4-344-04165-3 C0093